KiWi PAPERBACK

1216

Das Buch

Anna Silber reist nach Barcelona in die Geburtstadt ihrer Mutter, um dort einen alternativen Reiseführer zu schreiben. Doch schon bei ihrer Ankunft liegt ein Toter auf der Straße, und ein kleiner Junge drückt ihr ein Bleistückchen in die Hand, das vielleicht dem Toten – oder dem Mörder? – gehörte. Der Tote ist nicht das einzige Opfer, ein Serienmörder scheint umzugehen, doch wo ist das Muster, wo das Motiv? Durch einen Zufall kommt Anna dem Täter auf die Schliche – und gerät dabei selbst in große Gefahr.

Stefanie Kremser, die in Barcelona lebt, hat einen Roman geschrieben, der warmherzig und spannend zugleich von Mord und Verbrechen, aber auch von Freundschaft, Loyalität und Liebe erzählt. Ein spannender Krimi, der den Leser über die Plätze und durch die Gassen Barcelonas hinter die Kulissen führt.

Die Autorin

Stefanie Kremser, geboren 1967, wuchs in einem deutsch-bolivianischen Elternhaus in São Paulo, Brasilien, auf. Im Alter von zwanzig zog sie nach Deutschland und studierte Dokumentarfilm und Fernsehpublizistik an der Hochschule für Fernsehen und Film HFF München. Bisher hat sie einen Roman geschrieben, »Postkarte aus Copacabana«, und mehrere Drehbücher für den Münchner Tatort verfasst, die von der Kritik gefeiert wurden. Sie lebt als Autorin in Barcelona und München.

Die toten Gassen von Barcelona

KRIMI

Stefanie Kremser

Kiepenheuer & Witsch

MIX
Papier aus verantwortungsvollen Quellen
FSC® C083411
FSC
www.fsc.org

Verlag Kiepenheuer & Witsch, FSC® N001512

1. Auflage 2011

Umschlaggestaltung: Rudolf Linn, Köln
Umschlagmotiv: © plainpicture/whatapicture
Gesetzt aus der Fournier und der Dante
Satz: Buch-Werkstatt GmbH, Bad Aibling
Druck und Bindung: CPI – Clausen & Bosse, Leck
ISBN 978-3-462-04325-9

Für Jordi

»Baxada de Santa Eulària
Tu la veres rodolar
D'un abisme a l'altre abisme
Per aquells rostos avall,
Dexant per rastre en les herbes
Un bell rosari de sanch.«

Jacint Verdaguer, 1899

Gasse der heiligen Eulàlia
Du sahst sie rollen
Von einem Abgrund in den nächsten Abgrund
Jene Neige hinab
Und ließest als Spur im Gras
Einen schönen Rosenkranz aus Blut.

Das Versprechen der Woche

Mamà ruft und ruft, liegt sechs Stockwerke über mir in ihrem Schlafzimmer mit der abblätternden Blumentapete, in dem Bett, in dem Vater starb, auf der Matratze, auf der ich gezeugt wurde, unter den Wolldecken, die klamm sind und salzig und schwer von Winter und Meer. Ich halte mir die Ohren zu und fühle die zerkrümelnden Klopapierfetzen, die ich mir vor zwei Stunden hineingestopft hatte, kann mamà trotzdem hören, immerzu: bring mir ein Kissen, gib mir was zu trinken, schließ den Vorhang, reich mir die Zeitung, immer will sie etwas von mir und nie ist sie zufrieden, was denn nun schon wieder. Ich habe zu tun, muss doch los, hast du das vergessen? Aber sie ruft trotzdem mit dünner, klagender Stimme: rei, *jammert sie, nennt mich König, um mein Herz aufzuweichen, und wenn ich dann den Laden schließe und durch die Dunkelheit die sechs Stockwerke hinaufsteige, vorsichtig, um nicht über die zerschlagenen Stufen zu stolpern, spielt sie die Verwunderte, sagt: warum weckst du mich, du missratener Sohn, gönnst deiner Mutter keine ruhige Minute, und wer passt auf den Laden auf? Willst du uns ruinieren? Nein, sage ich, nein mamà, und ich schütte das Glas Wasser in der Spüle wieder aus, soll sie doch vor Durst verrecken. Ich stopfe mir frisches Klopapier in die Ohren, um ihr Rufen nicht im Treppenhaus zu hören, drücke es tief in den Hörkanal, bis es wehtut,* rei, rei, *ihre Stimme die*

Schleppe des Königs, weiß der Teufel, wie sie es schafft, mit diesem Fiepsen Wände und Böden zu durchdringen. Ich tue so, als wäre es das Miauen der Katzen, und gebe auch ihnen nichts zu trinken, verrecken sollen sie alle. Sieben, acht Mal am Tag: rauf und runter, rauf und runter, mamà hat das Bett genässt, mamà verlangt Sardinen, mamà will in Ruhe gelassen werden, mamà befiehlt mir, Milch einzukaufen, die Katzen zu füttern, das Fenster zu öffnen, seit wann ist die Sonne grün? Seit zwei Jahren, mamà, das weißt du doch, seit zwei Jahren ist die Sonne grün, der Himmel grün, die Wolken grün, der Tag und die Nacht: unsere Wohnung gleicht einer moosbewachsenen Höhle, in der es nach Lehm riecht, der von der Decke bröckelt, nach Sand, der aus den Fugen bröselt, nach Schimmel und Katzenpisse und Mutterschweiß und Schlaf. Die Nacht wurde erst wieder schwarz, als das Pack die Straßenlaterne zerschmetterte, nachdem sie wie Hunde gegen den Pfahl gepinkelt hatten, ohne Scham und Ehre, weil es nicht ihre Mutter ist, die hinter dem Fenster ruht. Nach jeder schwarzen Nacht folgt jedoch ein grüner Morgen, heute ein lichtloser, wolkenbedeckter, kränklich grüner Wintermorgen, ich brachte mamà Kaffee mit darin aufgeweichten Butterkeksen ans Bett und wusch sie mit einem feuchten Handtuch und klopfte ihr das Kissen zurecht und gab ihr das Album. Der Wievielte ist heute, fragte sie, bevor sie es aufschlug, der Zwölfte, antwortete ich, und sie blätterte langsam, als hätte ich sonst nichts zu tun auf der Welt und wüsste es nicht schon längst, beugte sich vor, studierte genau und tippte schließlich mit ihren langen, gekrümmten Fingernägeln auf ein Bildchen und nahm mir das Versprechen der Woche ab. Ein Opfer für die Heilige, bettelte sie, damit wir nicht wie sie verenden, flüsterte sie, und ich sagte: ja mamà, und küsste ihre Stirn. Ich weiß, dass der Kuss vom Morgen noch immer leuchtet, und verlasse das Haus, nicht zu lang, auch das habe ich versprochen, aber lang genug.

Der Himmel ist aufgerissen.

1.

»Da ist ein Toter.«
Rafael Martín, 39, Chefredakteur
»Und das in der Mittagspause.«
Ignasi Munné, 32, Polizist

Es knackt in meinen Ohren: das untrügliche Signal, dass wir an Höhe verlieren. Bald kommen wir an. Es kann nicht mehr lange dauern.

Die Seen und Furchen der schneebedeckten Alpen liegen längst hinter uns, der Hafen von Genua, der Golf von Marseille. Nun fliegen wir über die Costa Brava – flitzen, rasen, durchschießen einen mit Wolken betupften Himmel –, und trotzdem ist es, als schwebe das Flugzeug kaum schneller als ein Spatz; jedenfalls langsam genug, damit ich ohne Eile die Landschaft bewundern kann. Ich drücke meine Stirn gegen die Kunststoffscheiben des Kabinenfensters und habe längst aufgegeben, die Buchten zu zählen, die in perfekten Bögen das Wasser anlächeln. Ich bin überrascht, wie grün alles von hier oben aussieht, dass viele Strände, vollkommen isoliert, nur mit Booten erreichbar, und ganze Küstenstreifen unbebaut sind. Ich hatte eine nahtlose Reihe von Betonburgen befürchtet, in Besitz genommen von Gruppen betrunkener Engländer, Holländer, Deutscher, die für einen Spottpreis zum Junggesellenabschied mal kurz rübergeflogen sind. Ich hatte es für möglich gehalten, dass kilometerlange, betonierte Strandpromenaden von älteren, mitteleuropäischen Ehepaaren bevölkert sein könnten, die in Sonderangeboten überwintern. Ich habe mir düstere Berichte angehört: dass alle ehemals hübschen Fischerdörfer, längst entdeckt und dann gemästet, aussehen wie übergewichtige Kinder, deren süße Gesichtchen nicht mehr wiederzuerkennen sind und die plump ihr schönstes Spielzeug zertrampeln.

Doch die Aussicht verspricht Gelassenheit und so etwas wie: Keine Sorge, es ist auch für dich etwas dabei. Hoffe ich zumindest. Ich sehe aus sechstausend Metern Höhe das, was ich mir vorsichtig erträumt habe, und ich rechne fest damit, dass mir in meinem Paradies Pinien und Palmen Schatten spenden werden, sobald ich die Piste geküsst habe und – ja, es fühlen werde. Es *anfühlen*. Das Land meiner Mutter. Ihre Landschaft. Zum ersten Mal, ausgerechnet jetzt, wo alles zu spät ist. Jemand sagte mal, dass unsere Seele die Form der Landschaft annimmt, die uns geprägt hat, dass sie sich über sie legt, ihre Kanten nachahmt. Ein Künstler war das, ein Filmemacher, einer, der das Innerste der Menschen in ihrer Umgebung gespiegelt zu sehen glaubte. Nun, ich bin keine Künstlerin, und dennoch hoffe ich: Wenn es schon kein Wiedersehen mit meiner Mutter geben kann – niemals wieder –, so vielleicht doch eine Art Begegnung mit etwas, das sie in ihrer Seele trug. Oder so.

Ich seufze. Die Küstenlandschaft unter mir leuchtet in der Sonne, und ich wünschte, ich könnte den Kopf aus dem Fenster stecken, um nichts zu verpassen. Ich kann sie nicht im Einzelnen erkennen, aber ich stelle sie mir vor, die Pinien, wie sie sich über Felsen zum Meer hin beugen und wie ihre Wurzeln ein Muster in die sandige Erde zeichnen. Das Meer ist hier ein weltjunger Mann, *el mar*, und er liegt dem leuchtenden Strand zu Füßen, der im Süden, wie passend, eine Frau ist: So wie einst mein Vater meiner Mutter zu Füßen lag, um sie dann in seine Heimat zu locken. Ein Abenteuer, das ich nun umgekehrt beginne, wenn auch ohne die Liebe meines Lebens, die mich am Ziel erwartet.

»*La platja*«, sage ich laut, um meine Zunge wieder an das Katalanische zu gewöhnen, die Sprache meiner Mutter und die meiner Kindheit, und es ist ein plätschernder Genuss: »platscha«, gleitet die Zunge vom Gaumen zu den Zähnen, meine Güte, ich sehe mich jetzt schon kopfüber in die Wellen tauchen, vergesse den Winter, der hier so anders aussieht. Mein Sitznachbar, aufgeweckt von meinen Sprachübungen, lehnt sich mit einem ungenierten Gähnen vor, um ebenfalls einen Blick aus dem Fenster zu werfen. Sein Atem riecht nach dem an Bord gekauften Käsebrötchen, und noch immer liegen Krümel auf seinem geblümten Urlaubshemd. Ein Optimist, der den Winter gleich zu Hause gelassen hat.

»Na, ob wir pünktlich ankommen«, sagt er, nun doch ein wenig pessimistisch, und es belehrt ihn sogleich der Pilot mit schwer verständlichem, aber charmantem Akzent: Der Anflug hat begonnen, nur noch eine klitzekleine Warteschleife, und wir landen in Barcelona. Dreizehn Uhr fünfundvierzig, Außentemperatur siebzehn Grad, es ist Samstag, der zwölfte Februar. Ein Lautsignal kündigt an, dass die Sicherheitsgurte angeschnallt werden müssen, und der Pilot wünscht uns einen schönen Tag. Ich bedanke mich und murmele *gràcies*, die Maschine fliegt eine Linkskurve, und wir befinden uns im Blau zwischen Himmel und Meer. Die Passagiere rutschen bereits unruhig auf ihren Sitzen, manche bekommen feuchte Hände oder versuchen, mit zugehaltener Nase den Druck auszugleichen. Noch vor dem Ausschalten der Motoren werden sie wie befreit aufspringen, hektisch ihr Gepäck aus den Fächern zerren und versuchen, sich im Gang vorzudrängeln. Die Stewardessen werden vergeblich anmahnen, sich doch bitte wieder zu setzen, und ich werde weiterhin wie hypnotisiert aus dem Fenster schauen. Ich werde die Geräusche um mich herum ausblenden und mich auf meine feierliche Ankunft konzentrieren, und ich weiß plötzlich, die Befreite bin ich, ich allein, und es fehlen nur noch wenige Minuten, und – Barcelona!

Der Pilot hat seine Schleife gedreht, und ich blicke hinunter auf eine Schönheit eingebettet von Meer und Hügeln, deren Muster von akkurat angelegten sechseckigen Häuserblocks aus den Zeiten des Jugendstils hinunter ins Labyrinth der frühmittelalterlichen Altstadt verläuft: von der Ordnung ins Chaos, in überschaubarer Größe und doch mit unendlich vielen Gassen und Plätzen, deren Namen ich zu Hause vergeblich versucht habe, auswendig zu lernen und die ich ab sofort (wir nähern uns leicht schwankend der Landebahn, die Triebwerke kreischen, die Landeklappen sind ausgefahren, das Fahrwerk ist bereit zum Aufsetzen, jetzt gleich, jetzt, jetzt ...) bis in den allerletzten Winkel erobern werde.

Auf die Plätze, fertig, los.

Wie es aussieht, muss ich erst einmal lernen, dass in diesem Land Zeit ein dehnbarer, erweiterter Begriff ist. Übersetzt heißt sie *temps,* was beides Zeit und Wetter bedeutet, will heißen: schwer einzuschätzen und nur unter Vorbehalt prognostizierbar. Im Moment bin ich also noch auf den Plätzen, denn ich stehe seit einer halben Stunde vor dem Gepäckband Nummer 12 und starre auf die Öffnung, die meinen Koffer freigeben soll. Auf dem Schild, das meinen Flug diesem Band zuordnet, hat sich Glasgow an erste Stelle geschoben, und wir letzten fünf Passagiere aus München tauschen nervöse Blicke aus. Vor dem Reklamationsschalter stehen Kofferwaisen aus Japan, Südamerika und Schweden, und ich versuche mich zu erinnern, ob ich die richtige Telefonnummer auf das Adressschildchen geschrieben habe, und was, wenn nicht, und siehe einer an. Da ist er. Ich rücke vor auf fertig und lade meinen Koffer und den kleinen Rucksack, den ich mit an Bord hatte, auf einen Gepäckwagen. Ich drängle mich durch die Menge und bin plötzlich froh, alleine zu sein, denn die angespannten Paare, die herumturnenden Kinder, die sich um ihren Reiseführer scharenden Gruppen sind anstrengender als das Gefühl der Verlassenheit, das mich beim Durchgehen der Schiebetüren überfällt: Hunderte von Menschen stehen hinter der Absperrung in der Ankunftshalle und warten ungeduldig darauf, ihren Ankömmlingen um den Hals fallen zu können. Sie stehen auf Zehenspitzen, winken, halten Willkommensbanner hoch, rufen Namen.

»*Hola* Mamà!«

»Cinta, Cinta!«

»*Hola* Anna!«

»Eh, Joan!«

Mir schießen Tränen in die Augen, aber das kenne ich von mir, das ist die Ergriffenheit: Ich habe es geschafft, ich bin da, sechsunddreißig Jahre habe ich auf diesen Moment gewartet, könnte das da drüben der Ausgang zum Flughafenbus sein?

»Anna!«, höre ich wieder und freue mich, einen Namen zu tragen, der überall geläufig ist. Ich schiebe meinen Gepäckwagen so rücksichtsvoll es geht durch die Menge in Richtung der Rolltreppen, Anna, Anna, ruft es erneut, und jemand greift mich am Arm, reißt mich an sich und küsst mir die Wangen –

»Sag mal, Frau, bist du taub?«

Ich könnte heulen vor Freude, was heißt könnte. Wir fallen uns in die Arme.

»Du riechst nach Meer«, sage ich, meine Nase in seinen braunen Locken.

»Ich war heute auch schon schwimmen.«

»Um diese Jahreszeit?«

»Jeden Tag, bei Wind und Wetter.«

Wir zwicken einander, strahlen, ich habe noch immer Tränen in den Augen, und Rafael redet auf mich ein, bis wir in seinem Auto sitzen.

»Ich hab gedacht, du kommst nicht mehr, du bist da vielleicht durchmarschiert, ich habe gebrüllt wie ein Verrückter, hast du mich denn nicht gehört? War der Flug O. K.? Wie sah der Pilot aus? Ich stehe ja total auf diese Uniformen. Gut siehst du aus, ist das nicht ein Wahnsinn, ich bleibe das Wochenende bei Quim. Komm, lass dich drücken, ein bisschen Lippenstift könnte dir aber nicht schaden, ich freue mich so, dich zu sehen! Du hast die Wohnung für dich alleine, der Rest wird schon – das kann doch nicht dein Ernst sein, ist das alles, was du dabeihast?«

Mit heruntergekurbelten Fenstern fahren wir in die Stadt. Diese Luft! Wie Weichspüler umgibt sie meine Haut, die die in München unaufhörliche Schlecht-Wetter-Misere misshandelt hat. Die angekündigten siebzehn Grad fühlen sich aufgrund der Luftfeuchtigkeit an wie zwanzig, kein Wölkchen mehr am Himmel, nur Sonne, Sonne, Sonne, dabei gehen in Deutschland bald die Straßenlaternen an. Ich erzähle Rafael, dass es mir nicht schwerfiel, die Wohnung unterzuvermieten. Ich sage zum zehnten Mal, wie sehr ich mich freue, dass ich es kaum erwarten kann, die Arbeit anzufangen, dass ich am liebsten nur über Essen schreiben würde; neue Restaurants, Bars, Köche –

»Es gab wohl im Flugzeug nichts zu essen?«, grinst Rafael, und wir erreichen die platanenumsäumte Gran Via, die uns zur Stadtmitte führt. Mir kribbelt der Bauch.

»Mensch Rafael«, sage ich, »das habe ich alles dir zu verdanken.«

Das habe ich wirklich.

Rafael und ich haben uns in Sibiu kennengelernt, Kulturhauptstadt Europas, Visitenkarte Rumäniens. Er war dort, um für eine Kulturzeitschrift über die Aufführung einer katalanischen Theatergruppe zu berichten, und ich war dort, um für eine deutsche Frauenzeitschrift über ein neues Hotel zu schreiben, in dem auch Rafael übernachtete. Meine Arbeit war folgende: Eine PR-Agentur kauft sich verschiedene Journalisten mit der Einladung zu einer Luxusreise, damit die wiederum lobpreisende Artikel an diverse Magazine und Zeitungen verkaufen. Wir, in diesem Fall ein verlebter, trinksüchtiger Hamburger, eine chirurgisch verschönerte Wienerin, ein junger Ehrgeizling aus Köln und ich, wurden in den besten Suiten untergebracht, aßen in den besten Restaurants und wurden in die Geheimtipps der Stadt eingeweiht. Die wir dann als Geheimtipp Hunderttausenden von Lesern weitergeben sollten, psst, nicht verraten. Viel gab es nicht zu berichten – die Leser möchten von Dingen lesen, die sie kaufen können – außer, dass der Stadtkern entzückend renoviert wurde, dass Tuica, der hausgebrannte Pflaumenschnaps, hervorragend ist und dass Bäuerinnen und Hausfrauen auf dem Markt wunderschönes Keramikgeschirr anbieten, handbemalt mit floralen Mustern.

Meine Gruppe war fürchterlich. Die Wienerin maulte,

wie langweilig Sibiu sei, und hatte zur Erfrischung eine Geschichte mit dem jungen Mann aus Köln. Der Hamburger dockte abends am Tresen der Hotelbar an, und ich streifte alleine durch die Gassen dieses hübschen Städtchens und stellte mir die Sinnfrage.

Am zweiten Morgen saßen Rafael und ich alleine im Frühstückssaal, teilten uns den letzten Löffel Rührei vom Buffet und beschlossen, uns auch den Tisch zu teilen. Wir hatten uns bereits ein paar Mal im Aufzug und Foyer Hallo gesagt und waren uns auf Anhieb sympathisch. Vor allem gefielen mir seine dichten Locken und die großen braunen Augen, die hinter seiner Brille noch größer schienen und ihm ein stetes sanftes Erstaunen in den Blick malten – und ich war begeistert, dass er aus Barcelona kam. Ich erzählte ihm, dass ich dank meiner Mutter Katalanisch spreche, in guten Zeiten Stadtführer schreibe und in schlechten Reisereportagen wie diese. Er erzählte mir, dass er Kulturjournalist sei und frisch verlobt.

»Das hört sich ja toll an«, sagte ich, »gib's zu, das hast du dir nur ausgedacht.«

»Dann komm mich besuchen! Ich zeig dir meine Stadt, meinen Mann, alles, was du willst.«

Ich musste lächeln und verabschiedete mich von der Idee, meine Hände eines Tages in diesen Lockenkopf zu vergraben.

»Das *ist* alles, was ich will«, sagte ich, »eine schöne Stadt, einen Mann …«

»Einen schönen Mann.«

»… kannst du dir vorstellen, dass ich nur ein Mal als Baby in Barcelona war? Dass meine Mutter danach nie mehr zurückgekehrt ist? Und einen schönen Job will ich auch. Nicht so einen Blödsinn. Ich darf ja noch nicht einmal schreiben, dass in diesem Hotel um zehn Uhr morgens das Rührei aus ist.«

Am Ende schrieb ich gar nichts über Sibiu, denn an jenem Morgen, noch während unseres gemeinsamen Frühstücks, klingelte mein Handy und es meldete sich ein Hauptkommissar aus Starnberg. Ich dachte sofort an meinen Bruder – Starnberg, fuhr es mir durch den Kopf, da ist seine Klinik, und noch während ich versuchte, aus meinem verschnürten Hals seinen Namen herauszukrächzen, fragte mich der Kommissar, ob ich die Tochter von Thomas Silber und Núria Martell Silber wäre, und ich flüsterte: Ja? Er sagte, dass meine Eltern und mein Bruder Andreas einen Autounfall hatten und noch am Unfallort gestorben seien. Ob ich ihn verstanden hätte, fragte er nach einer Weile, und ich räusperte mich und flüsterte erneut: Ja. Er räusperte sich ebenfalls und fügte mit gesenkter Stimme hinzu, dass es ihm leidtäte, und ich weiß nicht mehr, was ich diesmal sagte.

An diesem Tag fand ich in Rafael einen Freund von der unvergesslichen Sorte. Er hielt mich, half mir beim Packen, beim Umbuchen, brachte mich zum Flughafen. Ich selbst habe kaum eine Erinnerung, weder an diese Stunden noch an die folgende Woche bis zur Beerdigung. Aber ich weiß, was Rafael für mich getan hat, und bin ihm für immer dankbar, unter anderem dafür, dass er seine Visitenkarte in meine Handtasche steckte und sich meine Adresse und Telefonnummer notierte. Zwei Wochen später schickte er mir einen Brief, in dem er schrieb, dass ich immer bei ihm willkommen sei und dass er mir gerne die Stadt meiner Mutter zeigen würde, wann immer ich so weit sei – und dass ich in Barcelona nicht verwaist wäre. Und dann, elf bedrückende Monate später, bekam ich das Angebot, einen Stadtführer über Barcelona zu schreiben, weil es sich in der Szene herumgesprochen hatte, dass ich Katalanisch und auch ein bisschen Spanisch konnte. Als ich Rafael erzählte, dass ich nun so tun müsse, als wäre ich eine Barcelona-Expertin, ohne jemals dort gewesen zu sein, jubelte er und versicherte auf Anhieb, er könnte mir für ein paar Monate eine Wohnung besorgen. Außerdem versprach er, dass die gesamte Kulturredaktion seiner Zeitschrift mir mit jeglichen Tipps und Ratschlägen zur Verfügung stünde.

»Das wäre traumhaft«, sagte ich.

»Was heißt hier wäre! Du hast doch zugesagt, oder?«

»Ich habe mir bereits fünf Reiseführer, eine katalanische Grammatik und ein Wörterbuch deutsch-spanisch gekauft«, gab ich zu, und Rafael lachte laut in den Hörer.

»Dann bist du ja bestens vorbereitet. Wir machen dich schon zur Barcelona-Expertin, und du kannst sogar einen Schreibtisch bei uns beziehen«, schlug er vor, »also, wann kommst du?«

Wir verlassen die Gran Via mit ihren Platanenreihen, Bussen, Taxen und einer Armee von Motorradfahrern und biegen rechts ab in den Passeig de Sant Joan. Wir lassen die Plaça Tetuan hinter uns – ein breites, mit hochgewachsenen Palmen versehenes, von Wildpapageien bevölkertes Rondell – und biegen bald in eine schmale Straße, die durch ein Labyrinth von verwinkelten Kreuzungen zu Rafaels Wohnung führt. Schlagartig ändert sich die urbane Landschaft; wir haben das bürgerliche Viertel des Eixample verlassen und begeben uns in die Cuitat Vella, die alte Stadt: Sogleich sind die Häuser niedriger, ihre Fassaden glatt und schmucklos. Die Gassen, die rechts und links von der Straße abgehen, verlaufen zu engen Schläuchen, wo Kinder unter gespannten Wäscheleinen Fußball spielen.

»Hier sind wir«, sagt Rafael und biegt in die Sant Pere Més Baix – und wir stecken fest. Vor uns stehen drei weitere Autos, und die Motoren laufen, obwohl es nicht so aussieht, als würde die nadelöhrbreite Straße so schnell freigegeben: Vier Polizeiwagen und zwei Ambulanzen versperren, aus der entgegengesetzten Richtung kommend, die Einbahnstraße. Anwohner lehnen sich aus den Fenstern und recken die Hälse, um einen Blick auf das Unglück zu ergattern, das keine zwanzig Meter vor uns geschehen sein muss; Polizeibeamte schicken neugierige Passanten fort und winken den Autofahrern zu, zurückzusetzen. Ich schlucke Abgase und habe Durst. Hinter uns fangen die Ersten an zu hupen, wie eine Welle schwappt das kakofonische Konzert zu uns herüber, schwillt an und bricht über uns ein.

»Ja, was denn jetzt«, regt sich Rafael auf und lehnt sich aus dem Fenster. »Wie sollen wir denn hier rückwärts rauskommen, verdammt noch mal?«, ruft er einem Beamten zu, »ich wohne gleich da vorne!«

Er haut frustriert gegen das Lenkrad.

»Ist bestimmt gleich vorbei«, versuche ich.

»Warte mal kurz«, sagt er und steigt aus, um sich mit den anderen Autofahrern und dem Polizisten zu beraten. Auch ich steige aus, um über die Köpfe der Passanten zu spähen, als ein etwa zehnjähriger Junge durch die Absperrung schlüpft und sich mit solcher Wucht an mir vorbeischiebt, dass ich ins Taumeln gerate.

»Hey!«, rufe ich verblüfft aus, und der Junge dreht sich um, sieht mich an und wirft mir etwas zu. Reflexartig fange ich es auf, und als ich wieder aufschaue, sehe ich nur noch, wie er versehentlich beim Weglaufen einen kurzatmigen, dicken Mann anrempelt und um die nächste Ecke verschwindet. Verwirrt öffne ich meine Hand und blicke auf ein Stück Blei.

»Anna!«, höre ich Rafael rufen. Er zieht mich ums Auto herum und flüstert aufgeregt auf mich ein.

»Da ist ein Toter!«

»Was??«

Rafael nickt mich mit großen Augen an und fährt sich mit der Hand aufgeregt durch die Haare.

»Quim kommt wohl auch gleich, da ist jemand vom Haus gestürzt, praktisch gegenüber von meiner Wohnung, du kannst dir vorstellen, was da vorne los ist. Aber sie werden dich durchlassen«, sagt er, »komm, bevor die es sich anders überlegen.«

»Quim ist doch bei der Mordkommission, oder?«, frage ich und greife nach meinem Rucksack.

»Ja, aber bei so was muss er auch kommen, die Ursache ist ja noch ungeklärt«, sagt Rafael, während er den Fahrersitz vorklappt und den großen Koffer von der Rückbank hievt. »Tut mir echt leid für dich, saublöd, ausgerechnet am Tag deiner Ankunft! Pass auf: Hier sind die Hausschlüssel – der ist für die Wohnung. Es ist nur einen halben Block weiter, auf der rechten Seite. Nummer 125, vierter Stock, zweite Tür. Ich ruf dich nachher von der Redaktion aus an. Geh ruhig, das hier wird länger dauern.«

»Bist du sicher?«

Rafael winkt mich lächelnd fort. Ich ziehe den Koffer über den Bürgersteig hinter mir her und werde von einem Polizisten durch die erste Absperrung begleitet. Ich versuche, meine Neugierde zu bändigen, und nehme mir vor, nicht hinzuschauen – aber aus den Augenwinkeln habe ich ihn bereits gesehen. Den Toten. Und ich kann nicht anders, als ihn anzustarren. Der Mann liegt, keine zwei Meter von mir entfernt, bäuchlings auf dem Steinpflaster, die Beine unnatürlich verrenkt. Seine Arme sind mit spitzen Ellbogen nach außen gekehrt, und die Hände liegen unter seinem Körper. Es sieht aus, als hätte er zwei gebrochene Flügel. Sein Kopf liegt in einer Blutlache, und etwas Helles bröckelt durch die Wunde, glänzt in seinen Haaren. Eine Flaumfeder, vielleicht die einer Möwe, klebt an seinem blutverschmierten Mundwinkel. Die Feder bewegt sich in einer unmerklichen Brise, die einzige Bewegung in diesem Bild der Stille. Das Blut wirkt im Sonnenlicht beinahe rosafarben, und ich stelle mir vor, dass es warm sein muss, dass darin vielleicht noch ein paar lebende Zellen schwimmen und dass, wenn es denn so etwas wie eine Seele gibt, sie in diesem Moment dabei ist, aus dem Leib dieses Mannes herauszuströmen, mit seinem Blut herauszufließen. Ich weiß, das ist Unsinn. Aber ich bin ehrlich beeindruckt. Ich schaue hoch, zu dem Gebäude, von dem er gefallen sein muss – oder gesprungen, was ich ihm fast eher wünsche, denn nichts finde ich schlimmer, als bei einem Unfall umzukommen. Dann bleibt nämlich nicht nur das Warum – man fragt sich immer, warum –, sondern auch das Hätte er bloß, Wäre er nicht, und so weiter. So ist es eine beschlossene Sache. Eine selbst gefällte Entscheidung. Kein dummer Zufall. Ich weiß, wovon ich rede.

Das Haus ist eine fünfstöckige Baustelle. »Luxuriöse Eigentumswohnungen« steht auf einem Schild, dazu ein kleines Firmenlogo und eine fett gedruckte Telefonnummer. Die backsteinernen Wände sind bereits eingezogen, aber die Fassade steht offen. Lange Bretter sind in Hüfthöhe angebracht, sie sollen den Bauarbeitern wohl Schutz vor einem Sturz bieten. Das hat offensichtlich nicht funktioniert. Wobei der Mann nicht aussieht wie ein Bauarbeiter. Er ist um die vierzig und trägt einen grauen Anzug, ein hellblaues Hemd, schwarze Schuhe; die Spitze seiner Krawatte ruht auf seiner Schulter. Ein Schutzhelm ist nicht zu sehen. Ich wundere mich, dass überhaupt keine Arbeiter anwesend sind, und ich versuche mir vorzustellen, wie dieser Mann alleine durch den Betonstaub schritt – vorsichtig, um Schuhe und Hosensaum nicht zu beschmutzen –, wie er die unverputzten Stufen emporstieg und sich vielleicht ausmalte, wie die zukünftigen Bewohner diese Leere mit Leben und Geschichten füllen würden. Diese Stille. Eine Zementmaschine steht ruhend im dritten Stock; graue Plastikplanen hängen an Nägeln und flattern verlassen im Wind. Die Räume sehen schmal aus – zu schmal, wie ich finde – und starren aus blinden Augenhöhlen vor sich hin. Sie geben dem Gebäude, das immerhin jemanden aus dem obersten Stockwerk gespuckt hat, einen finsteren Ausdruck. Neben dem Toten knien zwei Notärzte; ein paar Sanitäter stehen wartend bei der Ambulanz; ein Polizist macht Fotos. Ein anderer zündet sich eine Zigarette an und sagt, eine Wolke nach schwarzem Tabak riechenden Qualm auspaffend:

»Und das in der Mittagspause.«

Deshalb habe ich, trotz des scheußlichen Anblicks, Hunger. Und deshalb sind um diese Zeit keine Arbeiter auf der Baustelle: Sie werden in einem dieser kleinen Restaurants sitzen und für sieben Euro ein Drei-Gänge-Menü verspeist haben, sich Fasern des Filets aus den Zähnen stochern, vor sich ein *tallat* – ein Milchkaffee in Schnapsglasgröße –, und keine Ahnung haben, was sie bei ihrer Rückkehr erwartet.

»He, was machst du hier!«, bellt mich der rauchende Polizist an und scheucht mich fort. Ich steige benommen über die zweite Absperrung, suche die Nummer 125 und schließe, dankbar für die Zuflucht, auf. Jetzt erst spüre ich, dass meine Hände leicht zittern. Das Treppenhaus ist kühl, und die jahrhundertealte Haustür sperrt die Geräusche der Straße aus. Es ist so weit: für die nächste Woche werde ich

Rafaels Wohnung beziehen – davor muss ich nur noch meinen übergewichtigen Koffer lächerliche vier Stockwerke hochtragen.

Rafaels Wohnung besteht aus einem winzigen Schlafzimmer, einem Bad und einer zum Wohnzimmer hin offenen Küche. Die Räume sind lichtdurchflutet. Sonne dringt durch die Türen des französischen Balkons, der zur Straße führt, doch ich kann nicht hinunterschauen, noch nicht: Noch gibt es keine Aussicht zu bewundern. Noch liegt ein Toter auf der Straße.

Ich stelle mein Gepäck ab und sehe mich um. Rafael hat bereits mit dem Packen begonnen; Umzugskisten stehen herum, Bilder lehnen an der Wand, die Bretter eines abgebauten Regals liegen sorgfältig aufeinandergestapelt auf dem Boden, daneben stehen Vasen, Bücher, Kerzenhalter, CDs. Ich öffne den Kühlschrank, trinke Wasser, beiße in einen Apfel. Ich denke an Rafael, der im Stau steht, denke an Quims knallharten Beruf, an den verunglückten Mann und an das, was ich nicht sehen wollte. Die Ankunft in dieser Stadt, die ersten schwindelerregenden Eindrücke, die Erinnerung an meine Mutter, die noch kaum mehr als ein unsichtbarer Bezug mit diesem Ort, diesem Land ist – all dies verwirrt mich, und mir ist, als wäre ich vor Tagen gelandet und nicht erst vor zwei Stunden.

Langsam packe ich meinen Rucksack aus – das Notebook zuerst, nicht gerade das neueste Modell, aber immerhin das Instrument, mit dem ich in Barcelona mein Brot verdienen werde. Adressbuch, Kalender, Stifte, Dokumente, das Handy aus der Seitentasche … es muss an dem metallischen Grau des Mobiltelefons liegen, denn dabei fällt mir das sonderbare Geschenk des Jungen ein. Keine halbe Stunde ist vergangen, und ich habe es fast vergessen. Vorsichtig taste ich in meinen Hosentaschen danach und betrachte es genauer, doch es ist nichts anderes, als bereits der erste, kurze Anblick verriet: ein münzgroßes Stückchen Blei, das nach dem Schmelzen in eine Wasserschale geworfen wurde. Wie ich es auch drehe und wende, ich kann keine konkrete Form daraus erkennen. Könnte eine Art Baum sein. Oder eine Koralle. Scheint eine Ecke zu fehlen. Ratlos lege ich das gegossene Bleistück auf den Küchentresen, als die Sirene eines Krankenwagens aufjault. Sie bringen ihn fort, hoffe ich, und werfe einen vorsichtigen Blick aus dem Fenster. Mit Erleichterung beobachte ich, dass die Streifenwagen und die Ambulanzen wenden, um die Straße frei zu machen; gleich werden die Geschäfte öffnen, der Nachmittag hat begonnen, die Dinge nehmen ihren Lauf, warum sollten sie das nicht. Rollos werden hochgejagt, Gemüsestände aufgestellt; später werden Straßenreiniger die Blutspuren mit einem kräftigen Wasserstrahl entfernen, meine Unruhe mit ihnen. Ich blicke hoch und entdecke ihn neu, diesen herrlichen Tag: Möwen segeln über die Dächer, darüber zeichnen Hunderte von Antennen ein surrendes Muster in den Himmel; ich öffne die Tür des fußbreiten Balkons und atme tief ein. Ich bin da.

Eine Stunde später lasse ich frisch geduscht die Haustür hinter mir zufallen. Ich bin um neun mit Rafael und Quim zum Abendessen verabredet und darf mir Zeit lassen für mein erstes Rendezvous mit der Stadt. Alles wirkt wie verwandelt: Die polizeiliche Straßensperre ist aufgehoben und der Stau aufgelöst, doch kaum ein Auto fährt durch die Gasse. Ein Pizzafahrer knattert auf einem verbeulten Moped vorbei und verscheucht dabei einige Fußgänger, die keine Lust haben, im Gänsemarsch auf dem schmalen Bürgersteig zu balancieren. Die Menschen erledigen ihre Aufgaben, kaufen ein, gehen zur Bank oder lassen sich treiben, wie ich. Schräg gegenüber von Rafaels Haus stehen zwei alte Frauen in geblümten Kitteln vor dem Unglückshaus und schrubben mit Putzmitteln das Blut weg: der letzte Gruß des Toten, für den die städtische Putzkolonne anscheinend noch keine Zeit gefunden hat. Die Borsten der nassen Besen zischen rhythmisch über die Pflastersteine, und der Schaum fließt rosafarben in den Gully. Ich schaue eine Weile zu – ein Moment des Gedenkens, das ist das Mindeste –, bis die Ältere der beiden die Hände über den Besengriff zusammenfaltet und mich ansieht.

»Nun machen Sie nicht so ein Gesicht«, sagt sie. »Sie können sich gar nicht vorstellen, was wir hier im Bürgerkrieg zu schrubben hatten.«

»Waren schlimme Zeiten«, sagt die Jüngere, »jeder gegen jeden, da wusste man nie, wo man dran war.«

»Na ja«, winkt die Ältere ab. »Ist heutzutage auch nicht gerade eitel Sonnenschein. Nur die Fronten, die sind klar: jetzt geht's nur noch gegen die Schwachen.«

»Aber es fließt wenigstens kein Blut auf der Straße«, meint die Jüngere.

»Ach Gott.«

»So ist das.«

»Und das hier?«, frage ich.

»Das hier war kein armer Teufel.«

»Keine schöne Art zu verunglücken«, sage ich.

Die beiden wechseln einen Blick und machen sich wieder an die Arbeit. Ich verabschiede mich, erhalte jedoch keine Antwort. Unschlüssig sehe ich mich um: Wohin soll ich mich denn treiben lassen? Von links unten kam ich heute an, aus der Richtung, in die der Junge mit dem Bleistück verschwand, da, wo ein verlassenes Gebäude steht, dessen

Fenster und Eingangstür zubetoniert sind. Ziemlich viele Bauvorhaben, denke ich, und blicke auf zwei weitere Häuser, die anscheinend renoviert werden und mit Baugerüsten und Schutzvorhängen bedeckt sind. Ich beschließe, nach rechts zu gehen. Ich befinde mich in Sant Pere, Teil des Altstadtviertels *Barri Vell*, und laufe durch die Textilmeile, die von ländlichen Boutique-Besitzern überlaufen ist, die hier en gros Handtücher, Bettwäsche, Hausfrauenkittel, Strümpfe, Tischdecken und geschmacklich äußerst fragwürdige Modekonfektion für ihre Läden kaufen. Alles *made in China*. Die größten Geschäfte sind in chinesischer Hand; sie bieten vor allem Billigwaren an, die sie aus familieneigenen, in China ansässigen Fabriken importieren – doch niemand kauft dort ein. Acht Verkäuferinnen aus, sagen wir mal, der Provinz Shaanxi, die sich in einem Textilladen rekeln und kaum ein Wort Spanisch, geschweige denn Katalanisch sprechen, bereiten den Inhabern von Dorfläden keinen Spaß beim Einkauf: Hier werden keine Schwätzchen gehalten, wird nicht der Paillettenstoff ausgebreitet und dabei über die nächste Hochzeit geredet, und es gibt keinen Kaffee oder vielleicht die Möglichkeit, die Rechnung bis zum nächsten Besuch anschreiben zu lassen. Nun, vielleicht bin ich ein bisschen zu romantisch, schließlich handelt es sich hier um eine Millionenstadt, aber die Vorstellung gefällt mir.

Ich streife weiter durch enge Straßen und sehe eine Gruppe muslimischer Frauen, die mit ihren Kindern bei einem der billigeren Gemüsehändler außerhalb der Markthalle einkaufen. Der Händler ist ein Landsmann – alle schnattern auf Berberisch, werfen aber hin und wieder einen spanischen Ausdruck mit ein, wenn es darum geht, ihre herumtobenden Kinder zurechtzuweisen. Ich laufe an einem bolivianischen Internetcafé vorbei, an einem pakistanischen Lebensmittelladen, einer chinesischen Resterampe, einem afrikanischen Handyladen, einem karibischen Friseur … Genau so habe ich mir eine kosmopolitische Hafenstadt vorgestellt, als ein buntes, vielsprachiges Nebeneinander von Kaufleuten, die aus den unterschiedlichsten Gründen hier gestrandet sind.

Und Touristen. Sie marschieren in Trauben durch die Gassen des alten, von der Euphorie des Jugendstils unbeachteten Händlerviertels, mit hochgerecktem Kinn und Wasserflaschen im Wandergürtel. Ein paar Meter weiter, und ich stehe plötzlich doch vor einem der architektonischen Juwele des Modernismus, dem Palau de la Música, deshalb der Rummel und das Klicken unzähliger Fotoapparate, bedient von Besuchern aus Japan, den Vereinigten Staaten von Amerika, Brasilien, Saudi-Arabien – der halben Welt, dem babylonischen Gemurmel nach zu urteilen. Wenn ich mit der Arbeit an meinem Reiseführer begonnen habe, werde ich schon genug davon bekommen, denke ich und fliehe in eine leere Gasse. Wobei mir nach der Vorbereitung auf diese Reise die üblichen touristischen Informationen schon aus den Ohren kommen. Geradezu absurd, noch einen Stadtführer über Barcelona zu schreiben, aber bitte. Außerdem soll meiner ja anders werden, tröste ich mich halbherzig.

Ich laufe über das Pflaster, suche menschenleere Wege, verirre mich im Labyrinth des immer enger und dunkler werdenden gotischen Viertels, dem *Gòtic*. Ich lasse die Finger über alte, mit Graffiti besprühte Holztore gleiten. Jede Regung, jedes Wäschestück, das zum Trocknen auf den Wäscheleinen hängt, jede schlafende Katze, jedes mit Pflanzen zugestopfte Fenster reißt meinen Blick an sich, und immer gibt es eine neue Lieblingsstraße, in der mindestens eine Wohnung zum Verkauf oder zur Miete angeboten wird. Die Schilder hängen einfach an den Fenstern, sind bestimmt spottbillig, die Wohnungen hier, und leer stehende gibt es wie Sand am Meer. Komisch, eigentlich.

Komisch auch, dass ich mir nun zum dritten Mal einbilde, Schritte hinter mir zu hören, doch wenn ich mich umdrehe, ist niemand zu sehen. Allenfalls eine versteinerte Chimäre, die vom Portal eines Palazzo zu mir hinunterstarrt, oder ein staubbedeckter Heiliger, der stoisch in einem Hausschrein wacht, scheinen meinen Weg durch die inzwischen recht düster wirkenden Gassen zu begleiten. Diese ist so schmal, dass ich mit ausgestreckten Armen die Mauern beider Häuserfronten berühren kann.

Plötzlich höre ich Trommeln. Ratatam, ratatam, ratatam, dröhnt es, und obwohl ich mich allmählich aufmachen sollte, um das Restaurant zu finden, zieht mich der Rhythmus an wie ein Magnet, ratatam, ratatam, ratatam, ich biege in eine breitere Gasse ein, die wie durch Zauberhand bevölkert ist: Anwohner beugen sich aus den Fenstern, Ladenbesitzer stehen in den Eingängen, Menschen strömen auf die Straße und folgen dem Ruf. Ich schließe mich ihnen an, froh, nicht mehr allein zu sein, biege um eine weitere Ecke, das Trommeln ist plötzlich ohrenbetäubend – und beinahe werde ich von einer drei Meter hohen Jungfrau überrannt.

»Du bist unserer Schutzpatronin begegnet«, sagt Rafael, »Santa Eulàlia de Barcelona, das ist aber eine Ehre«.

»Das war eine riesige Prozession!«, nuschele ich kauend, noch ganz zerfleddert vom Marsch unter Hunderten, und stopfe mir zwei weitere Oliven in den Mund. Inzwischen sterbe ich nämlich vor Hunger, und obwohl ich den ganzen Nachmittag Zeit hatte, habe ich mich magenknurrend gezwungen, auf meine Verabredung zu warten. Ich habe nämlich ein Problem. Ich kann nicht alleine vernünftig essen. Ich weiß, dass das eine blöde und ziemlich unpraktische Macke ist, aber ich schaffe es einfach nicht. Ich brauche Gesellschaft, und bitte schön, wenn es Gesellschaftsraucher oder -trinker gibt, darf es auch Gesellschaftsesser geben. Und in der Zwischenzeit gibt es Hamburger, Windbeutel, mal einen Apfel, öfters eine Tafel Schokolade und jeden Abend eine gute Creme gegen Pickel. Aber nicht heute Abend. Denn wenn Quim endlich auftaucht, werde ich ein schönes, saftiges Steak bestellen.

»Warte ab, wenn die Jungfrau von Mercè gefeiert wird, da ist eine Woche Ausnahmezustand.«

»Eine Heilige reicht mir! Erst der Tote und dann diese Drei-Meter-Madonna, das ist ziemlich viel für den Anfang, ich meine –«

»Mann, der Tote«, unterbricht mich Rafael, »das habe ich dir noch gar nicht erzählt. Quim hat mir nämlich gesagt –«

»Verrätst du jetzt Polizeigeheimnisse?«, wird Rafael nun wiederum von einer tiefen Stimme unterbrochen. Ich blicke vom bedrohlich leer gewordenen Olivenschälchen auf und sehe einen dunkelhaarigen Mann, der mich mit einer schmalen Lücke zwischen den Schneidezähnen anlächelt. Ich kenne diesen Mann. Ich habe sein Bild gesehen. Ein Sommerfoto am Meer, mit dunkler Brille, nassen Haaren, einem Tropfen Sonnencreme auf der Nase. Riesenlächeln. Er und er, Arm in Arm. In natura wirkt er sogar noch attraktiver, trotz der müden Augen.

»Quim!«

Ich erhebe mich und werde von Quim in die Arme genommen und auf die Wangen geküsst.

»Endlich, Rafael hat schon so viel von dir erzählt«, sagen

wir gleichzeitig und lachen. Quim streichelt Rafaels Nacken zur Begrüßung und setzt sich mit einem Seufzer zu uns.

»Willkommen in Barcelona«, sagt er, »aber denk bloß nicht, hier liegt jeden Tag ein Toter auf der Straße.«

»Na ja«, meint Rafael.

»Ja, ja«, murmelt Quim und winkt ab.

»War's mühsam?«, fragt Rafael und schenkt ihm Wein ein.

»Wir hatten gerade die Pressekonferenz«, sagt Quim und reibt sich die Augen.

»Geht es um den Mann, der aus dem Haus gestürzt ist?«, frage ich, und Quim nickt.

»Gestürzt wurde«, sagt er, »aber er war vorher schon tot. Erwürgt.«

»Im Ernst?«, frage ich, und Quim lächelt über mein Erstaunen. Ich merke, wie ich rot werde.

»Ich meine, das ist ja wie ein doppelter Mord, erst erwürgt, dann vom Gebäude geschubst ... da wollte jemand wohl ganz sichergehen«, sage ich und blicke in Quims verwundertes Gesicht.

»Sie ist auch Privatdetektivin«, erklärt Rafael.

»Aha?«

»Na ja, nicht direkt, ich habe früher meinem Vater geholfen, in den Semesterferien und so«, winke ich ab.

»Ich dachte, du bist Journalistin? Oder Autorin?«, fragt Quim, als der Kellner kommt, um unsere Bestellungen aufzunehmen.

»Ich kann euch leider nicht begleiten, denn ich muss in fünf Minuten wieder los«, sagt Quim und legt seine Hand auf die von Rafael, »aber ich musste dich doch wenigstens begrüßen. Detektivin, hm?«

Rafael zieht ruckartig seine Hand zurück und nimmt die Speisekarte mit beiden Händen, als wäre sie eine zentnerschwere Steintafel. Die Enttäuschung ist in seinem Gesicht abzulesen, und ich bestelle rasch mein Steak, um die geladene Stille zu überbrücken. Rafael wählt einen Fisch, und wir warten schweigend, dass der Kellner unseren Tisch verlässt. Verlegen dreht Quim an seinem Glas.

»Weißt du denn, warum er umgebracht wurde?«, frage ich.

»Noch haben wir nichts. Der Mann hatte keine Schulden, seine Geschäfte scheinen in Ordnung, er hat Frau und Kinder …« Quim zuckt die Achseln.

»Was hat er mit dem Haus zu tun?«, fragt Rafael.

»Er war Bauunternehmer. Ihm gehörte das Gebäude – und nicht nur das: Er hatte sechs Stück, zwei allein in deiner Straße.«

Rafael pfeift leise, und Quim unterdrückt ein Lächeln.

»Warte ab, bist du morgen die Zeitung liest. Dann kannst du erst recht pfeifen«, sagt er trocken.

»Warum?«, fragt Rafael.

»Weil ein ganz schlauer Journalist in der Pressekonferenz meinte, dass ich ein unfähiger Idiot bin und nichts dagegen unternehme, dass hier reihenweise Leute umgebracht werden. Und ich ihm erklären musste, dass meine Aufgabe erst dann beginnt, wenn jemand umgebracht wurde, und ich nicht für die Morde verantwortlich bin, sondern er sich bitte schön an die Stadt wenden soll! Das ganze Chaos mit der Prostitution und den Drogen und den Banden, das ist doch nicht auf meinem Mist gewachsen! Wer verlegt denn den Strich von einem Viertel zum nächsten, ohne wirklich etwas dagegen zu tun? Wer liefert die Dealer in ihre Länder zurück, kontrolliert aber den Rücklauf nicht? Die kommen doch ununterbrochen wieder rein, neue Typen mit anderen Namen, aber immer aus demselben Land, das ist doch reinste Sisyphusarbeit! Die Lieferungen müssen gestoppt werden, die Kartelle ausgehoben, und dagegen kann meine Abteilung nichts unternehmen! Wir können doch nur was tun, wenn's schon zu spät ist und die sich gegenseitig bereits die Kugeln in die Köpfe gejagt haben! Deshalb heißen wir ja auch Mordkommission und nicht Familienplanung, verdammt noch mal. Und jetzt auch noch dieser Bauunternehmer.«

Quim trinkt sein Glas in einem Zug aus, und Rafael und ich sehen ihm sprachlos zu. Muss wirklich ein harter Tag gewesen sein. Mir brennen tausend Fragen auf der Zunge, aber ich habe das Gefühl, ihn besser nicht weiter zu strapazieren. Der Kellner bringt unsere Speisen, und Quim erhebt sich.

»Lasst es euch schmecken. Ich muss los, wird heute eine lange Nacht.«

»Willst du nicht einmal probieren?«

Quim drückt Rafael einen dankbaren Kuss auf die Wange, streichelt meinen Arm und verschwindet mit einem letzten Lächeln. Ich winke ihm nach. Rafael seufzt.

»So schlimm war's noch nie«, sagt er entschuldigend, »es geht gerade wirklich alles drunter und drüber.«

»Verstehe ich doch vollkommen«, sage ich. »Was meinte er denn mit ›hier werden reihenweise Leute umgebracht‹?«

Rafael kaut an seinem Fisch und wedelt einführend mit dem Messer.

»In den letzten zwei Monaten ist wohl so eine Art Krieg unter den Kleinkriminellen ausgebrochen. Eine nigerianische Prostituierte wurde ermordet, die sich auf den Strich der Osteuropäerinnen verirrt hatte. Ein Dealer aus Gambia, der wahrscheinlich den Kolumbianern in die Quere gekommen ist. Eine rumänische Zigeunerin, die Kinder zum Betteln auf die Straße geschickt hat, wobei hier noch überhaupt nicht klar ist, wer oder warum. Dann ein Brite, der im großen Stil illegale Touristenappartements vermietete, daran ist anscheinend die Russenmafia mächtig interessiert. Wer noch … ach ja, ein chinesischer Souvenirverkäufer. Die werden nämlich gerade alle durch Pakistanis ersetzt, und Quims Leute suchen da nach einer Verbindung. Und dann war da noch der Touristenführer, ein Argentinier, aber bei dem ist auch noch überhaupt nichts geklärt. Wahrscheinlich ein Liebesdrama.«

»Das sind ja alles Ausländer«, sage ich überrascht.

»Hafenstadt. Touristenmekka. Menschen aus aller Herren Länder.«

»Und ich muss einen kleinen Reiseführer über die alternativen Bars und Geschäfte dieser Stadt schreiben«, lächele ich, »nicht gerade passend.«

»Dann darfst du alles, nur nicht zu tief hinter die Kulissen blicken, meine Liebe«, rät Rafael und hebt sein Glas.

»Auf die Parallelwelten«, sage ich, und wir stoßen ein letztes Mal an. Allmählich fühle ich, wie sich die Müdigkeit in meinen Gliedern ausbreitet: die Reise, die ersten Stunden in Barcelona, der Wein, und ich denke – wenn ich richtig mitgezählt habe –, dass Quim sieben Morde aufzuklären hat. Sieben Tote innerhalb von zwei Monaten!

Und ich träumte von Pinien und Palmen.

Die Kerzen brennen

Mamà schläft nicht, redet den ganzen Tag schon zur Zimmerdecke, als wäre der feuchte Fleck da oben Gottes Antlitz, als würde Er persönlich zu ihr hinunterschauen, als würde ihr irgendjemand zuhören, doch außer mir nicht einmal der heilige Geist. Nichts machst du, wie man dir sagt, wiederholt sie immer und immer wieder, seit dem ersten Augenaufschlag in der Früh. Nichts kann man dir auftragen, die kleinste Bitte deiner Mutter schaffst du nicht zu erfüllen, du dummer Junge, du unfähiger Nichtsnutz, du … sie holt tief Luft und brüllt zu Gott: Idiot, Idiot, und die Katzen fliehen vom Bett, und ich stehe in der Küche, und ich weiß, dass sie die Finger zu Fäusten geballt hat, die sie mir an die Stirn schlagen will. Ich traue mich nicht, ihr die lauwarme Milch zu bringen, pünktlich um elf, nie eine Minute zu spät, und jetzt rückt der lange Zeiger der Küchenuhr bereits auf eins und ich stelle die Tasse auf den Tisch und halte mir die Ohren zu, wenn sie das auch noch merkt, muss ich zur Strafe auf den Fliesen schlafen und dem Schmatzen der Holzwürmer lauschen, die den Türrahmen zerfressen. Sollen sie doch die Bettpfosten durchbohren und alles zu Staub zermalmen, den Rost, die Matratze, die Laken, die Mutter – Wo bleibt die Milch, ruft mamà, du ungehorsamer Sohn, jammert sie, Idiot, Idiot, wo ist mein König, und ich nehme die Tasse, noch ist sie warm, und ich nippe und schmecke den aufgelösten Zucker, und ich rufe ja mamà, sofort, sofort. Ich helfe ihr auf, ihre Fäuste liegen unter der Wolldecke versteckt, werden hochschnellen, sobald ich mich in Sicherheit wiege, ich kenne all ihre Tricks und sie nicht einen von mir. Mamà fragt, ob ich die Hände gewaschen habe, und trinkt in kleinen Schlucken, und ich halte die Tasse mit unsicherer Hand, wische ihr den Mund ab, versichere, dass sie es verstehen werden, alles wird gut, mamà, die Kerzen brennen, die Heilige hat sie gesehen, hat empfangen und mir ins Ohr geflüstert, was zu tun ist. Es ist die Fremde, nicht der Junge, erkläre ich, noch einen Schluck, so ist gut, denn der Junge ist ein noch dümmeres Kind als ich, mamà, aber die Fremde nicht, sie ist der Dieb, sie hat das Werk zerstört, sie hat die Botschaft des Siebten mitgenommen, und ich weiß, wohin. Trink, trink, doch mamà wendet den Kopf ab, und ich tupfe ihr einen Milchtropfen von den Lippen, flehe sie an, die Augen zu schließen, denn die Kälte der Nacht verletzt die Wachen und zermürbt die Trostlosen, aber du, mamà, du bist doch in Sicherheit, weil ich bei dir bin, nun schlaf.

Sie schließt die Augen, liebt mich vielleicht wieder ein bisschen, und ich schleiche in die Küche und spüle die Tasse aus und sehe, dass mir nichts bleibt als ein rohes Ei mit Zucker, denn ich habe beim Aufwärmen Milch und Gas verbraucht. Morgen muss ich von dem stinkenden Ausländer eine neue Flasche kaufen, morgen muss ich Milch besorgen, morgen muss ich mamàs Strümpfe waschen und neue Bretter anbringen und Lauge ausschütten und retten, was noch zu retten ist.

Noch sechs Wochen, dann sind wir frei.

2.

»Sieht aus wie ein Puzzle.«
Anna Silber, 36, Geschichtensammlerin
»Da ist was faul.«
Quim Rubió, 42, Kriminalhauptkommissar

Das Klopfen des Gasmannes hallt von der Straße hoch, Dingdingding, ertönt es hinauf, drei kurze Schläge auf die orangefarbenen Flaschen, und jeder, der Nachschub für den Gasherd braucht, muss nur kurz aus dem Fenster winken. Ich sehe, wie der Gasmann – ein junger, hochgewachsener Pakistani – am Haus gegenüber klingelt, nachdem die Nachbarin ihm ein Zeichen gegeben hat. Er hievt eine dickbäuchige Flasche von seinem Karren, wirft sie sich auf die Schulter, als wäre sie so leicht wie ein Korb voller Baguettes, und drückt die Tür auf, um im Treppenhaus zu verschwinden. Ich blicke auf die Uhr, es ist halb neun Uhr morgens. Ich schließe die Balkontür, muss los.

Die Stadt erwacht. Die ersten Ladenbesitzer ziehen die Rollos halb hoch, es ist noch zu früh, um die Geschäfte zu öffnen. Die halbe Stunde wird genutzt, um Schaufenster herzurichten, Verkaufsständer vor die Tür zu tragen und hier und da, mit energischem Fegen und einem Eimer Wasser, Überbleibsel nächtlicher Streuner zu beiseitigen, wie Bierdosen, Zigarettenkippen oder eine getrocknete Urinpfütze. Manch einer schleppt aus dem noch dunklen Ladeninneren einen Pflanzenkübel neben den Eingang – die chinesischen Geschäftsleute ketten ihre Zierpalmen sogar an –, und die Hunde der Ladenbesitzer nehmen, sich umständlich um die eigene Achse drehend, vor den Türschwellen ihre Plätze ein. Eine Promenadenmischung gähnt mich jauchzend an, ich gähne zurück und zeige meinen Gaumenzipfel. Diese Nacht habe ich so gut wie gar nicht schlafen können, habe mich hin und her gewälzt, mehrmals das Licht eingeschaltet, um etwas zu lesen, Wasser zu trinken, auf Toilette zu gehen. Wieder lesen, Wasser trinken, auf den bevorstehenden Tag warten, Licht an, Licht aus. Gegen drei rumpelte unten die Müllabfuhr eine halbe Ewigkeit beim Leeren der Papier-, Glas-, Plastik- und Restmüllcontainer – in Deutschland hätte man wegen der Uhrzeit die Polizei gerufen, und das sage ich, ich kann es kaum fassen, beinahe mit einem bisschen Wehmut –, gegen sechs stand ich schließlich auf und überlegte zwei Stunden lang, wo ich Walfischfett herbekommen kann, um mich damit einzureiben, oder ob es mit Olivenöl auch getan wäre. Ansonsten weiß ich nicht, wie ich Rafaels Morgenritual überleben soll – wer geht Mitte Februar schon ins Meer? Aber das machen Quim und Rafael jeden Tag, eine Runde schwimmen und wahrscheinlich ein bisschen am Strand herumhüpfen, um nicht zu erfrieren. Trotzdem – die Aussicht auf Morgengymnastik beglückt mich, welch Wunder, und der Tag begrüßt mich vielversprechend: Klarer Himmel, zartes Morgenrot durchzieht das erwachende Blau, es sieht nach Sonne aus. Hoffentlich wirkt mein Badeanzug nicht allzu ausgeleiert.

Im Fischerviertel Barceloneta laden Arbeiter vor der Markthalle frisches Gemüse, Obst, Fisch und Fleisch aus. Die Motoren der Lastwagen brummen, hier und da rufen einige Marktleute den Arbeitern etwas zu, ansonsten ist es still. Einzig die Bäcker haben bereits geöffnet, gelbes, elektrisches Licht dringt durch die Schaufenster in den hellen Morgen, die Auslagen bestückt mit Weißbrotstangen und *ensaïmades*, süßen, mit Puderzucker bestreuten Fladen. Drinnen werden die Kaffeemaschinen geputzt, Milchtüten geöffnet, die Serviettenspender auf die Tische verteilt. Ich laufe durch die unvorstellbar schmalen Gassen, unter roten Wäscheleinen, die wie Weihnachtsschmuck zwischen den Häuserreihen aufgespannt sind, und stecke die Nase in die kalte Luft. Eine Brise, die nach Salz duftet, zeigt mir den Weg.

Am Strand angekommen bleibe ich einen Moment gerührt stehen. Es ist das erste Mal, dass ich hier das Meer begrüße, und es liegt glatt und silbrig vor mir. Keine Welle, kein Schiff, kein Mensch bewegt das Bild. Nur Möwen, die über den Sand staksen. Ein paar junge Palmen – angepflanzt, um mehr mediterranes Flair zu erzeugen – wachsen mager am Rande der Promenade. Die Strandbars sind geschlossen, Tische und Stühle stehen aufeinandergestapelt, wie vergessen, dem Wind überlassen. All das nur für mich allein. Schnell ziehe ich mir die Schuhe aus und grabe meine Zehen in den kühlen Sand, laufe weiter, zum Wasser hinunter, zögere. Meine Augen wandern suchend über die weite Bucht, und da, ist das nicht ein Kopf, ein Paar Arme, etwa Rafael, der da draußen krault?

»Hallo!«, brülle ich und laufe die Neige zur Brandung hinunter. Ich bin platt. Mit den Schuhspitzen schon fast im Wasser liegen sechs blonde Jugendliche, fest eingemummt in ihre Jacken, umringt von leeren Bierdosen, Plastiktüten und Zigarettenstummeln. Muss eine lange Nacht gewesen sein, eine sehr durstige noch dazu, denn sie schnarchen, den Rausch ausschlafend, vollkommen ungerührt der nackten Sonne entgegen. *Guiris.* So werden wir hier genannt, die Mittel- und Nordeuropäer, die Briten und die Nordamerikaner. In Lateinamerika sagt man dazu *gringos,* will heißen, Imperialistenschweine, aber Rafael erklärte mir, dass das Wort *guiri* hierzulande nicht so böse gemeint ist. Ausländer eben. Ausländer mit Geld, Sonnenanbeter aus kälteren Gefilden. Nicht unbedingt gefährlich – eher für sich selbst eine Gefahr, wenn man bedenkt, wie viele von ihnen im Suff aus Hotelfenstern springen oder an der Costa Brava ertrinken. Die Jungs haben Glück, dass die Flut sie nicht erwischt hat. Ich schleiche an ihnen vorbei und renne zum Wasser.

»Rafael!«, brülle ich und winke. Er winkt zurück, winkt mich zu sich, und schnell ziehe ich mir die Klamotten bis auf die Schwimmsachen aus, lasse alles neben Rafaels säuberlich zusammengelegtem Kleiderhaufen liegen, werfe einen kurzen Blick auf die Schlafenden – werden uns schon nicht beklauen –, springe quiekend ins Meer, je schneller, desto besser, kopfüber hinein in die eisigen Fluten. Das Wasser ist beinahe durchsichtig. Ein Schwarm kleiner, transparenter Fische stiebt vor jedem meiner Schritte auseinander – es ist seicht hier, der Grund weich –, und ich schwimme Rafael entgegen, der den toten Mann macht.

»Brrrr!«, pruste ich, baue Handstände, fühle mich um Jahre jünger.

»Wo ist Quim?«, frage ich dann und tauche unter Rafael durch. Als ich wieder auftauche, krault Rafael mir bereits davon.

»He«, rufe ich, »ich red mit dir!«

Ich folge ihm, und wir schwimmen eine Weile einem

Kreuzer entgegen, der wie ein Papierschiffchen den Horizont überquert. Schließlich kehren wir um und steigen frierend und Salzwasser ausspuckend aus dem Meer.

»Wo ist Quim?«, frage ich erneut, während wir uns abtrocknen. Rafael zieht sich mürrisch die Badehose aus, und ich versuche, diskret wegzuschauen.

»Keine Ahnung«, sagt er.

»Ich dachte, er wollte mitkommen?«

»Da musst du ihn selber fragen.«

Wir ziehen uns an, und ich beobachte schweigend, wie Rafael, der Ordentliche, Badehose und Handtuch achtlos in seinen Rucksack stopft.

»Was ist los?«, frage ich.

»Ach«, winkt er schlecht gelaunt ab.

»Habt ihr gestritten?«

Rafael schnürt seinen Rucksack zu, als wolle er Quim an die Gurgel.

»Noch nicht«, sagt er, »aber das werden wir. Er ist gestern nämlich nicht nach Hause gekommen.«

»Wo ist er denn hin?«

»Na, wohin wohl«, sagt er grimmig. Dann stapft er zur Promenade, und ich mache, dass ich fertig werde.

»Möchtest du drüber reden?«, frage ich, als ich ihn wieder eingeholt habe. Rafael schließt seine Vespa auf und nimmt zwei Helme aus dem Gepäckköfferchen, hält dann mit hängenden Armen inne, blickt zum Meer.

»Er denkt an nichts anderes. Er ist total besessen.« Er sieht mich an. »Das ist jetzt schon das dritte Mal, dass er nicht mitkommt.«

»Ich bin mir nicht sicher, ob ich dich richtig verstehe …«

»Immer nur Arbeit! Das geht schon seit Wochen so! Wir sind mitten im Umzug, müssen streichen, zwei Wohnungen auflösen, und was macht der Herr? Bleibt vierundzwanzig Stunden am Tag im Büro und hat nicht einmal Zeit zum Telefonieren.«

»Aber das ist doch keine Absicht«, versuche ich, ihn zu beruhigen, »so was kann schon mal vorkommen.«

»Wir wollen sogar heiraten«, sagt Rafael traurig.

»Das ist doch super! Na Mensch!«

Ich drücke ihn herzlich.

»Mein Süßer«, sage ich, »mach dir keinen Kopf. Du wirst mit der Zeitschrift bestimmt auch irgendwann so einen Stress haben, und dann wirst du, genau wie Quim jetzt, einen starken Partner an deiner Seite brauchen. Das gehört dazu.«

»Aber warum ausgerechnet jetzt?«

»Er kann es sich halt nicht aussuchen. Und er liebt dich doch.«

»Aber er hätte wenigstens anrufen können.«

Ich muss lachen.

»Du bist eifersüchtig auf sieben Leichen!«

»Es ist albern, sag's ruhig.«

»Das hast du gesagt«, grinse ich, »und übrigens messerscharf beobachtet. Jetzt komm, haben wir noch Zeit für einen Kaffee oder müssen wir gleich in die Redaktion?«

Rafael reicht mir einen Helm, lächelt fast ein bisschen.

»Nein, erst mal frühstücken. Und wenn du Lust hast, zeige ich dir unterwegs noch unsere neue Wohnung, ja?«

Nach einer Stärkung, die noch immer meinen Magen wärmt, stehen wir nun auf dem Boulevard Picasso, vor dem Gebäude, das ab nächster Woche Rafaels und Quims neues Zuhause sein wird. Hinter meinem Rücken liegt der Park La Ciutadella, und ich bin schier überwältigt von der

Perfektion der Lage, von der Mächtigkeit der Architektur und ihrer Anmut: Fünf Meter hohe Säulen tragen die Front des vierstöckigen Hauses; unter ihnen, in den Arkaden, haben sich zwei Restaurants angesiedelt; ihre Rollos sind geschlossen. Noch vor wenigen Jahrzehnten waren dies Lagerräume von Kaufleuten, die im Erdgeschoss ihre Büros hatten und die, im Stock darüber, in den niedrigen Räumen, deren Fenster in halbkreisförmigen Bögen verlaufen, Archivare, Schreiber, Telegrafierer und Rechnungsführer für sich arbeiten ließen. Ich stelle mir Kaffeesäcke mit braunen und schwarzen, ölig glänzenden Bohnen vor; Pläne mit Schiffsrouten, dicke Quittungsblöcke, Tintenflecke, Pincenez.

Rafael hantiert mit einem Schlüssel, so groß wie ein Brieföffner, und drückt die schwere Eisentüre auf. Der Eingang ist kolossal. Toffeefarbener Marmor umgibt mich, ein prächtiger Kronleuchter hängt über unseren Köpfen, und wir passieren zwei Markenfahrräder und einen Designer-Kinderwagen für spät geborene, mit Nachhilfe erzeugte Zwillinge.

»Das sind bisher die Einzigen, die schon eingezogen sind«, sagt Rafael.

»Ist das Haus denn komplett renoviert? Alle Wohnungen neu?«, frage ich.

»Alle. Und wäre der Architekt nicht Quims Bruder, dann hätten wir uns das niemals leisten können. Das wird dich umhauen.«

Wir steigen die paar Stufen zum Aufzug hoch, der aussieht wie ein goldener Käfig, steigen ein, schweben in den dritten Stock, steigen aus, ich folge Rafael wie eine Verzauberte, er tippt einen Code in die Schließanlage neben der Wohnungstür, es klickt … und ich stehe in einem Raum, der mir den Atem verschlägt. Er umfasst womöglich achtzig Quadratmeter, belegt mit blank polierten, geometrisch gemusterten Fliesen, umgeben von backsteinernen Wänden, mit meterhohen, zum Park gelegenen Fenstern. Der Traum jedes Loftnostalgikers, von Quims Bruder konzipiert. Kücheninsel. Deckenbalken. Und drei Türen, die hinführen zu – »Bad, Schlafzimmer und Arbeitsstudio«, sagt Rafael und öffnet stolz die Türen, bleibt im Flur stehen wie ein Zeremonienmeister. Dennoch sieht er sich in einer Weise um, als wäre er zum ersten Mal hier.

»Stimmt was nicht?«, frage ich, und Rafael zuckt die Achseln.

»Sieht alles so … fertig aus«, murmelt er verwirrt.

»Ich wollte gerade sagen – muss doch gar nichts mehr gemacht werden.«

Ich werfe einen Blick auf den mit silbernen Fliesen belegten Badewannensockel, weiß jetzt schon, wo im Schlafzimmer das Bett hinmuss, trete ein ins lichtdurchflutete Arbeitsstudio. Rafael wartet gespannt hinter mir.

»Na?«, fragt er. »Was sagst du dazu?«

Ich bin sprachlos über das Chaos, das mir entgegenschlägt. Die Wände des Zimmers sind zugekleistert mit Fotokopien von Polizeibildern und Merkzetteln. Auch der Boden ist übersät mit Papieren, Listen, Protokollen. An der Fensterseite stehen angebrochene Farbeimer, daneben, sorgfältig auf Zeitungspapier gelegt, Pinsel und Streichrollen. In der Mitte des Raumes liegt ein zerknitterter Schlafsack.

»Ich glaube, Quim hat heimlich vorgearbeitet«, sage ich.

Rafael schweigt gerührt, und ich stupse ihn an.

»Wenn das kein Liebesbeweis ist! Schleppt nachts die Arbeit mit in die neue Wohnung, um nebenbei auch noch die Wände zu streichen!«

Rafael grinst verschämt, lässt liebevoll den Blick über

Pinsel schweifen, zupft eine ausgebreitete Zeitung gerade und beginnt, den Schlafsack zusammenzufalten. Ich gehe zur Wand mit den Bildern, um sie genauer zu betrachten. Es sind die Fotos von sieben Menschen, die auf gewaltsame Weise umgebracht wurden. Sie hängen in keiner erkennbaren Reihenfolge, versetzt mit Personenangaben und dem Datum ihres Todes. Ich starre sie fasziniert an und zucke zusammen, als Rafael seine Hand auf meine Schulter legt.

»Anna, die Redaktionssitzung, ich sollte schon längst da sein.«

»Hm?«

Ich drehe mich zu ihm und weiß nicht, wie ich ihn das fragen soll, doch Rafael versteht. So wie er mich gerade anschaut, weiß ich, dass er es sehen kann: dass mich das was angeht. Ich weiß nicht, warum. Aber es ist so. Rafael nickt, obwohl ich nichts gesagt habe.

»Komm einfach nach und lass dir Zeit. Die Sitzung kannst du dir eh sparen. Wenn du gehst, einfach nur die Türe hinter dir zuziehen, O. K.?«

Rafael nimmt mir den zweiten Motorradhelm ab und küsst mich.

»Aber nichts anrühren. Und wehe, du verrätst Quim, dass ich eine hysterische, eifersüchtige Glucke bin«, sagt er, und ich schüttle lachend den Kopf. Doch ich weiß, wie verlegen er ist.

»Vielleicht sollten wir ihm gar nicht sagen, dass wir hier waren«, schlage ich vor, und er nickt. Dann gibt er sich einen Ruck und geht zum Ausgang.

»Danke!«, rufe ich ihm noch hinterher, mein Blick wieder auf die Fotos geheftet. Ich höre nicht einmal, wie Rafael die Wohnungstür zu schlägt. Ich sehe nur das: sieben Menschen. Sieben Mordopfer. Sieben Geschichten.

Noch begreife ich nicht Quims System, aber ich lasse mich von seiner Anordnung führen. Jedes Foto ist ergänzt mit handschriftlichen Notizen, Auszügen der Obduktionsberichte, biografischen Details und diversen Aufnahmen der Tatorte.

Ich beginne mit Marcelo Puente. Neunundzwanzig Jahre alt, geboren in La Plata, Argentinien, besitzt seit zehn Jahren die italienische Staatsbürgerschaft, seitdem wohnhaft in Barcelona. Er war ein von der Stadtverwaltung geprüfter Touristenführer und wurde am 30. Januar am Strand der Barceloneta gefunden. Er wurde ertränkt. Um seinen Hals hängt eine lange, dünne Kordel, versehen mit einem kleinen Bimsstein in Fußform. Ein sonderbares Schmuckstück, sieht aus wie ein Badezimmeraccessoire. Sonderbar auch, weil er es im Wasser nicht verloren hat. Auf den Fotos wirkt die Kordel gar nicht nass, nur dort, wo sie die Kleidung des Toten berührt.

Ich schaudere. Vor einer Stunde badete ich exakt an diesem Teil des Strandes in den eisigen Fluten.

Neben dem toten Argentinier hängt die Akte von Yi Zhang Li, geboren in Baoding, China. Er lebte seit drei Jahren in Barcelona, hatte einen festen Wohnsitz und eine Arbeitserlaubnis, war Betreiber eines Souvenirgeschäftes unweit des Palau de la Música und wurde am 15. Januar in der Nähe seines Ladens getötet. Die Bilder zeigen einen rundlichen Mittdreißiger, der in einer Blutlache zusammengekrümmt vor dem Eingang eines baufälligen Palazzo liegt. Sein Gesicht ist blutüberströmt. Er wurde mit einem Schürhaken erschlagen, den der Täter säuberlich vor den Füßen des Opfers liegen ließ. Yi Zhangs Geldbeutel steckte noch in seiner Hosentasche und war voller Geld.

Die anderen Opfer sind in zwei Gruppen aufgeteilt: Einmal Modou Kanouté, geboren in Banjul, Gambia, ohne Aufenthaltserlaubnis, stand auf der Drogenfahndungsliste wegen Dealertätigkeit. Getötet im Viertel des Raval am 8. Januar. Auf den Polizeibildern sehe ich aus mehreren Perspektiven einen mageren Heranwachsenden, der auf der Parkbank eines Spielplatzes liegt. Er muss im Schlaf überrascht worden sein und wurde erstochen, ohne dass er sich wehren konnte. Unter der Bank liegt eine Sporttasche mit seinen Habseligkeiten: eine Jeans, ein paar Schlappen, ein Handtuch, Unterwäsche, eine Zahnbürste. Im Geheimfach seines Gürtels wurden dreihundert Euro gefunden, in der Seitentasche der Sporttasche ein halbes Kilo Marihuana. Zu seinen Füßen liegt ein Häufchen Kohle – Reste eines Lagerfeuers, an dem er sich in der kalten Nacht sicherlich hatte wärmen wollen.

Direkt neben Modou Kanouté hängen die Fotos von Livia Danescu, geboren in Otopeni, Rumänien. In den Notizen lese ich, dass sie knapp fünfzig Jahre alt war, nicht gemeldet, und dass die Polizei sie in Verbindung brachte mit elternlosen rumänischen Kindern, die zum Betteln auf die Straße geschickt wurden, ohne dass man ihr jedoch etwas nachweisen konnte. Sie ging auch selbst betteln und wurde am 6. Februar in der Toilette des Parkhauses neben der Kathedrale erstochen. Sie liegt mit dem Kopf in einer Pfütze unter dem Waschbecken, und ihre langen schwarzen Haare glänzen fettig. Ich überfliege den Obduktionsbericht: Olivenöl, steht da. Jemand hat nach ihrem Tod einen Liter Olivenöl über ihr Haar geschüttet.

Die nächste Gruppe besteht aus drei Fällen. Der erste ist Richard Brook, geboren in Edinburgh, Schottland, nicht gemeldet in Barcelona, Betreiber einer illegalen Ferienwohnungsagentur. Getötet in seinem Büro nahe den Ramblas am 2. Januar. Mehrere Bilder vom Tatort zeigen einen rothaarigen Mann um die vierzig, der zusammengesunken auf einem Bürosessel sitzt. Er wurde mit einem Lederriemen erdrosselt, der kerzengerade auf dem Schreibtisch abgelegt wurde. Ein dünner, blauroter Streifen umzieht seinen Hals, und punktförmige Blutungen leuchten dunkel auf der Haut seines aufgedunsenen Gesichts. Augen und Mund stehen halb offen, blind, stumm. Das Büro wirkt aufgeräumt, es wurde nicht eingebrochen. Nichts scheint geklaut, hat Quim neben eine der Aufnahmen gekritzelt.

Dann Chinenye Ayodele. Geboren in Abuja, Nigeria, polizeilich erfasst als illegal eingeschleuste Straßenprostituierte, getötet am 20. Januar. Lange betrachte ich die auf den Fotos abgelichtete, trotz der winterlichen Temperaturen knapp bekleidete Zwanzigjährige, gefunden zwischen zwei Marktständen der Boqueria. Ihre vergoldeten Kreolen und die silbern lackierten Fuß- und Fingernägel glitzern traurig im Blitzlicht des Polizeifotografen. Sie wurde, wie auch der Schotte, erdrosselt, wobei die Tatwaffe nicht gefunden wurde. Unter dem T-Shirt sickert in Brusthöhe eine dünne Blutspur durch. Eine der Obduktionsaufnahmen zeigt, dass sie eine frische Schnittwunde unter der linken Brust aufweist. Post mortem zugefügt, steht auf einer Notiz. Mir ist kalt.

Der letzte ist Pere Puigmartí, geboren in Barcelona, getötet vor zwei Tagen, am 12. Februar, auf der Baustelle in Rafaels Straße. Erdrosselt und vom obersten Stockwerk hinuntergeworfen. Ihn muss ich nicht weiter beschreiben, denn –

»Ihr kennt euch ja bereits«, höre ich eine Stimme hinter mir, und mir bleibt vor Schreck fast die Luft weg.

»Quim!«, rufe ich, »was machst du denn hier!«

»Das wollte ich dich eigentlich fragen«, sagt er lächelnd und tastet unter einigen Papieren, die er auf dem Fensterbrett liegen gelassen hatte, nach einem Füllfederhalter.

»Den habe ich heute früh vergessen«, erklärt er und sieht mich abwartend an.

»Ja, also, ich war mit Rafael schwimmen, und danach wollte er mir die Wohnung zeigen …«

»Und ihr habt gemerkt, dass ich mich hier bereits ein bisschen eingerichtet habe«, sagt Quim mit Blick auf den Schlafsack, den Rafael zusammengefaltet hatte. »Ist er sauer?«

»Im Gegenteil. Er ist total gerührt, dass du die Wohnung gestrichen hast.«

Ein feines Lächeln huscht über Quims Gesicht. Er blickt müde zu der Wand, die mit den Bildern und Notizen übersät ist.

»Ich wollte ihm das nicht zumuten und brauchte einfach einen ungestörten Ort zum Nachdenken. Und es stellt sich heraus, dass ein bisschen Malern nebenbei ziemlich entspannend sein kann.«

Er grinst, sieht mich dabei jedoch prüfend an.

»Tja, ähm. Ich bin auch nur länger geblieben, weil ich noch auf Toilette wollte und Rafael es eilig hatte«, lüge ich.

»Ist dir etwas aufgefallen?«, fragt er, und ich sehe ihn ratlos an. Dann kapiere ich, dass er mich nicht nach meiner Meinung zu den Badezimmerfliesen fragt, und ich lasse meine Augen noch einmal über die Pinnwand wandern.

»Warum hängt das alles nicht in deinem Büro?«, frage ich.

»Tut es. Nur anders.«

Wieder dieser abwartende Blick.

»Verstehe«, sage ich und fürchte mich davor, nichts als Offensichtlichkeiten beobachtet zu haben. Sag was Kluges,

Anna, denke ich und versuche, meine Unsicherheit wegzuräuspern. Ist nun einmal nicht so ohne, Weisheiten von sich zu geben, ohne sich vor dem Chef von Barcelonas Mordkommission zu blamieren.

»Nun«, setzt Quim an, doch ich unterbreche ihn hastig.

»Es sieht aus wie ein Puzzle«, sage ich und blicke Quim fragend an. Er nickt, kaum merklich.

»Lass uns woanders hingehen«, sagt er schließlich, »ich glaube, du hast von dem hier fürs Erste genug gesehen.«

Kurz darauf sitzen wir auf einer Bank im gegenüberliegenden Park La Ciutadella. Der vom Meer kommende Wind trägt die Geräusche des angrenzenden Zoos zu uns herüber – Affengebrüll vermischt mit Straßenlärm, helle Kinderstimmen, die sich mit dem Schnattern der Aras verweben, und wir sitzen in diesem menschenleeren, eigentlich stillen Park, als wäre es die falsche Kulisse. Quim hat mich auf dem Weg hierher nach meiner Familie gefragt – natürlich weiß er von Rafael, dass ich sie bei einem Autounfall verloren habe, doch er fragte nicht nach dem Unglück, sondern danach, wie sie waren. Nur wenn du magst, fügte er gleich hinzu. Das ist eine schöne Frage, wie ich finde, so schön, dass seitdem zehn Minuten vergangen sind und ich noch immer nicht weiß, womit ich anfangen soll.

»Dein Vater war also Detektiv?«, hilft mir Quim, und ich muss plötzlich lachen.

»Das wäre sein Traum gewesen. Mit einem echten Kommissar über einen echten Fall zu reden.«

»Aber er hatte doch auch echte Fälle, nehme ich an?«

»Ja schon, aber da ging es doch nie um Mord«, sage ich, als wäre es eine Königsdisziplin. Für meinen Vater war sie das.

Ich seufze und beginne. Von Anfang an. Mit meiner Mutter, die sich während eines Sommers an der Costa Brava in meinen Vater verliebte und mit ihm nach Deutschland fuhr – *ihn* fuhr. Denn mein Vater hatte sich im Urlaub den Fuß gebrochen, und meine Mutter, die gerade erst den Führerschein gemacht hatte, setzte sich hinters Steuer seines R4 und fuhr die 1400 Kilometer von Barcelona nach München in einem Rutsch durch. Und all das – also mein Vater, München und die Fahrt – gefiel ihr so gut, dass sie einfach blieb und ein Jahr später ihren Taxi-Schein in der Tasche und mich im Bauch hatte. Ab da ging sie jeden Tag ihrer Lieblingstätigkeit nach: hinterm Steuer zu sitzen. Meine Mutter war nämlich eine energische Frau, die immer wusste, wo es langging. Sie plauderte für ihr Leben gerne mit Fremden (sie war es, die während jenes Sommerurlaubs meinen Vater angesprochen hatte) und übte mit ihren Fahrgästen furchtlos ihr Deutsch, um abends meinem Vater, später dann auch mir und meinem Bruder deren Geschichten zu erzählen. Sie wetteiferte mit meinem Vater, der als Detektiv ebenfalls Geschichten heimbrachte, und somit wuchs ich auf mit Episoden vom Leben andrer Menschen, denen meine Eltern zuhörten und denen sie – jeder auf seine eigene Weise – halfen. Meine Mutter, indem sie geduldig zuließ, dass die Fahrgäste ihr Herz ausschütteten, wobei sie im Gegenzug an Ratschlägen nicht sparte, und mein Vater, indem er Zweifel aus dem Weg räumte, die seinen Klienten den Schlaf raubten. Betrug in der Ehe oder in der Arbeit, ungeklärte Vaterschaften, Jugendliche in zweifelhafter Gesellschaft – so in etwa klangen die Fälle meines Vaters.

»Und das hat dir so gefallen, dass du dir denselben Beruf ausgesucht hast?«, fragt Quim.

»Na ja«, wiegele ich ab, »erstens ist Detektivsein noch

kein anerkannter Beruf, zumindest nicht in Deutschland – und dann habe ich ja auch nur ausgeholfen. Es hat sich einfach so ergeben.«

Denn seit ich ein Schulkind war, verbrachte ich die Nachmittage im Büro oder im Auto meines Vaters. Bei meiner Mutter konnte ich im Taxi schlecht Hausaufgaben machen, sie brauchte Platz für ihre Fahrgäste, und vorne durfte ich nicht sitzen, außerdem war sie ständig unterwegs. Aber bei meinem Vater ging es immer ruhig zu, und während er stundenlang irgendwelche Frauen oder Männer beobachtete, die meistens in einem Hotel verschwunden waren, hockte ich auf der Rückbank seines Wagens und malte meine ersten Buchstaben in das Schönschreibheft. Irgendwann sollte ich dann ein Auge auf irgendeinen Hauseingang werfen, während mein Vater uns etwas zu essen oder zu trinken holte oder zum Telefonieren in eine Kabine musste, und langsam avancierte ich zu seiner Assistentin, sozusagen nebenberuflich zu meiner Tätigkeit als Schülerin. Ich liebte es, durch das Fernglas zu blicken oder von meinem Vater diktierte Nummernschilder ins Matheheft zu kritzeln. Ich war fasziniert von seinem kleinen Fotolabor, das er sich im Büro eingerichtet hatte, und mochte am allermeisten den Augenblick, wenn die Gesichter der ahnungslos Beschatteten sich allmählich in der Entwicklerflüssigkeit zeigten; ihre verwischten Bewegungen, ihre im Bild festgehaltenen, hastigen Schritte zu heimlichen Treffen – dieses Gefühl, jemandem bei etwas Verbotenem zuzusehen, das war's einfach.

»Der Kick«, sagt Quim.

»Genau«, antworte ich, »denn auch wenn sie an sich nichts Böses taten – in den meisten Fälle handelte es sich tatsächlich um Ehebruch, der klassische Detektivauftrag halt –, so hatte ich doch das Gefühl, etwas aufzudecken.«

»Und wie lange hast du das gemacht?«

»So richtig habe ich erst vor vier Jahren oder so damit aufgehört. Als ich meine ersten größeren Aufträge als Journalistin bekam – für irgendetwas habe ich ja studiert«, lache ich. »Nein, eigentlich war es eine logische Entwicklung. Ich dachte, ich bin vielleicht eher eine Zuhörerin, wie meine Mutter. Ich mag es, Menschen nach ihren Geschichten zu fragen. Und gleichzeitig kann ich auch beobachten, so, wie ich es von meinem Vater gelernt habe. Und da ist es zum Schreiben nur noch ein kleiner Schritt.«

»Und dein Bruder«, fragt Quim, »war er auch ein Geschichtensammler?«

»Oh nein«, sage ich und scheuche eine humpelnde Taube davon, die um meine Füße herum gurrt, »Andreas hatte das Kanner-Syndrom. Das ist eine Form von Autismus. Schon von klein auf.«

Wir schweigen eine Weile und sehen der Taube zu, die stur versucht, zurück zu meinen Füßen zu finden.

»Das muss ziemlich schwer gewesen sein«, sagt Quim.

»Vor allem für meine Mutter. Er litt ja auch unter Epilepsie. Deshalb ist sie nach seiner Geburt nie wieder nach Barcelona zurückgekehrt. Nicht einmal, als ihre Eltern starben. Sie konnte Andreas nicht alleine lassen. Unter der Woche war er ganztägig in speziellen Schulen, aber abends und an den Wochenenden brauchte er auch rundum Betreuung – und meine Mutter war seine Welt.«

»Tut mir leid, Anna. Ehrlich.«

Ich winke ab und muss plötzlich lachen.

»Aber weißt du, worin mein Bruder wirklich gut war? In Puzzles. Er konnte jedes Puzzle zusammenlegen. Nicht, weil er das Bild in seiner Gesamtheit sah, das interessierte ihn überhaupt nicht, sondern weil er auf die Kanten achtete.«

»Na also«, sagt Quim und lächelt, »vielleicht hast du von ihm ja auch etwas gelernt?«

Ich zucke die Achseln und überlege.

»Rafael hat mir erzählt, dass ihr überlegt, ob die Mafia in einige der Fälle verwickelt ist. Bandenkriege, Territorium abstecken und so weiter.«

»Ja«, nickt Quim, »im Büro sind sie so geordnet.«

»Aber du hast sie hier anders geordnet – nach Todesart.«

»Ja.«

»Das ist wie mit einem Puzzle, dessen Gesamtbild man nicht kennt – oder nicht sehen kann, wie mein Bruder. Du suchst nach zusammenpassenden Kanten. Deshalb die neue Anordnung.«

Quim nickt, und ich krame aus meiner Handtasche mein Notizbüchlein, in das ich in der Wohnung einige Stichworte gekritzelt habe.

»Seit Jahresbeginn wurden diese Menschen getötet. Immer nachts. Alle in der Altstadt. Immer ein Einzeltäter und nie ein Raubmord. In zwei Fällen wurden sogar die Tatwaffen hinterlassen – offensichtlich mit Absicht: der Lederriemen auf dem Schreibtisch des Schotten, der Schürhaken vor den Füßen des Chinesen. In zwei anderen Fällen wurden die Leichen manipuliert: einmal die Schnittwunde, die der Prostituierten unter der Brust zugefügt wurde, das andere Mal das Öl, das über den Kopf der Zigeunerin gegossen wurde. Drei starben erdrosselt, zwei durch Messerstiche, einer wurde erschlagen und einer ertränkt.«

Quim nickt abwartend. Ich hebe entschuldigend die Hände.

»Das war's. Mehr habe ich nicht beobachten können. Was denkst du?«

»Dass es auf keinen Fall sieben verschiedene Täter waren«, sagt Quim, »wovon übrigens der Polizeipräsident überzeugt ist.«

»Du tippst auf vier«, sage ich.

Quim nickt.

»Wir haben keine Fingerabdrücke. Aber wir wissen, dass die Messerstiche bei beiden Opfern von einem Linkshänder verursacht wurden. Das wäre doch ein ziemlich großer Zufall. Und die erdrosselten Opfer könnten ebenfalls von einem einzigen Mörder umgebracht worden sein: Alle wurden von hinten stranguliert und weisen einen ähnlichen Druckpunkt auf.«

»O. K., wenn es vier Mörder sind – einer, der den Argentinier ertränkt hat, der andere, der den Chinesen erschlug, ein dritter, der den Jungen aus Gambia und die Zigeunerin erstach ... und der vierte, der die nigerianische Prostituierte, den Schotten und den Bauunternehmer erdrosselte –, was ist mit dem so auffällig hinterlassenen Lederriemen und dem Schürhaken? Das sind zwar komplett unterschiedliche Tatwaffen, aber wie sie am Tatort gelassen wurden, ganz gerade, quasi drapiert ... das könnte etwas bedeuten.«

»Du meinst, der Schürhaken ist auch der Strangulierer?«

Ich schüttle den Kopf.

»Das kann ich so nicht einfach behaupten, es ist nur ... vielleicht ist es eine Botschaft. Eine Inszenierung. Ich habe kein Gesamtbild vor Augen, ich sehe nur einzelne Puzzleteile.«

Quim verzieht nachdenklich den Mund.

»Und dann ist da noch was«, sage ich und halte Quim meinen Kalender entgegen.

»Sieh dir mal die Daten an.«

»Viel zu viele«, sagt Quim, »ein Albtraum. Sieben Morde in knapp zwei Monaten.«

»In sieben Kalenderwochen«, korrigiere ich ihn.

Quim sieht mich fragend an, und ich tippe auf jedes einzelne Datum, an dem es ein Mordopfer gab.

»Seit Jahresbeginn ein Mord pro Kalenderwoche. Es sind zwar unterschiedliche Wochentage, aber jedes Opfer starb in einer anderen Kalenderwoche.«

»Das bedeutet …« Quim stockt und fasst sich ans Kinn. Plötzlich springt er auf.

»Wie konnten wir das übersehen, verdammt! Ich kann von vorne anfangen!«

»Nein!«, sage ich erschrocken, »so ein Quatsch, ich red hier doch nur vor mich hin!«

»Aber das ist es ja! Genau das! Der Polizeipräsident hat die fixe Idee, dass er anhand vier dieser Fälle die Banden zerschlagen kann – die Drogenmafia, die Souvenirmafia, die Immobilienmafia, die Prostituiertenringe. Er hat sich total darauf versteift und will dem Bürgermeister damit wahrscheinlich einen Gefallen erweisen, immerhin ist Wahljahr. Für ihn sind das sieben verschiedene Täter mit sieben verschiedenen Motiven, drei davon komplett offen, private Fehden, wie er sagt, Eifersuchtsdramen, was weiß ich. Was im Klartext bedeutet: weniger dringlich. Und ich zerbreche mir seit Wochen den Kopf über die Tatwaffen und sehe wiederum andere Verbindungen, jetzt kommst du und zeigst mir, dass man im Prinzip alles neu sortieren könnte …«

»Aber –«

»Nein, nein«, unterbricht mich Quim, »das ist gut so, das ist … irgendetwas stimmt nicht. Ich hab das im Gefühl. Da ist was faul. Aber ich komme allein nicht weiter.«

Wir sehen uns an.

»Ich brauche jemanden, der frei von Vorurteilen ist, verstehst du?«

Ich nicke. Ich bin frei. Von allem. Und viel zu spät dran.

Die Redaktion von Rafaels Kulturzeitschrift BCN (das Kürzel ist Barcelonas Flughafencode – dieses Wunder einer Stadt reduziert zum Reiseziel!) befindet sich im Viertel von Gràcia, einst ein Dorf – und noch immer recht dörflich –, in das die Stadt durch den Bau des Viertels Eixample von einem Tag auf den anderen gefräßig hineingewachsen ist. Ich bin den fünfzehn Block langen Passeig de Sant Joan bergauf gehastet, keine Zeit, die über meinen Kopf hinwegsausenden Papageien zu zählen. Jeder Block des Eixample misst einhundert Meter, das ergibt anderthalb Kilometer hoch nach Gràcia – nicht schlecht für jemanden, der kaum geschlafen, ein Eisbad genommen und gleich nach dem Frühstück die Bekanntschaft mit sieben Toten gemacht hat.

Das von BCN bezogene Gebäude ist eine Villa aus der Jahrhundertwende und sieht, mit der pastellgelben Fassade und den weißen Türmchen, aus wie eines dieser zuckerglasierten Petits Fours, die ich hier in einigen Konditoreien gesehen habe und demnächst zum Mittagessen probieren werde. Rechts der Villa steht ein Altenheim. Drei Damen und ein Herr sitzen dick eingepackt auf der Veranda und spielen Mensch-ärgere-dich-nicht, und ich winke ihnen zu, doch erhalte nur stumme Blicke zur Antwort. Sie werden sich aneinander gewöhnen müssen, die Hüter vergangener Zeiten und die Jäger der aktuellsten Kulturtendenzen.

Von innen sieht man dem Haus die romantische Villa nicht mehr an, hier wirkt es eher wie ein durchgestyltes, loftartiges Studio. Die zart geblümte Wandtapete ist, bis auf ein paar dekorative Fetzen, abgerissen, und darunter leuchten unzählige Schichten früherer Farbanstriche: Indigoblau, Karminrot, Olivgrün. Industrielampen hängen von hohen Decken bis tief in den Raum, und auf der Wand gegenüber des Eingangs leuchtet in rot-weiß-roten Neonlettern, den

Farben der Stadt, das Logo BCN. Durch eine Glaswand sehe ich die Mitglieder meiner zukünftigen Informationsquelle. Da sitzen acht mir unbekannte Gesichter. Und Rafael. Ich winke kurz, atme ein, klopfe an die Scheibe.

»Bon dia«, sage ich auf Katalanisch.

»Da ist sie ja! Von wegen deutsche Pünktlichkeit«, begrüßt mich Rafael, und alle lachen.

»Das nennt man Assimilation«, versuche ich.

Rafael zieht meine Hand hoch, als wäre ich ein Boxer.

»Leute, das ist Anna. Anna: unser Team.«

»Hi«, sage ich.

»Hola«, sagt eine Dunkelhaarige mit einem ratzekurzen Pony, »ich heiße Maribel.«

»Ich bin Marta«, sagt eine Blonde mit einem noch kürzeren Pony.

»Marc.«

»Manel.«

»Montse.«

»Miguel.«

»Maria.«

Keine Frage. Das werde ich mir nie merken.

»Sergi. Schön, dich kennenzulernen.«

Gott sei Dank ein Name, der nicht mit M beginnt. Ich werde versuchen, Steckbriefe anzulegen. Mit Fotos. Und sie mir an den Kühlschrank hängen. Wobei ich Sergis Foto vergrößern würde, damit ich diese großen, haselnussbraunen Augen besser –

»Ich fasse mal kurz für dich zusammen«, sagt Rafael, mir zugewandt, »damit du weißt, wofür du dich an wen wenden kannst. Wir haben drei Sektionen: Kultur, Gastronomie, Tendenzen. Kultur ist aufgeteilt in Kunst, Film, Theater, Literatur, Musik. Das übernehmen jeweils Marc, Miguel,

Montse, Maria und Maribel. Du weißt schon: Vernissagen, Premieren, das Wochenprogramm und so weiter. Um Gastronomie kümmert sich Sergi, die Bars deckt Manel ab. Tendenzen leitet Marta, die außerdem von allen Tipps sammelt, was in den einzelnen Sektionen so passiert, vor allem, welche Neueröffnungen interessant sein könnten. Und jetzt erzähl du uns doch, was du mit deinem Buch hier so vorhast.«

Das wüsste ich auch gerne. Seit einer halben Stunde habe ich nämlich anscheinend vor, herauszufinden, was sieben Kalenderwochen, ein Schürhaken und ein Lederriemen verbindet. Nur so zum Spaß. Doch davon darf Rafael nichts wissen, das musste ich Quim versprechen, und ich versuche, mich auf meinen eigentlichen Auftrag zu konzentrieren – weswegen ich überhaupt hergekommen bin: die andere Art Stadtführer. Einer, in dem keine Toten vorkommen, sondern –

»Ich suche Geheimtipps, die nicht geheim bleiben möchten. Bars, die nur Eingeweihte kennen, Modemacher, die noch entdeckt werden wollen, Restaurants, die Ungewohntes bieten, Szene-Künstler, Überraschungen … alles, was nicht in einem normalen Reiseführer steht und was Leute interessieren könnte, die Barcelona von ihrer weniger offensichtlichen Seite kennenlernen möchten.«

»Das ist unser tägliches Brot, meine Liebe«, sagt Sergi und zwinkert mir zu.

»Ich weiß nicht«, wirft Maribel sofort ein, »dann sind die Touristen doch bald überall.«

»Aber ich schreibe nicht für den normalen Touristen, sondern eher für den alternativen Besucher«, versuche ich. »Ich suche ja gerade nach Plätzen, die die Nullachtfuffzehn-Touris nicht einmal im Traum sehen wollten.«

»Und das soll funktionieren?«

Maribel scheint mir Sergis Augenzwinkern nicht zu verzeihen. Ich zucke betont lässig die Achseln.

»Eure Zeitschrift funktioniert, weil Barcelona mehr zu bieten hat als Modernismus und Markenklamotten. Und diese Art Stadtführer gibt es bereits für Berlin, London und Prag – ich finde das spannend. Ich würde eine Stadt gerne auf diese Art und Weise kennenlernen.«

»Ich hab da was«, sagt Marta und kritzelt mir eine Adresse auf ein Blatt Papier. »Es heißt, dass vor ein paar Wochen eine Pension in einem besetzten Haus eröffnet hat. Diese Leute hier können dir sagen, wo genau, sie sind von der *trash community*.«

»Der was?«, frage ich, während Manel mir ebenfalls eine Adresse aufschreibt.

»Eine Bar, sehr geheim, könnte dir gefallen.«

»Geheim?«

»Da findet dich niemand. Eine Art *speak easy*.«

»Und das ist eine interessante Künstlerin«, sagt Marc und greift nach einem Stift, »sie macht Objekte aus Filz, der aus alten Hotelhandtüchern gewalkt wird.«

»Wie wäre es mit dem Szenefriseur der Stadt?«, fragt Montse, und ich sehe aus den Augenwinkeln, wie Maribel ihren Pony zurechtfranst. Aha.

»Vielen Dank«, stammle ich, »ihr seid super. Ich wüsste echt nicht, wo ich anfangen sollte –«

»Vielleicht damit«, sagt Rafael und drückt mir einen nagelneuen Stadtplan und ein Mobiltelefon in die Hand. »Das ist ein altes Redaktionshandy, für Inlandsgespräche bestimmt praktischer als dein deutsches. Kein Roaming, Quims und meine Nummern sind schon gespeichert.«

Ich starre auf Rafaels Geschenke und bin gerührt. Ehrlich gesagt bin ich auch ziemlich beschämt. Ich habe mich auf nichts vorbereitet, bin hergekommen wie ein Kind, das sich ganz selbstverständlich führen lässt. Mir fehlen die Worte.

»Ich … normalerweise … das ist nur eine Phase …«, setze ich leise an, doch Rafael legt mir einfach nur die Hand auf die Schulter.

»Genieß es einfach und mach was draus«, flüstert er mir ins Ohr, dann grinst er.

»Hunger?«

Nachdem ich allen Mitarbeitern der Redaktion noch einmal die Hand geschüttelt und ihre Telefonnummern notiert habe, nachdem ich von Rafael zu einem unbenutzten Schreibtisch geführt wurde, an dem ich die nächsten Wochen arbeiten darf, nachdem mir Sergi noch ein Augenzwinkern schenkte und ich mich am liebsten in seine Hängematte-Wimpern wickeln wollte, verließen Rafael und ich die Redaktion. Nun sitzen wir im Café »Sant Medir«, in dem zwei ecuadorianische Angestellte gebannt einer auf maximale Lautstärke eingestellten Telenovela folgen.

»Also nein! Dass ausgerechnet Otávio der Vater von der Kleinen ist!«, informiert uns die Dicke.

»Das wird noch was geben, das sag ich dir«, prophezeit die Dünne, »das wird Selena büßen müssen. Ich wusste, die versteckt was, ich wusste es.«

Was wäre die Welt ohne harmlose Geschichten, denke ich mir.

»Kann ich noch jemandem etwas bringen?«, fragt die Dicke in den Raum hinein, ohne die Augen vom Bildschirm zu nehmen.

»Satt?«, fragt Rafael.

»Wunderbar«, antworte ich.

Es fällt kaum Licht durch die vergitterten Fenster, die Tische und Stühle sind aus schwarzem Kunststoff, aber die laut schnatternden Damen, die unter einer Reihe von Gemälden, die der Cafébesitzer verbrochen hat, Fettgebäck in Kakao tunken, scheinen sich genauso wohlzufühlen wie ich. Hier, in dieser dunklen, nach Brot duftenden Höhle, kann man sich gehen lassen: Einer der Damen tropft das Öl ihres süßen *xurro* vom Kinn, und ich prüfe aus Reflex, ob ich Krümel auf der Bluse habe.

Rafael hat mich, alte Schule, wie er ist, eingeladen, und ich muss hier kurz erwähnen, dass er ganze drei Euro für meinen perfekt portionierten Milchkaffee und die hervorragende Thunfisch*empanada* gezahlt hat, die ich verschlungen habe. Nun falte ich andächtig meinen neuen Stadtplan aus und sehe überrascht einige mit Bleistift gemalte Kringel.

»Was ist das?«, frage ich, doch dann erkenne ich, was Rafael mir markiert hat: den Standort von BCN. Seine alte Wohnung, in der ich zurzeit übernachte. Seine und Quims neue Adresse. Und die Plaça Reial, berühmt für ihre verspielte Schönheit, die ich bisher nur von Fotos kenne. Rafael schiebt mir einen Zettel mit einer Adresse zu.

»Du kannst dich an Montse erinnern, aus der Redaktion? Sie hat eine Großtante, die kürzlich in ein Altersheim gebracht wurde. Ihre Wohnung steht die nächsten sechs Wochen leer, bis die Familie alles auflöst. Da könntest du hin.«

»Ist das dein Ernst? An der Plaça Reial??«

Ich strahle ihn an. Ich weiß, dass ich mich eigentlich schleunigst um eine neue Bleibe hätte kümmern müssen – Rafael zieht in vier Tagen um, und dann muss auch ich raus. Aber bei all den Dingen, die in diesen ersten drei Tagen passiert sind, habe ich noch nicht einmal begonnen, mich umzusehen. Kann ja nicht den toten Schotten nach einem seiner Ferienappartements fragen, die nicht nur teuer, sondern außerdem illegal sind – wie übrigens die meisten, so hatte Quim mir versichert. Und jetzt hat sich Rafael auch noch darum gekümmert, das ist einfach …

»Unglaublich.«

Ich umarme ihn über den Tisch hinweg, werfe den Serviettenspender um, zerknautsche den Stadtplan, aber es ist mir egal, ich könnte gerade die ganze Welt umarmen. Lachend befreit sich Rafael aus meiner Umklammerung und drückt mich in den Stuhl zurück.

»Da ist noch etwas«, sagt er und tippt auf eine weitere Markierung. Ich beuge mich vor und versuche stirnrunzelnd, mich zu orientieren.

»Ich habe ein bisschen recherchiert«, sagt Rafael mit einem geheimnisvollen Lächeln.

»Ach ja?«

»Deine Mutter. Núria Martell Garriga. Sie ist hier aufgewachsen. Dort war ihr Elternhaus, bevor deine Großeltern aufs Land gezogen sind.«

Mein Herz fängt wie wild an zu klopfen.

»Das muss das Haus sein, in dem ich sie als Baby mit meinen Eltern besucht habe. Glaubst du, ich werde mich erinnern können? Verrückt, oder? Wo beginnt die Erinnerung, wo endet sie.«

Ich spüre, wie mir die Tränen in die Augen schießen.

»Du wirst sehen«, sagt Rafael sanft, »nach diesem Monat hier in Barcelona wirst du neu anfangen können. Mit dem Alten abschließen, mit etwas Neuem beginnen.«

»Das hoffe ich«, flüstere ich, und Rafael nickt.

»Es ist kein Zufall, dass du hier bist, Anna Silber.«

Ich senke den Blick. Wie recht er hat.

Der Auftrag für den Stadtführer war natürlich nur eine Ausrede, etwas, an das ich mich klammern konnte, um nicht das Gefühl zu haben, hier zu sein, nur um nach irgendeiner verbliebenen, abstrakten Spur meiner Mutter zu suchen. Aber die Wahrheit ist, dass ich gekommen bin, um meine ganz persönlichen Dämonen auszutreiben – vielleicht wirklich in der Hoffnung, mit dem Alten abschließen zu können, wie Rafael sagt. Meine Eltern und mein Bruder sind seit fast einem Jahr tot, und ich habe nichts geregelt. Nichts. Nichts verändert, nichts verarbeitet, nichts entschieden. Ihre Wohnung am Stadtrand habe ich möbliert untervermietet, eine Mitwohnzentrale kümmert sich darum. Ich habe mit nichts abgeschlossen. Ich lebe in einem winzigen Appartement in der Münchner Maxvorstadt, reise wie panisch gehetzt durch die Welt, schreibe passable Reportagen über Orte, die mir nichts sagen, habe seit Jahren keine feste Beziehung und bin, jetzt mal ganz ehrlich, so ziemlich ratlos, was meine Zukunft betrifft. Ich bin nie aus München weggezogen, weil meine Eltern es ebenso wenig konnten – wegen meines Bruders. Dafür die vielen, kurzen Fluchtversuche, all die Reisen, weshalb ich wiederum sehr wenig Freunde habe – ich nehme es keinem übel, da ich diejenige bin, die stets absagte: Tschuldigung Leute, muss nach Bozen, muss an die Ostsee, muss auf meinen Bruder aufpassen, muss übermorgen den Artikel fertig haben, immer hatte ich eine Ausrede, in die mich die Unruhe trieb. Und seit dem Tod meiner Familie ist es noch schlimmer geworden. Jetzt bin ich sechsunddreißig, ohne festen Job – sogar ohne »festen freien« Job, was ja direkt ein Luxus wäre – und habe eine Wohnung, in der ich wie eine Studentin hause … und trotz der Bewegung, die die vielen Kurzreisen mir vorgaukeln, ist tatsächlich alles sehr still in meinem Leben. Es wird höchste Zeit, das zu ändern. Und manchmal muss man einfach woandershin, um die Dinge aus einer neuen Perspektive zu sehen. Und mit woanders meine ich einen Ort, den ausnahmsweise mal nicht der Zufall ausgewählt hat.

Barcelona. Das war bei uns zu Hause immer die Stadt der Sehnsucht – vor allem der Sehnsucht meiner Mutter. Wie heißt es? So nah und doch so fern? Oder eher umgekehrt? Es ändert nichts in der Ironie des Schicksals. Für meinen Vater und für mich sollte Barcelona die große Belohnung sein, die wir vier uns alle eines Tages gönnen würden – wir hofften nicht, wir träumten nur. Unser Sansibar. Und nun bin ich hier. Auf der Suche nach … wonach eigentlich?

Ich starre auf den Stadtplan. Und plötzlich empfinde ich Wut. Auf alles. Auf diese Stadt, weil sie ihr Versprechen nicht gehalten hat, auf meinen Vater, weil er im Regen einen Lastwagen überholen wollte, auf meinen Bruder, weil er wieder einen Anfall hatte und in die Klinik musste, auf meine Mutter, weil sie zur Unentbehrlichkeit gezwungen war, und auf mich, weil ich diese jämmerliche, ungerechte Wut in mir habe, seitdem ich gescheit denken kann. Jetzt reiß dich mal zusammen, Anna.

Alles wird gut.

Das Zeichen

In drei Stunden legt sich die Dunkelheit über die Stadt wie eine weiche Daunendecke, unter der sich alle zu verkriechen versuchen, aber nicht mit mir. Denn ich kann sie trotzdem sehen: Ihre Augen leuchten im Schein ihrer Schuld, und ich kann sie riechen, ihren giftigen Schweiß, den die Gier aus ihnen herauspresst und der mamà den Atem nimmt. Es eilt, es eilt, ich kann nicht länger warten, ich muss, denn unsere Kraft versiegt mit unserem Leiden, doch sie steigt mit dem ihren. Ich kann es fühlen. Seit Mittag weiß ich, dass es keinen Aufschub geben darf, habe das Zeichen erhalten, habe die Aufgabe verstanden, habe das Geld aufs Gerichtskonto gebracht, die Einkäufe getätigt, die zerschlagenen Fenster mit Zeitungspapier beklebt und die drei toten Tauben, die in der Nacht von den Wilden durch die Scherben hineingeworfen wurden, den Katzen verfüttert. Mamà hat sich geweigert, hat den Teller frischer Brühe verschmäht, hat gemurmelt, Katze ist nicht Hase und Taube kein Huhn, wo ich doch nie, NIE … die ganze Mühe für nichts, ich hätte sie ihr kochend heiß in den Rachen gießen sollen, alles musste ich wegkippen, hinunter in den Lokus vom dritten Stock, dann die Rattenfallen im zweiten aufstellen, mach dies, mach das, rief mamà, binde die Kabel über dem Ladeneingang zusammen, kratz den verfluchten Hundekot von den Briefkästen ab, schraub das zertretene Türschloss wieder an, dann den Müll zum Container schleppen und da, da wagte er, es mit mir zu versuchen. Hat mich mitten auf der Straße wie einen Dahergelaufenen behandelt, hat mich mit dem Pack gleichgestellt, er, mit seinem lilafarbenen Blick und seinem gelben Lächeln, er, der Mitleid heischte, aber nichts als Geld und die Dosen loswerden wollte, die er in der Plastiktüte versteckte, aber nicht mit mir, ich rieche dein Gift, ich sehe deine Gier, ich weiß, was du bist, ein Dreck bist du. Ich pfeife auf deinen Hundeblick, den du ablegst, sobald du außer Sichtweite bist, ich spucke auf deinen gekrümmten Rücken, den du durchdrückst, sobald du um die Ecke biegst, ich durchschaue deine Masche, ich habe keine Angst vor deinem Gott, ich fürchte mich nur vor der Plage, die du bist. Parasit, stinkender. Blutegel. Vampir. Getier, das mich auf Schritt und Tritt verfolgt, mich anspricht in fremden Sprachen, sich aufdrängt mit Angeboten, die du selbst verpönst, ungeachtet meiner eigenen Abneigung. Deine Tradition, die hat hier keinen Platz, solange du nicht die meine respektierst, ja, lächle nur dein gelbes Lächeln, als würdest du nicht verstehen, aber nicht mit mir, ich sehe die Wahrheit, ich sehe die Zukunft, und deine Zukunft erlischt in den schwarzen Wolken der heutigen Nacht. Weine ruhig deine lilafarbenen Tränen, solange du noch kannst, denn ich komme. Ich bin bereit.

Bist du sicher?, fragt mamà, und ich decke ihre Füße zu und lass sie meine Hand küssen, aber ja doch, sage ich und trage ihre Wärme mit mir hinaus. Ich schließe die Tür und sichere die Schlösser, um sie vor den Barbaren zu schützen, die nicht aufzuhalten sind, noch nicht, doch bald …

Bist du sicher?, ertönt mamàs Stimme erneut durchs Treppenhaus.

Aber ja doch, wiederhole ich.

Todsicher.

3.

»Das ist doch Wahnsinn.«
Anna Silber
»Das ist Barcelona.«
Eva Comadran, 34, Filzkünstlerin

Kalt ist die Welt.

Vor wenigen Minuten hat eine Wolkenmasse den Himmel niedergezwungen, er hängt tief und schwarz über meinem Kopf, und ein schneidender Wind bläst vom Meer hinauf, entblättert Platanen, scheucht Vögel auf, jagt Zeitungen und die Stadtpläne uns Herumirrender. Und wir sind nicht wenige. An der Haltestelle »Gràcia« des Touristenbusses stehen frierende Italienerinnen mit tellergroßen Sonnenbrillen und wundern sich, warum es so dunkel ist, wo in diesem Viertel die Attraktionen sein sollen und wann verdammt der nächste Bus kommt. Eine Gruppe amerikanischer Radfahrer klingelt Hunde und Herrchen vom Fahrradweg, und beim Anblick ihrer Trägerhemdchen bekomme ich eine Gänsehaut. Die Temperatur ist von einem Moment zum anderen um mehrere Grad gefallen, und ich wünschte, ich hätte eine dickere Jacke mitgenommen, hätte vorausgeschaut, wie die

Einheimischen es tun, die plötzlich alle warm eingepackt sind. Hohe Luftfeuchtigkeit und Hitze sind etwas Feines, aber hohe Luftfeuchtigkeit und Kälte, das ist gemein, das kriecht dir in die Knochen.

Ich nehme die gelbe U-Bahnlinie und fahre bis zur Station Jaume I, die sich an der Grenze zwischen den Vierteln El Born und Gòtic befindet. Vor den Stufen, die zur Straße führen, steht ein Regenschirmverkäufer.

»Wie viel?«, frage ich fröstelnd.

»Zehn.«

»Fünf.«

»Zehn.«

Ich sehe mir einen der in China fabrizierten Schirme an und gebe ihm einen Tag Funktionstüchtigkeit. Allerhöchstens.

»Sechs«, schlage ich vor, aber der Pakistani lässt nicht mit sich handeln.

»Zehn oder im Regen stehen«, sagt er.

Ich lasse mich erpressen und zahle. Was soll's. Auch wenn es bei Wind und Regen diesig ist, kräht nach wie vor der Hahn, sagt ein chinesisches Sprichwort (es ist das einzige, das ich kenne), und ich steige, meinen neuen Schirm aufspannend, mit schwellendem Kamm die Stufen hoch. Menschen rennen mit über den Kopf gehaltenen Zeitungen über die Straßen, ich eile ihnen nach, schlängle mich durch den stockenden Verkehr der Via Laietana in Richtung des ehemaligen jüdischen Viertels, in dem mein erster Barcelona-Tipp auf mich wartet: der Friseurladen, dem der katalanische Kurzpony zu verdanken ist.

Die Straße trägt meinen Namen, und es wäre mir durchaus recht, in eines dieser Häuser aus dem 17. Jahrhundert zu ziehen, die einen Teil der mittelalterlichen Altstadt unter sich verbergen. Mächtige Quadermauern zeugen von einstigem Reichtum der Kaufleute, die nur ein paar Hundert Meter weiter in Richtung Hafen ihre Importwaren lagerten. Doch die freie Wohnungen ankündigenden Schilder sind hier auf Englisch: *to rent for days*, steht da, tageweise zu vermieten, zudem fällt auf, dass sich hier keine Lebensmittelgeschäfte befinden – ich zähle zwei Schokoladenparadiese und ein Kaffee- und Gewürzlädchen, davon könnte noch nicht einmal ich mich ernähren. Ich frage mich, ob hier überhaupt noch jemand lebt oder ob die Stockwerke nur von Ferienappartements, Büros und Lagerräumen der Modegeschäfte besetzt sind, die Barcelona zur Stadt der ausgefallenen Kreationen gemacht haben. Die Geschichte wiederholt sich: Geld liegt auf der Straße der Silberschmiede.

Im Friseurladen erwarten mich zwanzigjährige Rastaköpfe und dünne Beine in Ringelstrumpfhosen, und ich mache es kurz: Cinta mit dem blauen Schopf erzählt mir von drei Jahrzehnten geschnittener Haare, vom Bedürfnis, nach dem Ende der Diktatur nicht nur in, sondern auch auf den Köpfen die Freiheit zu tragen, von der Ehre, den Nachwuchs auszubilden, und ihrem Motto: Danke, dass du dein Haar liebst. Ist das nicht rührend? Als sie mir jedoch eine zeitgemäße Anpassung meiner nicht vorhandenen Frisur anbietet, verabschiede ich mich. Und ich muss ja wirklich weiter.

Der Regen versiegt, aber ich friere noch immer und beschließe, mir zu Hause etwas zum Überziehen zu holen. Ich dringe auf dem Weg tiefer ein ins Born, denn vorher möchte ich noch meinen zweiten Barcelona-Tipp besuchen, und erst jetzt wird mir klar, dass dies das Viertel ist, in dem Quim und Rafael das Loft gekauft haben: Aufgepasst, es existiert, das SoHo des Mittelmeers. Hier überleben noch, ich zähle, ganze *zwei* ursprüngliche Geschäfte – ein Matratzenstopfer und ein

Dosenfischverkäufer. Über die muss ich unbedingt etwas schreiben, bevor auch sie verschwinden, ansonsten nämlich nur noch Design pur. Um die abgesperrte Markthalle, die bald einen Glasboden haben wird, damit man darunter die Ruinen eines alten Dorfes sehen kann, stehen mächtige, quadratische Häuserblocks. Im Erdgeschoss befinden sich kleine, experimentelle Restaurants, und aus den Eingängen treten Männer und Frauen, die aussehen wie erfolgreiche Freiberufler. Und wie sieht ein erfolgreicher Freiberufler aus? Ausstrahlung von jugendlicher Reife (oder reifer Jugendlichkeit), lässig anmutende, aber richtig teure Klamotten, diese schwarze rechteckige Brille, schnörkelloser Schmuck? So in etwa. Ich gebe zu: Wäre ich erfolgreich und besäße einen besseren Geschmack, ich würde wahrscheinlich genauso aussehen und den *bohemian bourgeois* zugehören, eine neue Art im eigens geschaffenen Biotop.

Trotzdem. Es fehlt etwas. Hier hängt keine Wäsche vor den Fenstern. Hier ruft keine Frau vom Balkon ihrem Sohn zu, dass er gefälligst hochkommen soll, sonst gibt's was hinter die Ohren. Hier stehen Markenfahrräder hinter dick verglasten, metallumrahmten Haustüren. Hier herrscht eine unnatürliche Ruhe. Doch es scheint sie noch zu geben – ein paar letzte, alteingesessene Einwohner des Viertels. Sie haben Spruchbanner an ihre Fenster befestigt: »Die Stadt für ihre Bürger«, steht auf einem, »Stoppt den Lärm«, heißt es woanders – wahrscheinlich gemünzt auf die unzähligen Bars, die hier abends öffnen und das Straßenbild ab Einbruch der Dunkelheit schlagartig verändern. Das Born ist tagsüber also ein gentrifiziertes Modeviertel und nachts eine super gestylte Riesenbar – *territori guiri*, Spielplatz von Fotografen, Architekten, Designern und Filmleuten aus Deutschland, England, Frankreich, Skandinavien, die zum Austoben hierher ziehen, als wäre das eine Ferienanlage. Modern, mit einem Hauch von pittoresk – ein Ort, der ihrer Kaufkraft und ihrem Anspruch entspricht. Was wird bleiben, wenn sie eines Tages gelangweilt und gesättigt weiterziehen?

Ich laufe durch diese durchaus geschmackvolle, aber fremd wirkende Kulisse und biege in eine schmale Straße, durch die nicht einmal ein Kleinwagen passen würde. Ich staune über die Lifestyle-Läden, die sich unter den Bögen der mittelalterlichen Mauern angesiedelt haben, und mittendrin finde ich Eva, die Filzkünstlerin. Sie sitzt hinter der zur Straße hin offenen Tür in einem winzigen Raum, in dem vielleicht einmal ein paar Dutzend Kartoffelsäcke gelagert wurden, und näht an ihren Figuren.

»Hola«, sagt sie, »sieh dich ruhig um. Möchtest du vielleicht einen Tee?«

Es ist warm und gemütlich hier drin, Eva wirkt unaufgeregt, hat Lust auf ein nettes Gespräch, und ich bin begeistert von ihren Tieren und Puppen und Fabelwesen, die den winzigen Raum bevölkern. Ein hübsches Ende für ein ausgemustertes Hotelhandtuch.

»Ist ein bisschen eng hier«, entschuldigt sie sich, als ich mich auf einen Hocker zwischen ihren Arbeitstisch und ein Regal quetsche und kaum meinen Block halten kann, »aber ich kann froh sein, dass ich das überhaupt gefunden habe.«

»Ist eine gute Gegend für ein Atelier«, sage ich.

»Ja, aber eigentlich unbezahlbar. In einem Jahr läuft mein Mietvertrag aus. Dann darf ich mir was Neues suchen.«

»Warum? Kannst du nicht verlängern?«

»Dann müsste ich knapp zweitausend Miete zahlen. Doppelt so viel wie jetzt.«

Mir verschlägt es die Sprache. Das hier sind – vielleicht fünfzehn Quadratmeter?

»Das ist doch Wahnsinn«, sage ich.

»Das ist Barcelona«, antwortet sie, »hier stehen zigtausend Wohnungen leer, weil die Besitzer eine zu hohe Miete verlangen, zudem noch mit befristetem Vertrag, bzw. sie vollkommen überteuert verkaufen wollen. Wobei sie es zum Teil auch schaffen – also verkaufen. Aber dann meistens an ausländische Investoren. Engländer. Russen. Und mit den Geschäften ist es nicht anders. Bald werden sich in der Altstadt nur noch internationale Luxusboutiquen die Ladenmieten leisten können.« Sie schnaubt verächtlich durch die Nase. »*La millor botiga del mon*, das ist das Motto der Stadtverwaltung: die beste Boutique der Welt. Das muss man sich mal auf der Zunge zergehen lassen.«

»Aber es gibt doch überall diese kleinen Tante-Emma-Läden der Chinesen und Pakistanis«, sage ich. »Zahlen die noch alte Mieten?«

Eva zuckt die Achseln.

»Die sind organisiert. Hinter jedem einzelnen dieser Händler steckt eine mächtige Bande. Die zahlen genauso hohe Mieten wie Chanel oder Custo.«

»Wie finanzieren die das?«, frage ich überrascht.

»Das wüsste ich auch gerne«, sagt Eva, »aber mein Gemüsehändler zum Beispiel, der ist aus Lahore. Er arbeitet zwölf Stunden am Tag, sieben Tage die Woche, manchmal unter Aufsicht von ein, zwei älteren Typen. Er hat pro Monat einen Tag frei, den er nur in Anspruch nimmt, wenn er krank ist. Er ist hoch verschuldet, verstehst du? Irgendwelche Bosse haben ihm die Reise nach Spanien gezahlt, haben nach und nach seine Familie eingeflogen, die Papiere geregelt und so weiter. Er wird bis zu seinem Lebensende deren Sklave sein. Und ich verstehe noch immer nicht, warum – aber er ist glücklicher so, als wenn er in seinem Land geblieben wäre.«

Keine Viertelstunde später, mit der Frage nach der Beschaffenheit des Glücks im Kopf und einem Hundert-Euro-Rhinozeros aus Filz unterm Arm, bin ich wieder unterwegs und bleibe plötzlich stehen. Eigentlich wollte ich zu Rafaels Wohnung, doch irgendwie habe ich mich verirrt. Es hilft nichts. Ich oute mich als hilflose Touristin, falte den Stadtplan auseinander und suche an der nächsten Ecke nach einem Straßenschild – doch finde stattdessen einen ausgehobenen Baukrater. Hier stand sicher einmal ein Wohnhaus, hier hing bestimmt auch mal ein Straßenschild, aber jetzt befindet sich hier nur noch ein riesiges, klaffendes Loch. Eine frische Wunde, die wehmütig stimmt: An den angrenzenden Hausmauern malen Zementspuren das Zickzack ehemaliger Treppen nach; verschiedenfarbige Wandtapeten kennzeichnen deutlich die einzelnen Zimmer und Wohnungen der fünf Stockwerke, die es hier einmal gab, und ein der Abrissbirne entkommenes Waschbecken hängt mitten im Nichts. Sinnlos, unerreichbar.

Grotesk. Hier in der Altstadt wird abgerissen, was das Zeug hält. Versunken mache ich einen Bogen um einige regennasse Schuttsäcke und denke an den hässlichen Neubau, in dem mein Toter umgebracht wurde. Ich frage mich, ob es Mord aus ästhetischen Motiven geben kann, so wie es Mord aus Leidenschaft gibt, das wäre ja wenigstens mal was Neues. Was könnte mich eigentlich dazu bringen, und wie oft habe ich gesagt: Den könnte ich umbringen? Wie den Idioten, der mir gerade eine Coladose an den Kopf geschossen hat?

»Aua!«, rufe ich und drehe mich um.

»Sag mal, spinnst du??«

Eine Gruppe Neun- oder Zehnjähriger läuft lachend und kreischend davon, doch ich bin schneller. Ich greife einen an der Kapuze und ziehe den Zipfel in die Höhe, sodass der Kleine aussieht wie ein am Muttermaul hängender Welpe.

»Ein Euro, *señora*, bitte, bitte eine kleine Spende, habe Hunger, bitte«, sagt er wie aus der Pistole geschossen, und verblüfft lasse ich ihn los. Sein Gesicht, das vor drei Sekunden noch im Spielrausch strahlte, ist nun zu einem einstudierten Leidensausdruck verzerrt. Ein kleiner rumänischer Profibettler mit einer getrockneten Rotzkruste an den Nasenflügeln.

»Ich kauf dir was«, sage ich.

»Besser Geld«, sagt er.

Ich schüttle den Kopf, und er sieht mich prüfend an.

»Fünfzig Cent?«

Wieder schüttle ich verneinend den Kopf, und der Junge entspannt gelangweilt die Gesichtszüge, wird wieder zum normalen Kind.

»Dann nicht«, sagt er, spuckt wie ein alter Kutscher auf den Boden und eilt in Richtung seiner Kameraden. Geschickt fischt er im Laufen eine leere Bierdose aus einem der Schuttsäcke und wirft sie zu Boden, kickt sie vor sich her, folgt ihr eine Gasse hinunter, aus der bald nur noch gedämpftes Scheppern ertönt. Ich muss an die ermordete Zigeunerin denken, die Kinder wie ihn zum Betteln ausbildete. Es funktioniert. Der Kleine hat, ohne nachdenken zu müssen, sein Programm abgespult.

Endlich entdecke ich ein Straßenschild, versuche, mich mithilfe des Stadtplans zu orientieren. Ich kann nicht rekonstruieren, wo ich falsch abgebogen bin, ich weiß nur, dass ich inzwischen weiter von Rafaels Wohnung entfernt bin, als ich es vorhin im Filzladen war. Nur zwei Gassen nach links, und ich könnte die Kathedrale besuchen – in deren unmittelbarer Nähe besagte Zigeunerin umgebracht wurde. Zufälle gibt's …

Livia Danescus Stammplatz wird inzwischen von einem schwarz gekleideten Mütterchen besetzt, das auf einem Stapel Zeitungen hockt. Sie ist eingenickt, das Kinn liegt auf ihrer Brust, und ihr Kopftuch ist tief in die Stirn gerutscht – aber die Hand hält sie nach wie vor offen für jede eventuelle Spende aus den Geldbörsen der Touristen, die sich auf der Treppe zur Kathedrale drängeln. Ein *power nap* an einem der strategischsten Bettelpunkte der Stadt, es soll ihr gegönnt sein. Denn es ist ein harter Job, da muss man sich nichts vormachen – stundenlang regungslos die Hand ausstrecken, bei Wind und Wetter, das Gesicht zur Leidensmiene verzogen, immer in Sichtweite einiger Klanmitglieder, die ihren Bettlertrupp fest im Auge behalten. Ob sie Mittagspausen einlegen darf? Ob jemand vorübergehend ihren Platz einnimmt, wenn sie, wie Livia Danescu, aufs stille Örtchen muss? Der Eingang zum unterirdischen Parkhaus, in dem sich die öffentlichen Toiletten befinden, liegt direkt am Platz vor der Kathedrale. Keine halbe Minute zu Fuß. Und bei der Anzahl von Menschen, die sich tagtäglich hier tummeln, muss es für den Mörder ein Kinderspiel gewesen sein, ihr unbeachtet zu folgen. Ich sehe mich um und blicke in Hunderte von Gesichtern, die alle wie hypnotisiert zur Kathedrale schauen und ihre gotischen Türme ablichten, die leider gerade nur zu erahnen sind: auch hier wird gebaut und renoviert, weshalb eine der berühmtesten Sehenswürdigkeiten der Stadt im Moment eher aussieht wie ein Zelt, aus dem unten ein paar Baugerüste ragen, was wiederum an verblüffend dünne Fußknöchel einer schwergewichtigen Dame erinnert. Nicht eben ein vorteilhafter Gesamteindruck – aber noch immer riesig und imposant. *Catedral de la Santa Creu i de Santa Eulàlia*, Kathedrale des Heiligen Kreuzes und der Heiligen Eulàlia. Vor zwei Tagen hat sie mich fast überrannt, diese mir unbekannte Heilige. Wird vielleicht Zeit, für sie eine Kerze anzuzünden, denke ich und schlüpfe durch das schwere Holzportal, werfe einen letzten Blick auf den Platz, den die Dämmerung allmählich in Schatten taucht. Unten, am Fuß der Treppe, sehe ich, dass das Mütterchen aufgewacht ist. Es streckt sich gähnend und packt seine Sachen zusammen. Feierabend. Recht so. Beruhigt drehe ich mich um und trete ein, verlasse diese Welt.

Mich empfängt der Geruch von Weihrauch und vergangener Zeit, eingetaucht in ein tausendfach blinkendes Lichtermeer. Unzählige Votivkerzen flackern vor den siebenundzwanzig Kapellen, die das Kirchenschiff flankieren. Es ist, trotz der vielen Besucher, überraschend still; jedermann tritt vorsichtig auf, flüstert Worte der Bewunderung, berührt die schweren Säulen ehrfürchtig mit den Fingerspitzen. Hin und wieder flammt ein Blitzlicht auf und erhellt eines der von Jahrhunderten verdunkelten Ölbilder, die die Leiden der vielen Märtyrer darstellen, die hier geehrt werden. Und da sehe ich sie, aus schlichtem Stein, ohne Goldverzierungen oder Samtschleppen: Santa Eulàlia de Barcelona, rechts gegenüber dem Haupteingang – ein junges Mädchen, das im dritten Jahrhundert seinen christlichen Glauben vor einem römischen Präfekten verteidigte und zur Strafe diverse Martyrien erleiden musste, bevor der Tod es erlöste. An der Wand des Chors steht ihre Geschichte, ebenfalls in Stein gemeißelt, und ich betrachte die Bebilderung einiger ihrer Leidensetappen, während ich die Ohren spitze, um den Erläuterungen einer deutschsprachigen Führung zu lauschen. Ich gebe zu, ich war zu geizig, mich anzuschließen. Immerhin musste ich bereits fünf Euro für den Eintritt abdrücken, also bitte. Ich berühre nicht ganz versehentlich den Rücken eines Herrn, murmle laut genug *excusez-moi* und lasse mir als Französin gratis erklären, dass Eulàlias Knochen in der Krypta ruhen, nachdem ihr Körper vor eintausendsiebenhundert Jahren derart vielfältig gefoltert wurde, dass einem die Spucke wegbleibt.

Mehr als das. Mir gefriert das Blut in den Adern.

Ich starre dieses zarte Mädchen aus Stein an und denke, das darf nicht wahr sein. Ich taumle aus der Kirche in den angebrochenen Abend und weiß nur noch eins: Ich muss sofort Quim finden.

»Bitte hinterlassen Sie eine Nachricht, piep«, Mist, verdammter, das gibt's doch nicht, fünf Mal schon habe ich Quims Nummer gewählt, ich kann ihm nicht noch einmal auf Band sprechen, wie dringend er mich zurückrufen soll. Das Taxi hält, und ich drücke dem Fahrer hastig das Fahrgeld in die Hand, steige aus, renne hoch zu Rafaels Wohnung. Ich schalte das Licht an, werfe meine Tasche, den Regenschirm und das Filznashorn achtlos aufs Sofa, muss es finden, wo zum Teufel habe ich es hingelegt, suche auf dem Küchentresen, wühle unter den Sitzkissen, krieche auf allen vieren auf dem Boden, finde eine Schraube, eine Zehn-Cent-Münze, einen Weinkorken … endlich. Ich reiße ein Blatt von der Küchenrolle ab und hebe vorsichtig das Bleistückchen auf, das in meiner Unordnung irgendwie unter den Kühlschrank gelangt ist. Ich betrachte es mit zitternder Hand und habe Glück: Es ist noch ganz, abgesehen von der Ecke, die bereits fehlte, als es mir der Junge auf der Straße zuwarf. Mein Herz rast zum Durcheinander der Gedanken, die mir durchs Hirn toben: Wie kam der Junge zu diesem

Bleistückchen? Hat er den Mörder gesehen? Was mache ich jetzt? Und warum die Heilige Eulàlia? Es ist laut in mir, so grell die Fragen, dass ich die Klingel erst beim dritten Mal höre.

»Wer ist da?«, frage ich ins Haustelefon.

»Ja bitte?«, fragt ein männlicher Nachbar.

»Hallo?«, fragt gleichzeitig eine weibliche Stimme.

Typisch. Da hat jemand auf alle Klingelknöpfe gedrückt, vermutlich ein Betrunkener, oder ein Kinderstreich. Ich höre, wie trotzdem jemand den Türöffner betätigt, und lege auf, ist nicht für mich, und ich merke, wie sehnlich ich mir gewünscht hätte, es wäre Rafael. Warum habe ich plötzlich Angst? Oder fühlt sich so Einsamkeit an? Um meine Hilflosigkeit zu überbrücken, wickle ich das Bleistückchen in das Küchenpapier und stecke es in mein Portemonnaie. Ich muss etwas tun, irgendetwas, doch mir fällt nichts Schlaueres ein, als das Handy zu nehmen und zum sechsten Mal Quims Nummer zu wählen – wieder die Mailbox. Ich versuche es mit Rafaels Nummer, auch hier kann ich nur eine Nachricht hinterlassen, und ich bitte ihn, mich anzurufen, versuche, nicht alarmiert zu klingen, obwohl ich vor lauter Herzklopfen kaum atmen kann. Jetzt überleg doch mal, Anna, sag ich mir. Kann das tatsächlich stimmen? Ich verfluche meine Hysterie, hole mir ein Glas Wasser, schalte das Licht aus und setze mich tief durchatmend aufs Sofa, lege mir eine Hand auf die Stirn. Die Dunkelheit, die mich umgibt, ist beruhigend, doch sie schafft nicht, die sich in meinem Kopf überlagernden Bilder zu verscheuchen. Im Gegenteil. Die Steinreliefs vermengen sich mit den Fotos der Opfer wie in einem Memory-Spiel, zieh eine Karte: das marmorfarbene Mädchen, wie es auf glühenden Kohlen liegt. Finde die passende: der afrikanische Jugendliche, tot über einem Häuflein nagelneuer Grillbriketts. Wieder die versteinerte Eulàlia, wie sie von mehreren Männern ausgepeitscht wird … dazu der vorsätzlich am Tatort hinterlassene Lederriemen, mit dem der Schotte erdrosselt wurde – kann das wirklich sein? Ich brauche eine Liste, muss alles sorgfältig vergleichen, denn ich weiß: Wenn ich recht habe, wenn diese wahnsinnige Verbindung stimmt, wird es noch weitere Morde geben. Vielleicht finde ich im Internet etwas über die Heilige? Ich taste nach dem Lichtschalter, als ich plötzlich innehalte: In der dunklen Stille ertönt ein metallisches Kratzen. Da – es verwandelt sich jetzt in ein feines Stochern, und ich halte lauschend die Luft an – es kommt von der Tür, ja, jetzt kann ich es deutlich hören, da muss jemand …

Da versucht gerade jemand einzubrechen!

Ich verharre einen Augenblick lang regungslos und meine, ein Schnaufen zu vernehmen – fünfter Stock ohne Aufzug, das bringt wohl auch Diebe außer Atem –, und dann spüre ich eine leichte Bewegung der Tür. Ohne groß nachzudenken, schnappe ich mir mein Handy und meine Handtasche, öffne lautlos die Balkontür, trete hinaus auf den fußbreiten Sims und drücke so sanft wie möglich die Tür hinter mir zu. Ich denke an nichts, funktioniere bloß. Ich drücke mich gegen die Hausmauer, sehe mich um. Es gibt nur eine Möglichkeit. Vorsichtig steige ich auf die Eisenbalustrade und strecke das linke Bein aus, finde die einen Meter entfernte Balustrade des Nachbarn. Jetzt bloß nicht das Gleichgewicht verlieren, sonst segle ich fünf Stockwerke aufs Pflaster hinunter. Mit gereckten Gliedern klammere ich mich an einem Flügel des benachbarten Fensterladens fest und ziehe mich rüber, wackle kurz, lasse mich dann vorsichtig von der Balustrade auf den Balkon hinab. Ich sende ein Stoßgebet gen Himmel und schiebe mich in den Erker der Balkontür, drücke leicht mit dem Rücken dagegen – doch sie ist abgeschlossen. Ich klappe den Flügel ein wenig auf, um mich abzuschirmen, und ich hoffe, es sieht aus, als hätte der Wind die alte Jalousientür aus dem Haken gelöst. Zum ersten Mal bin ich froh darüber, einen Erbsenbusen zu haben, wie mir einst ein liebenswürdiger Verflossener sagte, stehe flach wie eine Flunder und mit eingezogenem Bauch hinter dem handbreiten Fensterladen und bin mir plötzlich der Lächerlichkeit meiner Situation bewusst. Was, wenn mich jemand so sieht? Und wenn ich mir das nur eingebildet habe? Vielleicht ist es ja Rafael, der einen sperrigen Ersatzschlüssel hat, mit dem er im Schloss herumstochern musste, vielleicht … Doch da höre ich ein Rumpeln und sehe, dass jemand in der Wohnung das Licht eingeschaltet hat. Ich lehne mich noch dichter ans Türglas – und höre kurz darauf, wie nebenan jemand Rafaels Balkon betritt. Mein erster Impuls ist, mich lachend vorzubeugen und Rafael einen dämlichen Schreck einjagen. Mein zweiter und stärkerer Impuls ist, um Hilfe zu schreien. Denn was ich nun höre, klingt nicht nach Rafael, es sei denn, er hat sich in einen kurzatmigen, dicken kleinen Mann verwandelt, dessen Umriss ich durch die Lamellen erblicke. Der Mann schaut sich um und wendet den Kopf in meine Richtung. Ich halte den Atem an und schließe die Augen, mit dem innigsten Wunsch, unsichtbar zu sein, bitte, bitte, bitte … Ich merke, wie der Mann zu meinem Balkon rüberguckt – und dann, endlich, höre ich ihn reingehen. Leise hole ich Luft, schmecke dabei unerwartet einen Dufthauch von Kernseife und lausche. Von Rafaels Wohnung her ertönen nun durch die noch offene Balkontür undeutliche Geräusche. Ein Stuhl, der umkippt? Zerbrochenes Glas … Das Reißen von Pappe – Rafaels

Umzugskartons, denke ich, der Arme. Gleichzeitig bin ich heilfroh, mir im letzten Augenblick noch die Tasche umgehängt zu haben – so habe ich wenigstens meinen Ausweis und die Bankkarten bei mir. Die Geräusche dringen noch eine gefühlte halbe Ewigkeit zu mir, dann höre ich plötzlich die Haustüre zuschlagen, und es ist still. Das Licht hat der Mann angelassen. Ob das eine Falle ist? Was, wenn er mich doch gesehen hat und nur darauf wartet, dass ich zurück auf Rafaels Balkon klettere, die Wohnung betrete und er über mich herfallen kann? Andererseits: Ich traue mich sowieso nicht, mich jemals wieder zu bewegen, bin vollkommen erstarrt vor Schreck und inzwischen auch vor Kälte – als ich unten die schwere Haustüre zufallen höre. Schnell klappe ich auch den Flügel des zweiten Fensterladens um mich und versuche, durch die Lamellen auf die Straße zu spähen. Nichts. Die Schritte des Diebes sind so kurz wie sein Atem und werden alsbald verschluckt vom sich nähernden Gejaule mehrerer Polizeisirenen. Hierher, bettle ich stumm, doch die Sirenen jagen einen anderen. Also verharre ich in dieser Stellung, bis ich nur noch mein Blut in den Ohren rauschen höre. Dann rutsche ich in die Hocke und zittere erst einmal eine Runde.

Mannomann.

Insgesamt muss ich eine gute Stunde auf dem Balkon des Nachbarn verbracht haben, bis ich es wage, mich aus den Fensterläden zu falten und mit steifen Gliedern über die Eisenbalustraden zurückzubalancieren. Und jetzt wird es erst recht abenteuerlich. Denn der Dieb hat nichts, rein gar nichts geklaut. Er hat sich zwar ein bisschen wild umgeschaut und ein beachtliches Chaos hinterlassen, das schon, aber nichts fehlt. Im Gegenteil. Er hat mir etwas dagelassen. Mitten auf dem Wohnzimmertisch.

Ein Bildchen, kaum größer als eine Visitenkarte, von dem mich eine goldumrandete und sanft lächelnde Heilige Eulàlia anblickt.

La Penya del Espanyol: Hier sitze ich, in einem der offiziellen Fanvereine des Fußballclubs »Real Club Deportivo Espanyol«, inoffiziell eine Bar mit abgewetzten, roten Plüschsofas und wackeligen Stühlen à la Thonet (wie Reis à la Paella, Vorsicht, nie ganz das Original), in der es nicht einmal einen Fernseher gibt, auf dem man sich wenigstens theoretisch ein Spiel anschauen könnte. Dies ist die geheime Bar, dessen Adresse Manel mir für meinen Stadtführer aufgeschrieben hat, und allein dieses »geheim« klingt für mich nach Refugium. »Da findet dich niemand«, hatte Manel versprochen, und nichts ist jetzt idealer. Denn in Rafaels Wohnung will ich auf keinen Fall bleiben, und alle weiteren Schritte können erst folgen, wenn ich mit Quim gesprochen habe. Also habe ich mir eine warme Jacke übergeworfen, ansonsten nichts angerührt und bin hergerannt – und zwar durchgehend von der Wohnungstüre die Treppen hinunter durch die Altstadt bis hierher, zwanzig Minuten im Schnelllauf, das habe ich seit der zehnten Klasse nicht mehr versucht, und ja, es stimmt: Angst verleiht Flügel, und nein, kein kurzatmiger dicker Mann ist mir gefolgt. Auch hier sehe ich niemanden, der mir verdächtig vorkommt. Höchstens verdächtig träge: Hinter dem Tresen schlurfen studentische Aushilfen vom Gläserschrank zum Eisfach, vom Eisfach zum Flaschenregal, zurück zum Tresen, und dann wird gemixt. Sie lassen sich Zeit. Es riecht nach Tabak und Hasch, und der Raum ist gefüllt vom Qualm der selbst gedrehten Zigaretten und Tüten. Alle sind etwas langsam hier, unterhalten sich in langen Monologen, während ich heißhungrig eine üppige Portion

Manchego-Käse und *pà amb tomàquet* vertilge – köstliches geröstetes Brot mit Tomatenmus, darüber geträufeltes Olivenöl und etwas Salz. Ein katalanisches Gedicht. Das Lokal ist eigentlich eine im dritten Stock umfunktionierte Wohnung und als Bar illegal, hat aber eine Lizenz als Fußballfanclub – in dem noch nie ein Liga-Spiel angeschaut wurde, obwohl hier und da als Alibi ein paar historische Fotos der ersten Mannschaften des Espanyol hängen. Ich habe von einem der langsamen Jungs erfahren, dass die Stadt aufgrund des Lizenzverstoßes die Schließung angeordnet hat, und jetzt sitzen sie es aus, bis die Räumungspatrouille anrückt. Was jeden Moment passieren kann. Wirklich schade. Die Musik ist eins a, es ist alles dabei, von James Brown über die Beatles bis hin zu Frank Zappa und Elvis Costello. Und beeindruckend diese Aussicht von den französischen Balkonen auf die Plaça Reial, mit ihrem Brunnen, ihren Königspalmen, eingeschlossen in einem Carré, das von Arkaden getragen wird. Bezaubernder kann es kaum sein. Als mir der Kellner ein zweites Bier bringt, frage ich ihn, was aus dem Lokal werden wird?

»Es wird verkauft«, sagt er, »irgendein berühmter amerikanischer Schauspieler will daraus eine Wohnung machen. Sind ja fast alles Privatwohnungen, in diesem Gebäude.«

»Ich habe gehört, dass es hier noch einen Radiosender gibt?«, frage ich.

»Das sind die von Radio Bronka. Ein Haus weiter. Der älteste freie Sender der Stadt, spielt gute Musik. Aber nach uns sind das die Letzten, die noch standhalten.«

»Das tut mir leid«, sage ich.

»Das ist das System, total kaputt ...«

»Klar ...«

»... Alles Kapitalisten, Mann ...«

»Ja …«

»… Nur noch Kontrolle, Konsum, Korruption, verstehst du …«

»Äh …«

»… Keine Freiheiten mehr –«

»'tschuldige, aber – kann ich zahlen?«

Mein bekiffter Kellner trollt sich, und ich nehme mein Bier, gehe damit zur Ehrengalerie. Ich sehe mir die Schwarz-Weiß-Bilder längst verstorbener Spieler an; wie unverbissen im Vergleich zu den Millionären, die heutzutage dem Ball nachlaufen. Und wie schick: 1909 trug man Hosenröcke und gekringelte Kniestrümpfe, ist ja fast wieder modern.

»Anna?«

Sergis lange Wimpern, ach wie schön, klimpern mich an.

»Was machst du denn hier?«, fragt er, breit grinsend, und stößt mit seiner Flasche an mein Bier.

»Äh … arbeiten«, lüge ich und grinse zurück.

»Wie es sich gehört.« Er zwinkert.

»Tja. Ich gebe mir Mühe. Was ist mit dir? Heute kein Restaurantbesuch?«

»Doch, doch. War aber nur vegetarisch.«

»Klingt doch gut«, sage ich.

»Ungesalzen, verkocht, schlecht gelaunte Bedienung.«

»Keine Besprechung wert?«

»Einen Verriss, und zwar einen gesalzenen.« Er lacht und sieht mir tief in die Augen. »Schön, dich zu sehen.«

»Ja. Dich auch.« Ich spüre einen Kloß im Hals. Oh nein. Schutzbedarf-Attacke. Am liebsten würde ich mich jetzt an seinen Hals werfen.

»Setz dich doch zu uns«, sagt plötzlich eine weibliche Stimme.

Ich drehe mich um und sehe Maribel vor mir stehen. Ich

versuche, ganz nett zu lächeln, und gebe ihr zwei Wangenküsschen, muah, muah, hallo, hallo.

»Ich wollte eigentlich gerade gehen«, entschuldige ich mich, »war ein langer Tag.«

»Ehrlich?«, fragt Sergi und sieht dabei fast enttäuscht aus.

»Ach so«, sagt Maribel, »ja dann. Lass dich nicht aufhalten.«

Hier wird Territorium abgesteckt. Sie ist eindeutig im Vorteil. Und ich habe nicht die Kraft, gegen den Kurzpony in die Offensive zu gehen und dabei zu riskieren, mich lächerlich zu machen; ich habe da andere, subtilere Möglichkeiten. Hoffe ich wenigstens. Abwarten. Stehe im Moment noch etwas neben mir.

»Genau. Macht's gut«, verabschiede ich mich und lege einen Schein auf den Tisch: »Falls der Kellner sich an meine Rechnung erinnert. War schön, euch zu sehen.«

»Wo wohnst du denn eigentlich?«, fragt Sergi und folgt mir ein paar Schritte zum Ausgang.

»Zurzeit noch in Rafaels alter Wohnung. Aber anscheinend hat eure Kollegin Montse etwas für mich. Gleich um die Ecke.«

»Ah, dann laufen wir uns hier sicher öfter über den Weg«, lächelt er und drückt ein zärtliches Paar Lippen an meine Wange. »Würde mich freuen.«

»Vielleicht«, sage ich, cool, aber nicht kühl (alles eine Frage langjährigen Einstudierens). »Mach's gut.«

»Du auch. Gute Nacht.«

Von wegen gute Nacht. Ich bin hellwach, es ist fast Mitternacht, und ich weiß nicht, wohin mit mir. Ich denke nicht daran, in Rafaels Wohnung zurückzukehren – nicht, bevor ich endlich mit ihm oder mit Quim gesprochen habe. Außerdem muss dann die Polizei die Wohnung untersuchen, vielleicht hat der Mann Fingerabdrücke hinterlassen. Wobei ich bezweifle, dass er es ihnen plötzlich so leicht macht.

Ich ziehe meine Jacke enger um mich. Es wäre nett, jetzt nicht alleine zu sein. Der perfekte Ausklang dieses Tages wäre mehr von Sergis Lippen und Wimpern, eine warme Nacht in Sergis zerwühltem Bett, zwischendurch ein Schluck Rotwein, vielleicht sogar einen Schöne-Träume-Joint und ein paar Stunden Schlaf, mit Sergis behaartem Arm auf meinem Bauch. Zum Frühstück dann müde Haselnussaugen und Milchkaffee, ach. Aber das bekommt heute eine andere, und ich mache mich auf, die dicht belebten Ramblas abzulaufen, bis mich endlich das erste Gähnen überfällt und ich mir für den Rest der Nacht wahrscheinlich ein Hotel suchen sollte.

»Cerveza, Bier, *birra?«,* fragt mich ein pakistanischer Straßenverkäufer mit lilafarbenen Rändern unter den Augen. Ich lehne ab, gehe weiter und werde nach wenigen Schritten vom Nächsten aufgehalten.

»Rosas para la señora«, bietet mir der Blumenverkäufer an. Auch er ist aus Pakistan und hat tiefe Ränder unter den Augen, die so traurig aussehen wie sein Lächeln. Ich laufe mit einem entschuldigenden Nein-Dankeschön weiter und stelle mir vor, wie diese Männer seit sechzehn Stunden unterwegs sind, wie später ein herzloser pakistanischer Mafiapate jene unverkauften Getränkedosen, Regenschirme und Rosen abzählt, die seine Sklaven zurückbringen, wie sie zu zehnt in einem fensterlosen Zimmer übernachten und an ihre Familien denken, die in der Heimat auf eine Überweisung warten. Mit schlechtem Gewissen drehe ich mich um, möchte eine Rose kaufen, zwei, drei, den ganzen Bund – doch ich kann den Blumenmann unter den vielen Flaneuren nicht mehr ausmachen: Die Ramblas brodeln. Es

ist Montagnacht, das Opernpublikum des Liceu kehrt vom Doppo-teatro-Cocktail nach Hause, betrunkene Engländer suchen torkelnd die nächste Bar für ihre Junggesellenfeier und werden von ziemlich aggressiven Prostituierten angemacht, die lebenden Statuen strecken die steifen Glieder und packen ihre Kostüme ein, und an den Kiosken kaufen Menschen Postkarten, Tabak und die frisch eingetroffenen Zeitungen vom nächsten Tag. Ich bin verwirrt, einsam und aufgekratzt. Hellwach ziehe ich mit all den schlaflosen, unbekannten Weggefährten durch Barcelona, Stadt der Nachtvögel, Stadt der Träumer – und endlich, endlich klingelt das Handy. Es ist Quim. Mit einer unbeschreiblichen Erleichterung drücke ich auf die Empfangtaste, und bevor er überhaupt Hallo sagen kann, fange ich hemmungslos an zu heulen.

Wenig später lesen mich Quim und Rafael im Cosmos auf, wo ich auf sie warten sollte. »Da bist du sicher«, hatte Quim mir in den Atempausen meiner Schluchzer versichert und versprochen, sofort zu kommen.

Das Cosmos ist ein *restaurante-café*, in dem sich die Prostituierten der Ramblas seit drei Generationen ihre Schichtpausen gönnen und dabei ihre müden Füße von den hohen Barhockern baumeln lassen. Es riecht beißend nach einer Mischung aus Parfüm, ranzigem Frittieröl und auch ein bisschen nach Brackwasser, was wiederum verrät, dass das Cosmos in unmittelbarer Nähe des Hafens liegt. Ich sitze mit vom Heulen rot geränderten Augen am Ende des Tresens und bekomme gerade einen lauwarmen Pfefferminztee zugeschoben, den ich vor einer Viertelstunde bestellt habe, als ich Quim durch die gläserne Eingangstüre treten sehe. Das war ziemlich schnell im Vergleich zu der schwierigen Aufgabe, einen Teebeutel mit Heißwasser aufzubrühen. Beeindruckt beobachte ich, wie Quim von allen Seiten begrüßt wird und einigen Damen und Herren der Nacht die Hand schüttelt. Er nennt eine transsexuelle brasilianische Schönheit sogar schwesterlich »Schätzchen« und wirkt wie der überfliegende Lieblingscousin auf einem Familientreffen. Der O. K. ist. Der es in seinem Leben zu etwas gebracht hat, aber trotzdem »einer von uns« geblieben ist. Der gute Kommissar ohne Vorurteile und schwer mein Vorbild, wie ich gerade feststelle.

»War mal bei der Sitte«, erklärt mir Quim und zieht mich am Arm von meinem Barhocker runter, »da lernt man sich kennen.«

Er legt dem Kellner einen Euro auf den Tresen und schiebt mich durchs Lokal hinaus auf die Ramblas, wo Rafael mit besorgter Miene vor Quims Auto wartet.

»Ist dir auch wirklich nichts passiert?«, fragt er sogleich, »Quim hat mich sofort angerufen, warum hast du dich nicht gemeldet?«

»Eure Handys waren beide ausgeschaltet«, sage ich, »und ich hatte keine Ahnung, wie ich euch sonst finden könnte –«

»Ja klar, wie solltest du das auch wissen, mir haben sie nämlich das Handy geklaut, wie ein dummer Tourist habe ich mich austricksen lassen – was ist bloß los mit dieser Stadt??«

Rafael wendet sich an Quim, als wäre er schuld an allem, und fährt mit seinem Redeschwall fort.

»Jetzt dieser Einbruch, wer weiß, was Anna alles hätte passieren können, und du hast schon wieder eine Leiche, ich fasse es nicht, da muss man doch –«

»Noch eine?«, unterbreche ich Rafael und sehe den finster dreinblickenden Quim an. »Wann?«

Doch Quim steigt nur wortlos ins Auto und startet den

Motor. Rasch setzen Rafael und ich uns ebenfalls in den Wagen, und kaum haben wir die Türen zugeschlagen, setzt Quim das auf stumm geschaltete Blaulicht aufs Dach und fährt mit quietschenden Reifen los. Durch den Rückspiegel sehe ich, wie seine Augen vor Anspannung und Erschöpfung glänzen.

»Schnall dich an«, befiehlt er Rafael, »wir fahren zuerst in deine alte Wohnung.« Dann sieht er mich durch den Rückspiegel an und sagt bloß: »Die Mappe auf der Ablage.«

Zögernd greife ich nach der blauen Mappe, lege meine Hände darüber. Ich wage es nicht, sie zu öffnen, obwohl ich weiß, dass Quim mich ungeduldig beobachtet.

»Löschkalk?«, frage ich schließlich, und Quim macht eine Vollbremsung. Zum Glück sind zu dieser Uhrzeit außer den städtischen Putzkolonnen kaum Fahrzeuge unterwegs.

»Woher weißt du das??«, fragt er schockiert und dreht sich zu mir um.

»Weil ich ... erst dachte ich, dass das Wahnsinn ist«, stammle ich, ohne zu wissen, wo ich anfangen soll, »aber nachdem er sogar bei mir war, da wusste ich, es stimmt, es ist so schrecklich –«

»Wer war bei dir, Anna?«, fragt Quim scharf, »komm, jetzt reiß dich mal zusammen.«

»Der Dieb, der in Rafaels Wohnung eingebrochen ist, und der Mörder – das sind ein und dieselbe Person.«

»Der Mörder von heute Nacht?«

Ich nicke.

»Von heute Nacht und den letzten acht Wochen«, antworte ich.

»Weißt du, was du da sagst?«, fragt Quim.

»Du meinst ...« Rafael sieht erst mich, dann Quim mit großen Augen an.

»Quim hat es mit einem Serienmörder zu tun«, sage ich, »und wenn ich recht habe, dann ist der Tote von heute noch lange nicht sein letztes Opfer.«

Rafael wirft mit einem jammernden Seufzer den Kopf an die Lehne, und Quim beordert per Funk die Kollegen der Spurensicherung zu Rafaels Adresse.

»Jetzt noch mal von vorne, und zwar ganz langsam«, sagt Quim, als er wieder tief Gas gibt. Doch da habe ich bereits die Mappe geöffnet und blicke erschüttert auf das Foto eines Mannes um die sechzig, wahrscheinlich pakistanischer Herkunft. Der Mann wurde drei Straßen von Rafaels Wohnung entfernt aufgefunden und starb ungefähr eine halbe Stunde vor dem Einbruch – also galten die Polizeisirenen, die ich auf dem Balkon gehört habe, ihm, Salman Shahzad, der auf dem Bild zusammengekrümmt zwischen zwei Müllcontainern liegt, die rechte Hand steckt noch im Griff einer Plastiktüte, in der sich eine Bierdose befindet. Drei weitere Dosen sind ihm aus der Tüte vor die Füße gekullert. Die Augen des Mannes starren traurig ins Nichts und sind von tiefen, beinahe lilafarbenen Rändern umgeben. Er sieht aus wie jemand, der kein leichtes Leben führte, und müde wirkt er, so müde, dass ihm nicht einmal der Tod eine Rast zu bringen vermag. Um den Körper herum wurde weißes, feines Pulver verstreut, sodass es auf den ersten Blick scheint, als läge er auf einem Laken, in das sein Blut aus der Stichwunde zwischen den Schulterblättern gesickert ist. Ein Laken aus ätzendem Löschkalk. Das achte Martyrium der Heiligen Eulàlia.

Das achte von dreizehn.

Zwei Stunden später, um halb drei Uhr morgens, hat Rafael nach der Besichtigung seines alten Appartements mein Gepäck mit zu Quims Wohnung genommen – fix und fertig, aber froh, dass ich das Herumgeturne über die Balkone überlebt habe und tatsächlich nichts geklaut wurde –, während ich mit Quim aufs Kommissariat gefahren bin und mich auf eine lange Nacht eingestellt habe. Quim hat von unterwegs seine Kollegen aus dem Bett geklingelt und ins Büro bestellt, und wir haben die Zwischenzeit genutzt, um alle Fotos der bisher sieben Mordopfer von der großen Magnettafel abzunehmen und neu zu sortieren. Das Heiligenbildchen, das der Einbrecher zurückgelassen hat, sowie das Bleistückchen, das der Junge von der Straße aufgelesen haben muss, liegen zur Untersuchung im Labor der Spurensicherung, die gerade Rafaels Wohnung umkrempelt. Vor zehn Minuten wurden jedoch Fotos der beiden Objekte vorbeigebracht, und jetzt, wo alle Bilder der Mordopfer auf dem Schreibtisch liegen – gemeinsam mit dem des erstochenen Dosenbierverkäufers – und die Magnettafel leer ist, nimmt Quim feierlich das Foto des Heiligenbildchens und klemmt es ganz oben fest. Daneben schreibt er mit einem dicken Filzstift *L'assassí de la Santa Eulàlia* – der Mörder der Heiligen Eulàlia.

»So«, sagt er zufrieden und setzt sich auf einen mit Papieren übersäten Resopaltisch, »jetzt kann's losgehen – falls meine Jungs es geschafft haben, aus dem Bett zu kommen.«

Er wirft einen Blick auf seine Uhr, doch da trudeln auch schon die ersten seiner vier Kollegen ein. Ich hatte mir vorgestellt, dass sie verschlafen über die Türschwelle kriechen würden, doch sie wirken frisch und hellwach. An den pochenden Adern ihrer Schläfen kann ich sehen, wie ihnen das Adrenalin durchs System pumpt: Dies ist ein wichtiger Moment. Ein Durchbruch. Kein Wunder, dass auch ich mich so wach fühle. Aber den Kaffee, den die Kollegen mitgebracht haben, kann ich trotzdem gut gebrauchen.

»Danke«, sage ich zu dem Rothaarigen, als er mir einen dampfenden Becher reicht, und gerade, als Quim uns einander vorstellen will, treffen die beiden letzten Kollegen ein. Quim klatscht einmal in die Hände und springt von seinem Tisch auf.

»Super, lasst uns keine Zeit verlieren. Jungs, ich möchte euch Anna Silber vorstellen. Ich habe es euch bereits am Telefon gesagt: Sie ist eine Freundin mit, sagen wir mal, detektivischem Talent. Vor allem aber hat sie heute einen Mann gesehen, der möglicherweise der Mörder des Opfers von letzter Nacht ist. Wenn das, was Anna beobachtet hat, stimmt, ist dieser Mann auch der Schlüssel zu den sieben Fällen aus den vergangenen Wochen.«

Statt der von mir erwarteten Proteste über diese neue Theorie sehen mich vier Paar dunkler Augen aufmerksam an.

»Jaume, Pau, Jordi und Gastó«, sagt Quim und wirft eine kurze Geste in die am Kaffee nippende Runde, »meine besten Leute.«

Dann sieht er mich an und nickt. Ich nehme jeweils zwei Bilder, die ich zu jedem Mordopfer ausgewählt habe, in die Hand und räuspere mich.

»Ich weiß, dass ihr die Fälle bereits in- und auswendig kennt, aber ich möchte sie euch trotzdem noch mal kurz vorstellen. Der einzige gemeinsame Nenner war bisher, dass alle Morde in der Altstadt geschehen sind. Mir geht es jetzt hauptsächlich um zwei Merkmale, die auf eine Verbindung hinweisen: erstens, das Todesdatum, und zweitens, ein dem Opfer zugehöriger Gegenstand oder Merkmal.«

Quim und seine vier Kollegen hören mir mit konzentriert zusammengezogenen Brauen zu. Ich beginne, die Bilder in der mit Quim abgesprochenen neuen Reihenfolge an die Tafel zu hängen.

»Erste Kalenderwoche dieses Jahres: Richard Brook, Vermittler illegaler Ferienwohnungen. Neben der Leiche fand sich dieser Lederriemen, mit dem er erdrosselt wurde.«

Links außen befestige ich das Foto von Richard Brook. Ich fische das Bild des Lederriemens aus meinem Stapel und hänge es dicht daneben.

»Zweite Kalenderwoche: Modou Kanouté, Drogendealer. Unter der Bank, auf der er gefunden wurde, lagen diese noch unbenutzten Kohlestücke.«

Ich hänge sorgfältig die Bilder auf und werfe einen kurzen Blick auf Quim, der regungslos auf die Tafel schaut.

»In der dritten Kalenderwoche wurde der Souvenirverkäufer Yi Zhang Li mit einem Schürhaken erschlagen – auch hier wurde die Tatwaffe am Tatort liegen gelassen.«

Ich befestige Yi Zhangs Foto neben dem Bild des blutverschmierten Schürhakens und schaue kurz auf meine Notizen.

»Vierte Kalenderwoche: die Prostituierte Chinenye Ayodele. Bei ihr konzentrieren wir uns vor allem auf die Wunde, die ihr unter der Brust zugefügt wurde.«

Und schon hängt das Bild von Chinenyes hübschem Gesicht neben einer Großaufnahme ihrer angeschnittenen Brust.

»Dann, in der fünften Kalenderwoche, wurde der Touristenführer Marcelo Puente ertränkt. Um seinen Hals hing eine Kordel mit diesem Bimsstein.«

Noch während ich die Fotos befestige, bin ich bereits beim nächsten Opfer.

»Sechste Kalenderwoche: Livia Danescu, professionelle Bettlerin. Das besondere Merkmal ist hier ihr Haar, das mit Öl begossen wurde.«

Ich hänge Livias Bilder an die Wand und muss an das Mütterchen denken, das vermutlich gerade in einer mit Erwachsenen und Kindern vollgestopften Bude schläft und von Abertausend vorbeilaufenden Menschen träumt, auf die sie jeden Tag starrt. Ich seufze und sehe mir die letzten Fotos an.

»In der siebten Kalenderwoche starb Pere Puigmartí. Ihm ist mit großer Wahrscheinlichkeit dieses geschmolzene Bleistückchen zuzuordnen, das ein Junge vom Tatort auflas, bevor die Polizei eintraf, und das ich durch Zufall in die Hände bekam – später erkläre ich mehr dazu«, sage ich, als ich sehe, wie Pau, ein blasser Mann mit Aknenarben im Gesicht, zu einer Frage ansetzt. Sofort entspannt er sich und nickt leicht.

»Als Letztes haben wir Salman Shahzad, den pakistanischen Dosenbierverkäufer, der gestern Abend ermordet wurde. Wohlgemerkt: Gestern begann die achte Kalenderwoche des Jahres. Ganz wichtig ist hier auch der Löschkalk, der um die Leiche gestreut wurde.«

Nachdem ich die letzten zwei Bilder an der Magnettafel befestigt habe, trete ich ein paar Schritte zurück und betrachte die traurige Galerie der Toten. Dann deute ich zur Heiligen Eulàlia, deren Blick unschuldig auf die Neonröhren der Deckenbeleuchtung gerichtet ist.

»*Santa Eulàlia de Barcelona* ist euch ein besserer Begriff als mir«, fahre ich fort, »sie ist die Schutzheilige der Stadt –«

»Das ist doch Mercè«, sagt Jordi, der Jüngste und Längste der Truppe.

»Aber auch Eulàlia«, wirft Jaume, der muskulöse Rotschopf, ein.

»Zuerst war es Eulàlia, dann Mercè, aber offiziell sind's beide«, erklärt Gastó, ein grauhaariger Kommissar, der die ganze Zeit über an einer Plastikzigarette kaut.

»Darauf kommen wir später«, lenkt Quim ein und fordert mich mit einer Geste auf weiterzureden. Ich hebe entschuldigend die Schultern.

»Also, ich verstehe wirklich nicht viel von der Hierarchie der Schutzpatrone, ich weiß nur, dass Eulàlia angeblich im Alter von dreizehn von einem römischen Präfekten zum Tode verurteilt wurde, weil sie ihren Glauben nicht verleugnen wollte. Zur Strafe sollte sie auf dreizehn verschiedene Weisen gefoltert werden – eine Folter für jedes Lebensjahr –, und der Legende nach waren das der Reihe nach folgende.«

Ich tippe bei jeder beschriebenen Folter auf die Gegenstände und Besonderheiten, die bei den Opfern gefunden wurden.

»Zuerst wurde sie ausgepeitscht. Dann legte man sie auf glühende Kohlen. Dann wurde ihre Haut am ganzen Körper mit spitzen Haken aufgerissen. Danach schnitt man ihr die Brüste ab. Weiter wurden ihre Wunden mit Bimsstein gerieben, um sie dann mit kochendem Öl zu begießen. Man bespritzte sie mit geschmolzenem Blei und legte sie in eine Wanne voller Löschkalk …«

Ich breche ab, sehe in diese Runde sonst so unbeeindruckbarer Männer, die sich allesamt vor Ekel schütteln, und habe selbst eine Gänsehaut. Ich muss das jetzt endlich hinter mich bringen.

»Die letzten fünf Foltermethoden waren, sie in ein Fass voller Scherben zu stecken, sie darin durch die Altstadt zu rollen –«

»Die Baixada de Santa Eulàlia!«, ruft Pau aus. »Deshalb heißt diese Gasse so! Habe ich echt nicht gewusst.«

»Landei«, sagt Jaume.

» … sie dann auf einen Scheiterhaufen zu werfen«, fahre

ich fort, »sie in einen flohverpesteten Kerker einzusperren und sie schließlich zu kreuzigen.«

»Puh«, macht Jordi.

»Zähes Mädchen«, sagt Gastó trocken.

Ich lasse mich erschöpft auf einen Stuhl fallen und trinke einen Schluck von meinem kalt gewordenen Kaffee, um ihn sogleich angewidert wegzustellen. Plötzlich ist es in Quims Büro so still, dass wir das leise Brummen der Neonröhren hören können. Schweigend betrachten wir das neue Puzzle, das an der Magnettafel hängt. Wer macht so was? Welche kranke Seele tötet nach dem Muster der dreizehn Martyrien, die nichts als eine Legende sind? Und wenn Eulàlia laut Volksmund auf diese Weise für ihren Glauben starb – wofür mussten diese acht Menschen sterben?

Wo ist das Motiv?

Sie kommen von alleine

Siehst du, mamà, wie dein Haar heute glänzt und dass deine Wangen blühen, wie einst die Rosen, die früher den Balkon schmückten? Ich habe es dir versprochen, ich habe dir geschworen, alles wird gut, und wenn du die Augen schließt und meiner Stimme folgst, dann beschreibe ich dir, wie meeresblau der Himmel heute über den Dächern der Stadt flimmert, wie silbern die Sonne im Nest der Antennen schimmert und wie herrlich sie einem die Haut erwärmt. Doch mamà mag nicht vom Wetter träumen und haut mir den Handspiegel gegen die Fingerknöchel, ist heute Montag, Dienstag, Mittwoch, will sie wissen, und ich antworte Mittwoch, um es sofort zu bereuen. Wo bleibt Maria mit dem Reis, und sag dem Vater, er muss zum Markt, und warum bist du nicht im Laden? Versteck dich vor der Senyora! Ich halte mir die Ohren zu, aber sie zerrt an meinen Händen, bis ich nachgebe und die Mittwochslitanei wiederhole: Maria lebt nicht mehr in diesem Haus, der Vater lebt nicht mehr auf dieser Welt, und den Reis habe ich dir vor einer Stunde vorgesetzt, selber schuld, wenn du nicht probieren wolltest! Jetzt lass mich in den Laden gehen, die Mittagsruhe ist bald vorüber. Ja, ich kümmere mich. Nein, die reiche Senyora war nicht da. Nein, ich stehle nichts aus der Kasse. Ja, ich habe die Wäsche bestellt, die Körbchengrößen notiert, die Strümpfe ins Fenster gelegt, der Puppe das Mieder übergezogen, den Vorhang gereinigt. Nein, die alte Filomena hat ihre Rechnung noch immer nicht beglichen, denn sie ist seit Jahren tot, mamà, tot wie der Fisch, aus dem ich heute den Sud bereitet habe, tot wie das Haus, aus dem all die anderen geflohen sind, tot wie die Straße, die du nicht wiedererkennen würdest bei all dem Dreck, der liegen bleibt, dem Gesindel, das sich herumtreibt, den Schatten, die auflauern und nur darauf warten, dass wir kapitulieren.

Mamà dreht sich seufzend zur Wand und flüstert rei, mein König, erzähle mir vom Meereshimmel und den Rosen, die auf meinen Wangen blühen, doch ich halte mir den Mund zu. Jetzt ist es zu spät. Ich gehe im Zickzack aus dem Zimmer, hüpfe durch den Flur, verlasse diese Wohnung voller Hindernisse: überall Pfützen ihrer Tränen, Flüsse ihrer Klagen, Meere aus Leid. Ich steige hinunter ins Erdgeschoss und gebe dabei acht, dass meine Schuhe in der sich verbreitenden klebrigen Qual nicht nass werden, muss raus, muss atmen, muss weg von hier, weg! Doch ich kann nicht, der Weg ist versperrt: Von der letzten Stiege aus sehe ich eine Gestalt, die draußen vor der Haustüre steht, ihr Umriss wabert über die welligen Plastikscheiben.

»Stadtwerke!«, ruft eine männliche Stimme und klopft an die Tür, »ich muss den Stromzähler ablesen!«

Mamàs Tränen tropfen mir auf den Kopf, während ich regungslos warte. Stadtwerke, verfluchte, sieht es hier denn aus, als könnte hier noch ein Mensch leben? Oder verlangt ihr jetzt schon von den Ratten Geld, weil sie eure Kabel anknabbern, von den Kakerlaken, die in euren Bohrlöchern nisten, von den Tauben, die auf eure Verteiler scheißen? Wieder klopft der Mann, und oben seufzt mamà und lässt das Haus erzittern, dumme Alte, still!, zische ich. Ich greife nach der Eisenstange unter den Briefkästen, doch dann bückt sich der Mann, schiebt einen Zettel unter die Tür und verschwindet. Soll er doch, denke ich, in der Hölle braten, schreit mamà.

Still!

Ich stelle die Stange nicht an ihren Platz zurück, wie sonst, sondern umklammere sie fest. Ich schließe den Seiteneingang des Ladens auf und verriegle mich. Gerade, als das gedämpfte Grün meiner Einsamkeit sein Maul aufsperrt, um mich zu fressen, verstehe ich plötzlich: Ich muss nur hier bleiben und warten. Verschluck mich ruhig, ich verstecke mich in dir.

Denn sie kommen von alleine.

4.

»Vaffanculo!«
Guido Cortina, 24, italienischer Tourist
»Pass auf dich auf.«
Sergi Bohigas, 35, Restaurantkritiker

Am Dienstag wache ich vollkommen orientierungslos um zwei Uhr nachmittags auf dem Sofa in Quims Wohnung auf. Wie bin ich denn hergekommen, denke ich, wo bin ich überhaupt, schon wieder überall Umzugskartons, und warum tun mir die Knochen so weh? Doch schon steht Quim mit einer dampfenden Tasse vor mir und erklärt, dass ich während der Besprechung im Büro von einem Moment auf den anderen einfach eingeschlafen bin und er mich mithilfe seines Kollegen Gastó hergetragen hat.

»Du hast so laut geschnarcht, dass wir dich loswerden mussten«, sagt er mit breitem Grinsen und sieht zu, wie ich mit glasigem Blick an der Tasse schnuppere. Ich kann beim besten Willen nicht erriechen, was das sein soll.

»Was ist das?«, frage ich mit nasaler Stimme.

Er mustert mich und fühlt meine Stirn.

»Ohoh, Anna. Ich glaube, du solltest im Bett bleiben.«

»Aber nein!«, versuche ich zu protestieren, »wir müssen doch den Mörder finden!«

»Lass das mal meine Sorge sein. Du hast uns unheimlich geholfen, aber das ist ab jetzt wirklich zu gefährlich für dich.«

Beleidigt, jedoch kraftlos lasse ich zu, dass er mich zurück in die Kissen drückt und wie ein krankes Kind zudeckt, um sofort wieder in tiefen Schlaf zu fallen. Als ich einige Stunden darauf erwache, sitzt Rafael neben mir, der am Morgen mein Gepäck samt Filznashorn in die Wohnung von Montses achtzigjähriger Großtante gebracht hat, die vor zwei Wochen in einem Pflegeheim untergebracht werden musste. Er sieht mich ganz unglücklich an.

»So was Blödes aber auch, wie soll ich dich denn jetzt alleine da wohnen lassen, du hast ja Fieber, ich kann dich doch nicht einfach so abschieben!«, jammert er.

Aber wir wissen beide, dass der Einzug in Montses Wohnung das Beste ist – am nächsten Tag müssen er und Quim ihre beiden Wohnungen ausräumen und ins neue Loft ziehen, da kann ich nicht Bakterien züchtend auf ihrem Sofa dösen. Also bringt Rafael mich runter, fährt mit mir im Taxi hin, begleitet mich hoch, packt mich direkt ins Bett und erklärt noch, dass der Kühlschrank voll sei – und schon schlafe ich wieder ein, bis es plötzlich Mittwoch ist und ich wie in Watte gepackt durch mein neues Übergangszuhause wandele und literweise heiße Zitrone mit Honig trinke.

Nun lebe ich also, einen Steinwurf von der schönen Plaça Reial und ihren geheimen Bars entfernt, in einer Fünf-Zimmer-Wohnung im sechsten Stock, in der die Schränke nach Mottenkugeln riechen, und ich umgeben bin von Spitzendeckchen, Topfpflanzen, Porzellanfigürchen, Häkelkissen und dem noch in der Luft hängenden süßen Duft eines Alte-

Dame-Haarsprays. Ich zahle dafür rührende zweihundertfünfzig Euro und habe zum Schlafen ein Zimmer bezogen, das in besseren Zeiten das Musikzimmer war. Wo mein Bett steht, zeugt an der Wandtapete ein verblichenes Rechteck vom verkauften Klavier, das hier einst stand; die vergilbten Partituren stapeln sich im Wohnzimmer in einem Zeitungskorb und zerfallen vor Nostalgie.

Die Wände meines neuen Übergangszuhauses atmen die Geschichte dreier Generationen. Montses Verwandte lebten über achtzig Jahre hier – daher auch die lächerliche Miete, daher die mit der Zeit gedunkelten Holzmöbel, die Gasheizer, die Sitzdusche mit Häkelvorhang, die verwitterten Fensterrahmen – und meine Schritte folgen andächtig den Wegen der Großtante, die in dieser Wohnung geboren wurde und die, hätte sie sich nicht eine Hüfte gebrochen, auch eines Tages hier gestorben wäre. Trotz dieser recht melancholischen Umgebung und der fetten Erkältung, die ich sicherlich der Schreckensstunde auf dem Balkon von Rafaels Nachbarn zu verdanken habe, ist es eine Erleichterung, mich zurückziehen zu können und nach der Aufbruchsstimmung in Rafaels sich auflösender Wohnung etwas Beständiges, Gelebtes um mich zu haben. Vor allem aber fühle ich mich hier sicher, da nicht zu erwarten ist, dass mir der Serienmörder gefolgt ist und mir ein zweites Mal unangemeldet Besuch abstattet.

Doch nach zwei Tagen frage ich mich bereits zaghaft: Wo ist der Vorteil, an der Plaça Reial zu wohnen? Ganz ehrlich? Es gibt keinen. Als *guiri,* die ich leider bin, habe ich mich von der Schönheit des gotischen Viertels blenden lassen und glaubte doch tatsächlich, das Leben im engen Gassenlabyrinth wäre, wie soll ich sagen, authentisch. Mittendrin. Unter Ureinwohnern. Im echten Barcelona. Das einzig Echte sind die Probleme, angefangen bei meinem Haus.

Nachdem ich gerade mit Rafael telefoniert habe, um zu versichern, dass es mir bereits viel, viel besser geht, und um mich nach seinem Umzug zu erkundigen – alles hat wie am Schnürchen geklappt, aus zwei Haushalten wurde einer, und nicht einmal ein Wasserglas ist zerbrochen, jetzt ab ins Bett, Anna, und schlaf dich gesund –, da knallt etwas gegen die Decke des Treppenhauses, fällt, unten aufschlagend, hinab, saust, wieder an die Decke knallend, hinauf, wieder hinab, wieder hinauf ... Mir stehen die Haare zu Berge. Ich befürchte für einen Moment, das Haus bricht zusammen oder, fast schlimmer, dass der Rächer der Heiligen Eulàlia mich auch hier gefunden und sich in einen riesenhaften Zyklopen verwandelt hat. Ich laufe zur Wohnungstüre, öffne sie einen Spalt, und zack – ein schwarzes Monster saust an meiner Nase vorbei den Schacht hoch, prallt gegen die Treibscheibe, saust wieder hinab. Der Aufzug ist komplett verrückt geworden. Hilflos beobachte ich das Höllenspektakel, drücke sinnlos auf den Knopf, laufe zur Nachbarstür, horche, zögere und verstehe die Welt nicht mehr. Eigentlich müssten doch alle Bewohner im Treppenhaus stehen und die Hände über dem Kopf zusammenschlagen und, was weiß ich, die Feuerwehr rufen. Oder sie besitzen eine geheime Formel für den tiefsten Tiefschlaf. Ich beschließe, einfach zu klingeln, und nach etlichen Minuten öffnet eine alte Frau im Nachthemd.

»Entschuldigen Sie, aber der Aufzug –«

Krachend dockt er oben an, um sich wieder fallen zu lassen.

»Das passiert ab und zu«, sagt sie gähnend, »ist ein Wackelkontakt.«

»Kann man da denn nichts tun?«

»Da müssen Sie den Präsidenten des Treppenhauses fragen.«

Und schon stehe ich wieder vor der verschlossenen Tür. Ich klingle erneut.

»Wissen Sie eigentlich, wie spät es ist?«, fragt sie mich.

»Können Sie mir sagen, wer dieser Präsident ist? Gibt es da eine Telefonnummer?«

»Erster, erste«, sagt sie und schließt die Türe. Ich höre, wie sie demonstrativ den Riegel vorschiebt.

Erster, erste bedeutet: erster Stock, linke Tür. Ich tapse in dicken Socken hinunter und dränge mich dabei ängstlich gegen die Treppenhauswand. Könnte ja sein, dass das Ding explodiert, wer weiß. Ich klingle. Nichts. Ich klopfe. Immer noch nichts. Ich haue mit der Faust gegen die Türe und frage mich, ob ich das vielleicht alles träume. Ehrlich: Ich sterbe hier fast vor Schreck, und meine Nachbarn kriegen das nicht einmal mit? Endlich öffnet »der Präsident«: ein kahlköpfiger Herr in Blümchenpyjama.

»Das ist ein Wackelkontakt«, erklärt er mir, »passiert öfter.«

»Und wie kann man das stoppen?«, frage ich entnervt. »Würden Sie bitte jemanden anrufen?«

Der Präsident schüttelt verneinend den Kopf.

»Um diese Zeit schlafen doch alle.«

»Ja, außer mir! Das ist doch furchtbar! Hören Sie das nicht? Was, wenn der Aufzug durchs Dach schießt??«

»Gehen Sie einfach runter und schalten die Sicherung aus.«

»Und dann?«

»Dann gehen Sie wieder schlafen.«

Tür zu. Gute Nacht.

Ich steige ins Souterrain hinunter, knipse zitternd alle Schalter des riesigen Sicherungskastens aus und stehe im Dunklen. Der Aufzug ist quietschend zwischen zwei Stockwerken stehen geblieben, das Licht im Treppenhaus ist aus, und ich steige mit klopfendem Herzen und mit trotz der Socken eiskalten Füßen meine sechs Stockwerke hoch, lasse mich ins Bett fallen, schließe die Augen –

Es geht weiter! Diesmal *vor* dem Haus, obwohl es klingt, als stünden zwanzig Leute in meinem Wohnzimmer und machten sich einen Spaß daraus, die polierten Vitrinengläser von Montses Großtante zu zerschmettern. Ich trete ans Fenster und lehne mich hinaus. Tatsächlich. Da stehen doch glatt sechs vollgelaufene Touristen und werfen mit Bierflaschen.

»He!«, brülle ich. »Habt ihr noch alle Tassen im Schrank?«

»Vaffanculo!«, ruft einer der Italiener, und die anderen grölen.

»Hier leben Leute, falls ihr das nicht wisst!«, rufe ich zurück.

»Mir doch scheißegal! Wir sind im Urlaub!«

Hahaha, grölen sie weiter und klopfen einander auf die Schultern. Wahnsinnig lustig. Möchte mal wissen, ob die sich woanders auch so benehmen würden, die glauben wohl, Barcelona liegt auf Mallorca und die Plaça Reial ist der Ballermann. Frustriert schließe ich das Fenster, doch noch immer schwappen laute Stimmen später Nachtclubgänger hinauf; nicht allzu weit weg heult eine Polizeisirene, ein Mofa knattert vorbei, Schritte, Rufe – und klirr! Noch mehr Scherben über dem mittelalterlichen Pflaster. Was sich fast wie eine Erster-Mai-Demonstration anhört, ist hier nächtlicher Dauerzustand. Ich stopfe mir Klopapier in die Ohren, drücke mir das Kissen über den Kopf, will nur noch schlafen, schlafen, schlafen. Unheilige Tote grinsen mich an, und ich denke an meinen Auftrag, einen Reiseführer zu schreiben, denke an meine Mutter und an das Zeichen, das auf dem

Stadtplan ihr Elternhaus markiert, ein X, das aussieht wie das Andreaskreuz, an dem Eulàlia starb. Sie winkt mir zu wie die Zeit, die unwiederbringlich verrinnt, dabei eilt alles, alles – bis ich endlich ein Loch im Traumnetz finde und mich fallen lasse.

»Guten Morgen!«, ruft Quim ins Telefon, das ich verschlafen zwischen den Bettdecken suchen musste. »Na, wieder fit? Kannst du in mein Büro kommen?«

Nachdem ich zwei Tage lang den Schrecken ausgefiebert habe, lasse ich mir das nicht zwei Mal sagen und hefte mir in Gedanken einen Hilfssheriffstern an die Brust. Gleichzeitig wünscht mir mein Gewissen ebenfalls einen guten Morgen: Wovon zahlst du eigentlich den ganzen Spaß hier? Genau. Vom Vorschuss für den Reiseführer. Wie wäre es also mit ein bisschen arbeiten, anstatt weiterhin die Detektivin zu spielen?

»Halbe Stunde!«, rufe ich, klappe mein Handy zu, springe aus dem Bett, dusche mich umständlich in der Sitzbadewanne, werfe mir was über, stopfe mir eine mit Pinienkernen gefüllte *madalena* in den Mund, stecke mir eine weitere in die Handtasche und verlasse die Wohnung. Der Aufzug hängt nach wie vor zwischen den Stockwerken, und so eile ich die Treppen runter, öffne die große Holztüre – und trete als Allererstes in eine Lache angetrockneter Kotze. Na toll. Ich wünsche die italienischen Touristen von letzter Nacht lauthals zum Teufel und humple angewidert zum Brunnen der Plaça Reial, um meinen Schuh mit etwas Wasser zu säubern. Es ist neun Uhr morgens, und unter den Arkaden liegt gut verteilt eine Handvoll Obdachloser, eingemummelt in Schlafsäcken. Die Stufe zum Brunnen ist ebenfalls von einem schlafenden Pärchen besetzt, dessen drei große Hunde einander wärmen. Doch sie sind keine obdachlosen Alkoholiker – ihre Anarchisten-Sticker, die gepiercten Augenbrauen und die schweren Stiefel verraten sie als Flüchtlinge aus bürgerlichen Verhältnissen, von zu Hause ausgebüchste Jugendliche, auf der Suche nach dem Abenteuer im Anti-System. Mir fällt Martas Hinweis auf die *trash community* ein, die angeblich von einer Pension in einem besetzten Haus weiß. Das wäre genau das Richtige für diese zwei. Und wenn das mit den zigtausend leer stehenden Wohnungen in Barcelona stimmt, von denen Eva, die Filzkünstlerin, erzählt hatte, dann sollte ich dort tatsächlich mal vorbeischauen. Ein alternativer Stadtführer braucht ungewöhnliche Themen! Andererseits ist heute Mittwoch, nur noch vier Tage, und die neunte Kalenderwoche beginnt, was bedeutet: nur noch vier Tage, um den Mörder zu stoppen. Schnell befeuchte ich ein Papiertaschentuch im Brunnenwasser und tupfe damit meine Schuhsohle sauber, drehe mich um – und stoße gegen zwei Männer, die sich zur Morgentoilette eingefunden haben.

»Tschuldigung«, murmele ich – als es mich blitzartig durchfährt. Ich starre den Mann an, den ich angerempelt habe, er stiert mit geröteten Augen zurück.

»Hassemalneuro?«, fragt er schließlich ein wenig nervös.

Ich krame meine *madalena* aus der Tasche und drücke sie ihm in die Hand.

»Danke«, sage ich, und der Mann sieht mich perplex an.

»Ja, äh, klar, danke, wollte ich gerade sagen, wobei'n Euro …«

»Nein, ehrlich, ich hab mich zu bedanken«, erkläre ich abwinkend und weiß, dass ich gerade wie eine Irre wirken muss.

»Bist du von irgendeiner Kirche oder so?«, fragt der Mann.

»Nein«, stottere ich, »du hast mich nur auf was gebracht … vergiss es. Lass es dir schmecken«.

Der Blick des Mannes wandert misstrauisch von mir auf die *madalena*. Ob die Irre ihn vielleicht vergiften will? Doch bevor er noch etwas sagen kann, eile ich bereits zu den Ramblas in Richtung Polizeipräsidium.

Quim sieht mich kopfschüttelnd an.

»Korrigier mich bitte, sollte ich das falsch verstanden haben: Du hast an der Plaça Reial vor zehn Minuten einen Penner angerempelt. Das hat dich an eine Situation erinnert, die Tage her ist und in der dieser Junge einen Mann angerempelt hat. Dieser Mann ist nicht der Penner von der Plaça Reial …«

»Der war nur ein Auslöser. Für meine Erinnerung.«

»Eine Erinnerung an den Mann, den wir suchen? Bist du sicher?«

»So ziemlich. Ich meine, ich habe ihn ja nur einmal gesehen, da war es Nacht und ich habe nur durch einen Spalt sehen können. Aber die Statur, die Haltung … ich sag dir, Quim: Der Mann, der am Tag meiner Ankunft am Unfallort neben mir stand – gegen den der Junge mit dem Bleistückchen gerempelt ist –, es muss derselbe Mann sein, der bei mir eingebrochen ist. Das war er. Klein, untersetzt, kurzatmig. Das war er«, wiederhole ich.

Quim tigert nachdenklich um seinen Schreibtisch.

»Ist das ein Gefühl oder mehr?«, fragt er, lässt mir jedoch keine Zeit für eine Antwort. »Es würde jedenfalls erklären, woher er wusste, dass du das Bleistückchen hast«, sagt er. »Warum hätte er sonst danach in Rafaels Wohnung gesucht?«

Ich nicke und kaue noch immer an der Frage nach dem Gefühl.

»Ich hab mich auch die ganze Zeit gefragt, wie er auf mich kommen konnte«, sage ich. »Klar. Er war da! Er muss da gewesen sein.«

»Einerseits passt es zu der Tatsache, dass viele Täter zum Tatort zurückgehen und oft unter den Gaffern zu finden sind. Und es erklärt, wie er so schnell untertauchen konnte – er hat sich einfach unter die Leute gemischt.«

»Vielleicht gehört er sogar zur Nachbarschaft.«

»Vielleicht«, sagt Quim. »Jedenfalls müssen wir diesen Jungen finden – deswegen hatte ich dich übrigens hergebeten. Kannst du ihn beschreiben?«

Ich überlege.

»Ich schätze so neun, zehn Jahre alt – ungefähr so groß« – ich halte meine Hand in Höhe des Brustbeins. »Er hatte schwarze Augen und diese dunkle, ein bisschen goldene Haut – könnte marokkanischer Herkunft sein. Sehr dichte Wimpern. Blaue Kuliflecken an den Fingern … an die Klamotten erinnere ich mich nicht mehr.«

»Die Haare?«, fragt Quim.

»Braun. Bisschen lockig. Er sah zwar erschrocken aus, aber er wirkte nicht wie ein ängstliches Kind. So ein richtiger Junge halt, der auf der Straße Fußball spielt und gerne den starken Mann mimt.«

»Vielleicht war das eine Art Mutprobe. Vielleicht haben er und ein paar Freunde den Toten gesehen, und dann ging es darum, wer traut sich hin und klaut etwas.«

Vielleicht, vielleicht, vielleicht. Mit jeder neuen Möglichkeit vertiefen sich die Sorgenfalten auf Quims Stirn, und wenn er weiterhin so um seinen Schreibtisch schreitet, wird dort bald ein Graben entstehen.

»Was hast du nun vor?«, frage ich.

»Wir lassen mit deiner Hilfe ein Phantombild des Mannes anfertigen. Und wir müssen den Jungen finden. Ansonsten …«

Quim stellt sich vor die Tafel mit den Tatortfotos und hebt ratlos die Hände.

»Wir haben in Rafaels Wohnung und am letzten Tatort keine Fingerabdrücke gefunden. Nichts. Wie es aussieht, benutzt der Mann diese Einweg-Latexhandschuhe, die man in jeder Drogerie kaufen kann.« Er seufzt. »Wir haben keine Hinweise, dass die Opfer irgendeine Verbindung zur Kathedrale oder zur Heiligen Eulàlia haben – und außer dem Bauunternehmer, der jedes Jahr Weihnachten mit seiner Familie den Gottesdienst besuchte, war niemand von ihnen ein katholischer Kirchgänger. Salman Shahzad ging regelmäßig zum Gebet in die Moschee im Raval, was uns in Bezug auf die Heilige auch nicht weiterhilft. Ich bezweifle, dass er je von ihr gehört hat.«

»Glaubst du, das ist eine Art Rachezug gegen Atheisten und Nicht-Christen?«

»Nein. Der Argentinier, der Schotte und der Bauunternehmer waren alle getaufte Christen, und keiner von ihnen ist aus der Kirche ausgetreten. Wir haben auch an die Möglichkeit eines xenophoben Motivs gedacht – also blinder Fremdenhass, Ausländerfeindlichkeit, das wird ja auch bei uns immer mehr zum Problem … aber auch hier fällt der Bauunternehmer wieder aus dem Rahmen: Pere Puigmartí wurde in Barcelona geboren und stammt von einer katalanischen Familie.«

»Warum war er eigentlich während der Mittagspause auf dem Bau?«, frage ich.

»Er hatte einen Besichtigungstermin mit einem interessierten Käufer. Seine Sekretärin hat uns seine Agenda gegeben – der Kunde gab sich als Gustavo Gómez aus, wobei die Sekretärin sich zu erinnern meinte, er habe Spanisch mit katalanischem Akzent gesprochen. Glaube mir: Kein Gustavo Gómez spricht hierzulande mit katalanischem Akzent. Es war ein falscher Name und hat zu niemandem geführt.«

»Zumindest zeigt es, dass der Mörder sich seine Opfer bewusst ausgesucht hat. Den schottischen Makler hat er ja auch in dessen Büro aufgesucht – und den anderen muss er aufgelauert haben. Aber er hatte sie vorher ausgewählt.«

Quim nickt.

»Ich denke auch, dass jeder von ihnen für etwas steht. Doch wie passt es zusammen? In der Legende der Heiligen Eulàlia gibt es keinen einzigen Hinweis auf … was weiß ich, eine Prostituierte, zum Beispiel. Oder auf sogenannte Sünder, wie sie oder der Drogendealer oder meinetwegen auch der illegale Makler. Wir tappen vollkommen im Dunklen.«

In diesem Moment kommen Gastó und Pau von ihrer Frühstückspause zurück. Gastó schenkt mir zur Begrüßung ein Grinsen, die obligatorische Plastikzigarette im Mundwinkel. Pau nickt mir schüchtern zu und stellt ein belegtes Brötchen und ein Saftfläschchen auf Quims Schreibtisch ab.

»Ausgeschlafen?«, fragt Gastó und lässt sich auf seinen Bürostuhl fallen. Er sieht, genau wie Quim und Pau, ziemlich überarbeitet aus.

»Zwei Tage lang«, antworte ich kleinlaut. Heute ist mein Tag des schlechten Gewissens.

»Anna will versuchen, ein Phantombild des Mörders anzufertigen«, sagt Quim und öffnet das Fläschchen mit einem lauten Plopp.

»Dann sollten wir das doch sofort tun«, sagt Gastó, ohne sich zu bewegen.

»Ich mach das«, sagt Pau und sieht mich an. »Kommst du mit?«

Ich werfe Quim einen fragenden Blick zu.

»Sehen wir uns nachher noch?«

»Wenn dir in der Zwischenzeit noch etwas Schlaues einfällt – gerne.«

Er weist mit verzweifelter Miene zum regungslosen Gastó, der gedankenversunken auf seinem Zigarettenersatz kaut, um kurz darauf resigniert auf Jordi und Jaume zu blicken, die mit hängenden Schultern den Raum betreten. Quims beste Leute scheinen heute nicht in Bestform zu sein, und ich kann es ihnen bei diesem Stand der Dinge nicht verübeln.

Während Quim und seine Jungs durch die Wüste der Ratlosigkeit stapfen, verbringe ich geschlagene drei Stunden mit einer Spezialistin kurz vor der Rente namens Conxi am Computer, um die Phantombilder des Jungen und jenes Mannes anzufertigen, der vielleicht der Serienmörder ist. Das Problem ist weder das Programm noch die wirklich außerordentlich geduldige Conxi – das Problem ist meine Unentschlossenheit. Habe ich endlich eine Nase gefunden, die zum Profil passt, das ich vom Balkon aus gesehen habe, stimmt nichts mehr, sobald das Programm mein Computerbild von vorne zeigt.

»Verflixt!«, sage ich beim hundertsten Fehlversuch, und Conxi tätschelt tröstend meinen Arm.

»Es ging so schnell, ich habe ihn nicht einmal richtig wahrgenommen«, entschuldige ich mich ebenfalls zum hundertsten Mal, »und danach war es dunkel, und …«

»Versuchen wir es doch mal anders«, sagt sie und zieht einen großen Block und einen Bleistift aus einer Schublade. »Vielleicht sind die Computerbilder zu realistisch, und deine Erinnerung ist eher skizzenhaft. Du sagst, er atmet schwer?«

»Eher kurzatmig.«

Zwanzig Minuten später sehe ich einem hamsterbackigen Mittfünfziger ins Gesicht, dessen buschige Augenbrauen sich über einer breiten Nase zusammenziehen. Der Mund ist eher klein, mit einer fleischigen Unterlippe über dem fliehenden Kinn. Das könnte er sein. Das ist das Beste, was man aus einer flüchtigen Erinnerung hervorzaubern kann.

»Wahrscheinlich hat er eine chronische Stirn- oder Nebenhöhlenentzündung«, erklärt Conxi, »das würde das Schnaufen erklären und passt zu den gewölbten Brauenknochen. Nur der Mund – der ist immer das Schwierigste. Da kannst du den größten Künstler fragen.«

Ich bin begeistert. Ich nehme die beiden Zeichnungen – den Jungen hatten wir in drei Minuten fertig –, umarme Conxi und sause die Treppen hoch zu Quims Büro.

»Hallo?«, frage ich und klopfe an die verschlossene Tür. Keine Antwort. Zaghaft öffne ich sie – doch das Büro ist leer. Enttäuscht blicke ich auf die Zeichnungen, beschließe dann, mir zwei Fotokopien zu machen, lege die Originale auf Quims Schreibtisch und schreibe ihm einen Gruß auf einen Memozettel, den ich danebenbappe. RUF MICH AN!

Die sind bestimmt essen gegangen, denke ich neiderfüllt und bereue fast, dem Obdachlosen von heute früh meine leckere *madalena* geschenkt zu haben. Sofort sehe ich in Gedanken meine Mutter vor mir, wie sie vorwurfsvoll mit ihrem Zeigefinger wackelt.

»War doch nicht ernst gemeint«, murmele ich und mache mich auf, damit auch ich etwas zwischen die Zähne kriege, und sei's nur eine meiner typischen, trostlosen Einsamkeitsmahlzeiten.

Zufälligerweise mache ich, nachdem ich an circa zwanzig Falafel-Buden vorbeigelaufen bin, vor einer halt, die sich ausgerechnet nur ein paar Meter von Rafaels alter Wohnung entfernt befindet. Heißhungrig vertilge ich die knusprigen Kichererbsenbällchen und lasse dabei die Straße nicht aus den Augen. Na klar Anna, denke ich, genauso zufälligerweise wird ausgerechnet jetzt der Junge hier vorbeilaufen, oder gar der Mörder, und was machst du dann? Erst jetzt fällt mir ein, dass in Barcelona die Kinder bis fünf Uhr nachmittags in der Schule sind und ich nicht vorhabe, drei Stunden lang sinnlos hier in der Gegend herumzulungern. Kann ich mir nicht leisten, pflichte ich meinem schlechten Gewissen bei, das mir langsam an den Nerven zerrt, und ich beschließe, zu Rafael in die Redaktion zu fahren. Doch anstatt zielstrebig in Richtung U-Bahn zu laufen, schlendere ich Rafaels alte Straße hinunter. Die Fensterläden seiner ehemaligen Wohnung sind geschlossen, und ich sende einen stummen Gruß hinauf zum unbekannten Nachbarn, der mich ahnungslos eine Stunde lang auf seinem Balkon beherbergte. Und hier, ein paar Schritte weiter, kein Blutfleck mehr, wo letzte Woche noch der arme Pere Puigmartí lag. Überall ist es still, die Geschäfte haben geschlossen, kein Auto, kein Motorrad, kein Fußgänger weit und breit. Barcelona ist zu Tisch, und nur ein paar Touristen, bewaffnet mit Äpfeln und Butterbroten, die sie vom Frühstücksbuffet gemopst haben, tauchen hin und wieder um eine Ecke auf, verwundert, dass die Stadt wie ausgestorben wirkt.

Irgendwie ist sie schön, diese Stille. Die geschlossenen Gemüse-, Kleider- und Schuhläden der Gasse bieten durch ihre hinter Rollos verborgenen Waren meinen Augen Ruhe, um Spuren alter Ladenschilder zu entdecken. Denn obwohl viele Geschäfte ihre Betreiber gewechselt haben, wurden die Fassaden nicht immer verändert – Ladenschilder sind teuer, und nicht selten findet sich, wie hier, über einer Hutboutique eine geschwungene Jugendstilschrift, die für einen vergessenen Elektriker wirbt, oder, wie dort, ein auf Spiegelglas kunstvoll gemalter Brotzopf, der nun über einem Internetcafé hängt. Vielleicht sollte ich in meinem Stadtführer eine kleine Route mit urbaner Archäologie einfügen, überlege ich und bleibe vor einem Wohnhaus stehen, das von einem Gerüst mit grünen Bauvorhängen verdeckt ist. Durch das grüne Netz des Stoffes erkenne ich, dass sich auch hier ein Laden versteckt – bestimmt einer dieser alten Schätze, denke ich und hoffe auf ein holzverziertes Schaufenster, vollgestopft mit Antiquitäten. Ich suche in den Stoffbahnen nach dem Eingang, schlüpfe hindurch und habe plötzlich das Gefühl, in einer Höhle zu stehen. Lustig. Der helle Winternachmittag hat sich auf der Stelle in ein düsteres, grünliches Licht verwandelt, und das Schaufenster des Ladens liegt in vollkommener Dunkelheit. Keine Schnitzereien im Holzrahmen, aber dafür ein hübsches und leider ziemlich mitgenommenes Glasmosaik über dem Schaufenster, das für Damenunterwäsche wirbt. Ich versuche, einen Blick hineinzuwerfen, doch ich erkenne nur den Umriss vom Torso einer Schaufensterpuppe, die ein fleischfarbenes Mieder trägt. Daneben liegt eine vergilbte Pappschachtel, und mit Mühe sehe ich im Dämmerlicht das darauf abgebildete, verblichene Bild eines beigefarbenen Büstenhalters. Ein Häkelvorhang verhindert den Blick von der Ausstellungsfläche ins Innere des Ladens, der seelenlos und verlassen wirkt. Da hast du deine Antiquitäten, Anna, denke ich, nichts als alter Kram. Viel Erfolg scheint das Geschäft nicht zu haben, was bei dem ganzen Bauschutt, der herumliegt, und dem blöden Bauvorhang nicht verwunderlich ist. Ich taste mich vorsichtig zum Schlupfloch zurück, als ich aus dem Hauseingang einen unerwarteten lauten Knall höre und eine Katze mit lang gezogenem Miauen aus dem Türspalt schlüpft. Erschrocken halte ich inne und sehe der Katze nach, die aufs Baugerüst springt – da höre ich noch einen Knall, dem ein lang anhaltendes Rumpeln folgt. Klingt fast, als würde jemand die Treppe runterfallen.

»Hallo?«, rufe ich durch den Türspalt. »Alles in Ordnung? Ist da jemand?«

Nichts. Stille. Dann ein kurzes, metallisches Klirren. Ich schiebe die Haustüre auf, in deren Rahmen die Glasscheiben durch schlecht angepasstes, welliges Plastik ersetzt wurden, gehe einen Schritt vor – und halte mir würgend die Hand vor den Mund. Ein beißender Gestank nach Kot und Urin schlägt mir entgegen, als ich plötzlich eine männliche Stimme höre, die irgendetwas Unverständliches ruft, das so ähnlich wie Russisch klingt. Einen Augenblick später stürmen zwei hünenhafte Männer in schwarzen Lederjacken aus der Dunkelheit und bauen sich vor mir auf, drängen mich hinaus. Der Größere von ihnen droht mir mit einer Holzlatte, aus deren Spitze zwei rostige Nägel ragen, und der Kleinere, Dunklere brüllt mich mit einem zähen osteuropäischen Akzent an.

»Hau ab! Kein Eintritt! Das Haus ist leer!«

»Ja, ist ja gut!«, stammle ich. »Bin schon weg!«

»Raus, verschwinde! Das ist eine Baustelle! Verboten!«

Bei jedem Wort, das er bellt, schubst er mich rückwärts gegen den grünen Bauvorhang. Panisch wühle ich im Netzstoff, verheddere mich entschuldigend, sehe, wie der Große drohend die Holzlatte hebt, und finde endlich den Ausgang, scheißescheiße, nichts wie weg hier.

Dann renne ich. Zur Abwechslung. Mal wieder.

Stundenlang bin ich durch die Stadt gelaufen, beschämt über meine dumme Neugierde und mein dämliches Helfersyndrom. Erst dachte ich daran, Quim anzurufen, aber was sollte er damit anfangen? Zwei dubiose Männer in einem verlassenen Haus, das nach Dauerbaustelle aussieht – na und? Nachdem ich mich also ein wenig beruhigt hatte und fast (aber wirklich nur fast) lachen konnte über diese zwei Bilderbuchschlägertypen, habe ich mir zum Trost die teuren Designerläden des Born angeguckt, Schuhe anprobiert, Schokolade gekauft und viel zu viel Milchkaffee getrunken. Dann bin ich links in Richtung Plaça de Catalunya geschlendert, auf die sich kein Mensch mehr trauen kann, da der Platz von Abertausend Tauben bevölkert wird, und bin weiter die gesamte Edelstraße Passeig de Gràcia hinauf gebummelt. Vor den berühmten Jugendstilhäusern *Casa Batlló* und *La Pedrera* standen, wie immer, Touristenscharen Schlange und ließen sich vor den Prachtbauten fotografieren. In den Tempeln für Billigklamotten tummelten sich mitteleuropäische Schulklassen auf Barcelona-Reise und ließen sich vor den Ladeneingängen fotografieren, während die Boutiquen der internationalen Luxusmarken ein paar schwerreiche Russinnen und Araberinnen bedienten. Wieder fielen mir Filz-Eva und das Motto ein, das die Stadt für sich ausgewählt hat: Barcelona, die beste Boutique der Welt. Durchaus passend, aber irgendwie unschön.

Nun stehe ich wieder vor der Redaktion des BCN, nachdem ich drinnen von der Rezeptionistin erfahren habe, dass weder Rafael noch Montse da sind, bei der ich mich noch nicht persönlich für die günstige Unterkunft bedanken konnte. Was nun? Die untergehende Sonne hat den Abendhimmel aufgerissen, lilafarben tropft er auf die niedrigen Dächer von Gràcia. Ich atme tief die Kühle der aufkommenden Winternacht ein, knöpfe meine Jacke zu, binde mir umständlich den Schal um und beschließe, mich einfach weiter treiben zu lassen. Zu dieser Uhrzeit, im Wechsel der Farben und Zeiten, ist ganz Barcelona unterwegs. Ich mag die Bewegungen der Stadt in diesen Momenten nach der Arbeit, vor der Rückkehr nach Hause – die letzten Stunden vor Ladenschluss, wenn die Lichter der Autos gelbe und rote Kreise in den Sonnenuntergang tupfen, wenn Hunde zum letzten Mal Gassi geführt werden, Großeltern ihre Enkel heimbringen und Passanten, mit Einkaufstüten bepackt, die Bürgersteige entlanghasten, um die Zutaten fürs Abendessen nach Hause zu tragen. Zu zweit oder mit ihren Kindern werden sie später am Esstisch sitzen und über dem Abendbrot einander erzählen, wie ihr Tag war, lesen, fernsehen, zusammensitzen.

Manchmal ist das Alleinsein schon verdammt einsam.

Dennoch. Unter diesem verrückt changierenden Himmel – die ersten Sterne blinken zwischen fliederfarbenen Wolken, oben schwärzt sich die Nacht, unten flammt der Abend – fühle ich mich befreit und leicht, obwohl mir allmählich die Füße schmerzen. Gerade will ich mich aufmachen, da rennt Sergi quasi aus dem Redaktionsgebäude, sieht sich besorgt um und strahlt, als er mich sieht.

»Hey«, sagt er, »gut, dass ich dich noch treffe, hatte mir doch gedacht, dass du das bist.«

»Hallo! Ich wollte eigentlich nur kurz zu Rafael. Und du?« Ich blicke auf den Motorradhelm, den er unterm Arm trägt. »Unterwegs zur nächsten Reportage, oder machst du Schluss für heute?«

»Nee, ich muss noch arbeiten. Will mich nur kurz duschen und danach ab ins Restaurant.«

»Was gibt es heute?«

»Einen Koch, der süße Speisen serviert.«

»Süßspeisen?«

»Ja, aber nicht Nachtisch. Ein komplettes Menü aus süßen Gerichten. Ein bisschen riskant, wie ich finde.«

»Das klingt ja toll.«

»Echt? Ich wollte dich nämlich fragen, ob du Lust hast mitzukommen.«

»Ach?«

Interessanterweise verzichtet Sergi auf sein obligatorisches Augengezwinker, was ich sehr angenehm finde. Er sieht mich einfach mit einem abwartenden Lächeln an und wirkt plötzlich wie mehr als nur ein Leckerbissen. Vielleicht kann er ja sogar ein netter Gesprächspartner sein? Natürlich muss ich nicht lange überlegen. Ich habe, wie üblich, einen Riesenhunger, möchte endlich einmal so richtig gut essen gehen, möchte den Tag in Begleitung ausklingen lassen und mit der Vespa durch die Stadt gefahren werden. Aber trotzdem muss ich mich überreden lassen. Ritualsache. Das gehört dazu.

»Eigentlich wollte ich noch einkaufen«, sage ich und ärgere mich sofort über meinen Satz. Wer »eigentlich« sagt, ist mindestens halb bereit.

»Das macht doch nichts. Der Tisch ist für neun reserviert. Du machst deine Besorgungen, und wir treffen uns im Restaurant. Das sind von dir aus nur zehn Minuten. Oder ich hol dich ab.«

Er grinst zufrieden. Ob ich überhaupt mitkommen *will*, ist ganz offensichtlich eine rein rhetorische Frage. Ich gebe auf.

»O. K., lass uns da treffen. Um neun.«

»Super«, sagt Sergi, nennt mir die Adresse, küsst mich auf die Wangen und stapft zu seiner Vespa.

»Bis später!«, ruft er noch. »Ich freu mich!«

Ich auch, Haselnussauge. Also nichts wie heim, raus aus der Jeans, ab in die Dusche und mal sehen, was ich dem Spiegel so zu bieten habe.

Eine erste private Verabredung in einer neuen Stadt voller Unbekannter bedeutet immer, dass man bereit ist fürs Eintauchen in die Menschen der Stadt und nicht nur in ihre Winkel, Straßen und Steine. Deftig ins Fleisch greifen, sozusagen.

Was ich gerade mache, ist jedoch alles andere als deftig. Misstrauisch betrachte ich ein lila Etwas, das aussieht wie eine zerbeulte Aubergine und das ich mir auf ein Mal, als Ganzes, in den Mund schieben soll. Anweisung unserer Kellnerin. Dieses Etwas fühlt sich, beim ersten vorsichtigen Betasten, fest an, und Sergi und ich tauschen einen zweifelnden Blick. Dann führen wir es langsam zum Mund – und siehe da, es ist federleicht, und sobald das Ding mit der feuchten Zungenspitze in Berührung kommt, fällt es zusammen und lässt sich problemlos hineinstopfen, hui, das ist ja Zuckerwatte aus süßestem Basilikumessig und … was, pulverisierter Ente? Zu einer Wolke dekonstruierte Gänsekeule?

»Und?«, fragt die Kellnerin atemlos.

»Verstehe ich nicht«, sagt Sergi.

»Das ist ja Zauberei!«, sage ich.

Sergi sieht mich belustigt an, während die Kellnerin unsere Teller forträgt.

»Das hat dir geschmeckt?«

Bisher haben wir uns nur übers Essen unterhalten, aber diese verrückten Gerichte sind mehr als reiner Konversationsstoff. Mal was anderes, sich über Gourmetfreuden näherzukommen.

»War doch interessant!«

»Aber *was* war das?«

»Ich glaube, das wird uns gleich der Chef erklären«, sage ich und lächle den hochgewachsenen, etwas fülligen Mann an, der in seiner weißen, durchaus eleganten Kochkluft auf uns zukommt. Irgendwie steht ihm der Bauch. Dünne Köche bereiten mir ein schlechtes Gewissen und geben mir das misstrauische Gefühl, ich sei ihr Versuchskaninchen.

»Oriol Bosch«, sagt er zu mir und wendet sich dann, mit der Andeutung einer Verbeugung und einem hauchzarten, ironischen Lächeln an Sergi, »ich sehe, hier wird gerätselt?«

Sergi tippt mit seinem Stift auf den Schreibblock.

»Das Entrée war exzellent, wirklich, ganz große Klasse. Und die Vorspeise: köstlich. Lauwarme Ziegenkäsecreme mit Guavenkompott, zum Reinlegen. Auch der karamellisierte Thunfischbauchspeck. Darauf muss man erst einmal kommen, sehr originell. Aber das hier ...«

»Zu gewagt?«, fragt Oriol.

»Zu ... abstrakt«, sagt Sergi.

»Ich fand's lustig«, entgegne ich, und Oriol lacht.

»Das ist ein echtes Kompliment!«, sagt er. »Darf ich fragen, warum?«

»Na ja ... Das ist wie in der Kindheit. Dieses Rätsel, diese Mischung aus Neugierde und Furcht. Und dann kommt die große Überraschung, dass die Dinge eben nicht immer das sind, was sie scheinen.«

Sergi wackelt unschlüssig mit dem Kopf und notiert ein paar Sätze.

»Hm«, macht er nachdenklich.

»Also, mich hat sie überzeugt!«, lacht Oriol wieder und gibt der Kellnerin ein Zeichen. Er setzt sich zu uns.

»Das ist übrigens genau, was ich beabsichtige. Ein Spiel mit den Sinnen«, erklärt er mir, »etwas, das wir nur aus der Kindheit kennen, als man noch Erdkuchen backte und Blütennektar lutschte.«

Er sieht mich mit goldfarbenen Augen an, und mir fährt es heiß durch die Brust. Blütennektar lutschen, du meine Güte. Ich fühle, wie ich erröte. Und ich merke, wie Sergi mich beobachtet.

»Du bist –?«, fragt Oriol.

»Oh entschuldige, ich bin Anna Silber«, stelle ich mich vor, »und das ist –«

»Sergi Bohigas«, nickt Oriol, »wir waren zusammen auf der Kochschule.«

»Sergi?«, sage ich überrascht. »Du bist Koch?«

»Ich wollte einer werden. Aber mein Talent entfaltet sich eher am Tisch statt in der Küche.«

»Du warst schon immer ein fauler Vielfraß«, sagt Oriol.

»Und du schon immer ein exzentrischer Spinner«, antwortet Sergi. »Und übrigens kann ich es mir leisten«, fügt er mit einem leichten Klaps auf seinen Waschbrettbauch hinzu.

Sie sehen einander scharf grinsend an. Ich weiß nicht, ob die beiden gerade die Messer wetzen oder beste Kumpels sind, aber da klopfen sie sich bereits gegenseitig auf die Schultern, wie echte Männer das eben tun. Wir stoßen mit einem Sauternes an, den uns die Kellnerin diskret eingeschenkt hat, und da werden uns auch schon die Desserts serviert. Mit dem Rockbund tief in die Taille eingefressen und kurz davor, einen Zuckerschock zu erleiden, mache ich mich unerschütterlich an die Arbeit:

»Tomatensorbet mit Basilikumchips und geeisten Litschiperlen«, erklärt Oriol.

Wun-der-bar. Ich wünschte, ich dürfte den Teller ablecken, doch mein Reißverschluss, der sich soeben den ersten Zentimeter geöffnet hat, hält mich rechtzeitig davon ab. Apropos, schon fällt es mir ein, Mutters berühmtes »Reiß dich zusammen«. Das zischte sie mir früher zu, wenn ich, als rundes, nach Süßigkeiten süchtiges Kind, einen Nachschlag wollte. Der ersten, unglücklichen Liebe sei Dank wurde ich ab meinem Sechzehnten dünn und trage seitdem – damit das auch so bleibt – ausschließlich enge Hosen und Röcke, die der Gier nicht nachgeben. Kein Stretch, kein Gummizug, kein Pardon. Aber der *tallat* und das köstlichste, kleinste Vanillehörnchen der Welt passen noch in den Magen. Sergi und ich löffeln den letzten Zuckersatz unserer winzigen Milchkaffees und rauchen zum Abschluss eine Verdauungszigarette, von Oriol auf einem Silberteller an den Tisch geschickt, nachdem er sich entschuldigt hat, dass er zurück in die Küche müsste. Schade eigentlich.

»Der ist ja wirklich unheimlich nett«, sage ich.

»War nicht zu übersehen«, murmelt Sergi.

»Was?«

»Wie *unheimlich nett* du ihn fandst.«

Ich versuche, nicht zu grinsen.

»Ich habe doch nur Augen für dich«, sage ich mit gespieltem Ernst.

»Das will ich auch hoffen«, entgegnet er lächelnd.

»Zumindest heute«, füge ich sicherheitshalber hinzu.

»Endet es um Mitternacht? Oder ist dein Heute gültig bis Sonnenaufgang?«

»Kommt darauf an.«

»Dann muss ich mich aber beeilen.«

Sergi bittet mit einer Geste um die Rechnung, und ich wanke leicht zu den Toiletten, mache mich frisch, überprüfe mein Make-up und kontrolliere, ob mein Deo noch wirkt. Alles klar. Ich sehe auf die Uhr, es ist halb zwölf, zu dir oder zu mir, denke ich. Lieber zu mir. Ich werfe einen letzten, zuversichtlichen Blick in den Spiegel, verlasse den Raum – und renne beinahe in Oriols Arme.

»Anna Silber«, sagt er.

»Monsieur le Chef«, sage ich.

»Hat mich gefreut«, sagt er.

»Mich auch. Das Essen war wundervoll.«

»Mein Gast war wundervoll. Es gibt nichts Beruhigenderes als eine Frau mit gesundem Appetit – obwohl du so ein dünnes Ding bist. Der Rock steht dir übrigens ausgezeichnet. Sergi ist ein Glückspilz.«

»Ehrlich?«, frage ich, glühend vor Stolz, und schaue zu Sergi, der am Aperitif-Tresen steht und mit den Mänteln auf mich wartet. Dann erst verstehe ich.

»Ach so, nein, wir sind nur … Kollegen.«

»Sehr gut.«

Was auch immer er damit meint – gut, dass Sergi nur mein Kollege ist, oder gut, dass ich als seine Kollegin für eine Fünf-Sterne-Besprechung garantieren könnte –, ich bin einverstanden.

»Dann wünsche ich euch noch einen schönen Abend«, sagt er lächelnd, beugt sich zu mir herab und drückt mir zwei weiche Küsse auf die Wangen. Der Mann riecht nach Honig. Ist das zu fassen?

Honig oder Haselnuss, dass ich jetzt überhaupt hin und her gerissen bin, ist geradezu unverschämt. Eines nach dem anderen, der Spaß hat erst begonnen.

Haselnussauge Sergi und ich stehen mit aufgesetzten Motorradhelmen vor der Tür meines Hauses und wissen nicht so recht, was tun, wie anfangen, ob überhaupt? Seine Vespa parkt um die Ecke, mein Schlüssel baumelt zwischen meinen Fingern, und ein paar Meter weiter pinkeln drei betrunkene Schweden gegen den Eingang einer Apotheke. Sehr romantisch. Unvermittelt lehnt Sergi seine behelmte Stirn an meine, schiebt die Visiere hoch und spitzt die Lippen. Wir lachen; egal, wie sehr wir uns auch bemühen, berühren können sich unsere Münder nicht – und ein kurzes Innehalten, ein tiefer Blick entfachen unsere Lust zu einem mediterranen Waldbrand. Wir schieben uns gegenseitig ins Treppenhaus, stürmen die Treppen hoch und zerren uns zwischen den Stockwerken die Helme ab, um uns mit heißhungrigen Küssen zu verschlingen. Im fünften Stock haben wir bereits Mäntel, Hemd, Bluse aufgeknöpft, als wir endlich in meine Wohnung stürzen und übereinander herfallen.

Endlich ist genau der richtige Ausdruck.

Es gibt kaum Schöneres als Lippen und Haut auf nackter Haut, Hände auf nackter Haut, Finger, die durch Haare und über Kurven fahren, in Falten, Spalten, Höhlen dringen, mal fest, mal sanft, er in mir und wir im Himmel über Barcelona –

Und danach: langes Schweigen. Bis ich zur Besinnung komme, vergehen ein paar Minuten, doch als ich wieder klar denken kann und Sergi sich längst eine Zigarette angezündet hat, fällt mir partout nichts ein, das ich ihm sagen könnte. Und ein Serienmörder erscheint mir nun gerade so ziemlich der ungeeignetste Konversationsstoff, den ich mir vorstellen kann, husch, weg damit, genieß die Entspannung, Anna. Doch auch ihm scheint es, was die Themenwahl betrifft, nicht anders zu gehen, und wir vermeiden, uns in die Augen zu schauen, als wäre es plötzlich peinlich, nackt und verschwitzt nebeneinanderzuliegen.

»Ich geh dann mal lieber«, sagt er schließlich und lässt die Zigarette in eine Blumenvase fallen. Zisch, macht es, aus ist die Glut.

»O. K.«, sage ich.

Ich wickle mich in die Bettdecke ein, während er sich schweigsam anzieht. Wir sehen uns betreten an – und brechen endlich, wie zwei Kinder, die sich etwas Verbotenes geleistet haben, in Lachen aus. Wir lassen unsere Handflächen grinsend gegeneinanderklatschen, als hätten wir soeben ein Match im Doppel gewonnen.

»Pass auf dich auf«, sagt Sergi, als wüsste er, dass ich das noch nicht gelernt habe – und zwinkert, bevor er verschwindet.

Ich dagegen zwinkere der verschlossenen Türe zu und gehe, noch immer in die Bettdecke eingewickelt, zum Fenster und lehne mich hinaus. Es hat begonnen zu regnen, fein nieselt es hinunter, kurz darauf sehe ich auch auf Sergi unterm Motorradhelm, der unten seine Vespa aufschließt und knatternd davonfährt. Ich atme tief die Winterluft ein und finde, dass Barcelona der Regen steht. Gelb und still glänzt die Straße im Schein der Laternen, keine angetrunkenen Besucher auf den Straßen, keine Drogen-, Bier-, Sexverkäufer in den Gassen, kein Gegröle, Gerufe, Gepreise. Sie werden alle irgendwo unter mittelalterlichen Bögen stehen, besorgt wegen des schlechten Umsatzes, aber hoffentlich doch ein wenig erfreut über diese kurze Pause; so mancher trinkt vielleicht im Cosmos einen Tee oder ein belebendes Glas Rotwein … Ich schlinge das Laken enger um mich, dankbar über die Wärme, die mich im Bett erwartet. Wo wohl die Katze steckt, denke ich plötzlich, die ich heute aus dem Haus fliehen sah? Ob sie wieder hineinschlüpfen konnte? Ob sie vielleicht doch ein Herrchen oder Frauchen hat, das sie füttert, wenn sie hungrig von ihrer nächtlichen Runde heimkehrt, das ihr das nasse Fell trocknet?

Doch wer sollte in solch einem lichtlosen, geplünderten Haus leben?

Der Wind hat gedreht und weht mir sanft den Nieselregen ins Gesicht. Fröstelnd schließe ich die Holzjalousien, dann die wackeligen Glasfenster, schalte die Lichter aus und krieche ins nach guten Erinnerungen (mehr bleibt nicht) duftende Bett.

Nein, kein Mensch kann in solch einem Haus leben. Unmöglich.

Schmerz

Ein und aus gehen sie, als gäbe es uns nicht, nehmen, was wir vermissen, zerschlagen, was wir brauchen werden. Dumm sind sie, törichte Söldner, waren derart vertieft in ihrer Zerstörungswut, dass sie mich nicht bemerkt haben, mich nicht sahen, wie ich die Eisenstange hob, um … wäre nicht die Fremde gewesen (immer wieder sie), die plötzlich im Eingang stand, ich hätte diesmal zugeschlagen, obwohl ich mamà versprochen habe, alles richtig zu machen: kein Blut der Zerstörer auf unseren Stufen, die geweiht sind vom Blut unserer Zerstörung. Aber es gibt Versprechen, die nicht zu halten sind in einer Welt von Regeln, die ständig gebrochen werden, unheilbar – so wie mamà, die sich auflöst wie das Licht im Nebel. Nichts bleibt, nichts, nicht einmal die Seelen der Vertriebenen, der Verstoßenen, der Geopferten, der Verdammten. Wer nicht erhört wird, verschwindet – so wie mamà, die nicht mehr ruft, nicht mehr schreit, nicht mehr jammert. Die Kraft ihrer Stimme verdampft mit jedem rasselnden Atemzug und hängt sich als Kondensströpfchen an die Fensterscheibe des Schlafzimmers, verziert das Antlitz Gottes an der feuchten Zimmerdecke, legt sich auf mein Herz und verwandelt sich in Eis. Mamà wimmert nur noch ganz leise, ihr Schmerz der Vorwurf, dass ich die Zeit nicht aufhalten kann, dass das Ende …

Nein, mamà, flüstere ich, du darfst jetzt nicht aufgeben, sie werden dich nicht finden, sie werden dich nicht holen, noch ist das Werk nicht vollendet, und wie soll ich? Es alleine? Mamà stöhnt, flüstert Fetzen und weint Silben, die klingen wie achs und ohs und bald und vorbei. Sie erstickt an ihren Seufzern, und ich bekomme keine Luft mehr, sehe kein Licht, schmecke nasses Salz auf meinen Lippen.

Bitte, sagt sie, und ich beuge mein Ohr zu ihrem Mund.

Frag sie, sagt sie.

Ob sie, flüstert sie.

Dich noch will.

Von unten ertönen erneut Geräusche. Sie sind wieder da. Vielleicht alle beide, vielleicht nur einer. Das gequälte Geschrei einer der Katzen hallt durchs Treppenhaus, mamàs Atem fliegt, ihre Augen glänzen vor einer neuen Angst, die ich nicht kenne, gegen die ich machtlos bin. Ich streichle ihr eine schweißgebadete Haarsträhne aus der Stirn, gehe in die Küche und wetze das Messer über den Schleifstein.

Nichts bleibt, nichts.

5.

»Es gibt kein Glück.«
Pau Rio, 34, Polizist der *mossos d'esquadra*
»Das klingt aber gar nicht gut.«
Quim Rubió

»Wir haben den Jungen«, bellt Quim in den Hörer, »ich schicke dir einen Wagen, du hast zehn Minuten.«

Jawohl, Herr Kommissar, denke ich und werfe einen verklebten Blick auf die Uhr – es ist halb acht in der Früh –, dir ebenfalls einen ach vergiss es, und stolpere ins Bad. Die Nacht war, wie befürchtet, schon wieder zu kurz. Ich weiß nicht, wie lange ich dieses Schlafdefizit noch ertragen kann, das in meinen Schläfen pocht. Ich werde mir Ohrstöpsel besorgen, bin aber vehement gegen Schlafmittel, ob als Chemiekeule oder auf Pflanzenbasis: Es verursacht mir Albträume, und danach bin ich nicht mehr zu gebrauchen, taumele matschig durch einen unscharfen Tag und fühle mich nur noch müder. Heute Morgen also Kopfweh, Muskelkater (Sergi, der Bettakrobat, riet mir, ab und zu ein paar Dehnübungen zu machen, vielen Dank auch), nicht die allerbeste Laune und, das Sahnehäubchen: ein Selbstmitleidsanfall. Ich schaue in den

Spiegel und beglückwünsche diejenige, die mich mit verquollenem Gesicht anblickt: Anna Silber, 36, unverheiratet, kinderlos, ohne festen Job und unfähig, sich um den einzigen (schlecht-, aber immerhin) bezahlten Auftrag zu kümmern, den sie an Land ziehen konnte. Fremd in der Heimat ihrer Mutter, Waise, bruderlos, schläft in den Betten anderer mit unbekannten Männern (na gut, mit einem Halbbekannten namens Haselnussauge), wohnt vorübergehend in einem von betrunkenen Touristen umzingelten Haus, in dem der Aufzug nicht funktioniert und seit Morgengrauen ununterbrochen irgendwo ein Hund jault, befindet sich in der Stadt, von der sie immer geträumt hat und die sie nun durch einen dreckigen, blutbeschmierten Hintereingang betreten hat, in dem es von Leichen und Schlägern und Dieben nur so wimmelt. Was wäre gewesen, hätte ich einen Flug später genommen? Kein toter Bauunternehmer auf der Straße, kein Stau, kein Junge, der mir ein Bleistückchen zuwirft, keine Verbindung. Nur ich und ein Schaufenster-Barcelona und abends ein paar Drinks mit Rafael – und natürlich Quims Berichte über seine Arbeit, über die Suche nach Aufklärung, über sein Tappen im Dunklen …

Tja. Und schon fühle ich mich besser.

Das ist Motivation. Aus einer Reihe deprimierender Gedanken zum Schluss kommen, dass man unentbehrlich ist – feine Sache, Anna, bist die Größte, ehrlich. Mein Selbstmitleid verwandelt sich in Selbstverachtung, es klingelt, ich schlüpfe in meine Jeans, greife nach Jacke, Tasche, Schlüssel, Handy und beschließe, den Tag einfach noch mal neu zu beginnen.

Vor dem Haus erwartet mich der stille Pau, der als Einziger aus Quims Team nicht aus Barcelona stammt. Wir begrüßen uns, steigen ins Auto und fahren los.

»Bist du es nicht manchmal leid hier?«, frage ich, noch immer leicht knurrig.

»Hier? Was meinst du – die Stadt? Die Arbeit?«

Ich zucke die Achseln und blicke nach vorne auf die Straße. Wir passieren im Schritttempo die schmalen Gassen des gotischen Viertels, die, abgesehen von ein paar Nachtvögeln, die durchgemacht haben, um diese Uhrzeit noch menschenleer sind. Pau schüttelt fröhlich den Kopf.

»Ich liebe meine Arbeit. Ich liebe diese Stadt. Ich kann mir gar nichts anderes vorstellen«, sagt er.

»Aber du stammst von woanders, oder?«

»Von Sort, einem Dorf in den Bergen, nahe der französischen Grenze.«

»Sort – wie Glück?«

»Genau«, lacht Pau. »Unser größtes Geschäft sind die Lose der Nationallotterie – jeder will ein Los vom glücklichsten Ort des Landes. Wir hatten nämlich schon zwei Mal Hauptgewinnner!«

»Klingt verlockend«, sage ich.

»Oh nein, es ist todlangweilig! Und anstrengend zugleich. Wer in einem Ort mit diesem Namen lebt, *muss* glücklich sein, egal, ob er es ist oder nicht.«

»Wollen wir das nicht alle? Glücklich sein, meine ich?«

»Es gibt kein Glück, glaub mir«, lächelt er, »ich komme von dort. Es gibt nur das Streben danach.«

Den letzten Satz hat er mit erhobenem Zeigefinger gesprochen, und ich überlege unentschlossen, ob der Ausdruck »streben nach« eine Handlung impliziert oder ob ich auch weiterhin taten- und sinnlos darauf warten darf, dass das Glück an meine Tür klopft. Und apropos, war ich nicht schon einmal bei der Frage nach der Beschaffenheit des Glücks? Worum ging es noch einmal? Ach ja, Filz-Evas

Lebensmittelverkäufer, der sein Sklavendasein in Europa dem Elend in der Heimat vorzieht. Aber wenn es gar nicht existiert – warum gibt es dann das Unglück? Un-Glück im Nicht-Glück? Ich bin so tief versunken in meine philosophische Unkenntnis, dass ich gar nicht bemerkt habe, wie Pau den Wagen vor einem der Häuserblocks sozialen Wohnungsbaus geparkt hat, die vor wenigen Jahren mitten in die Altstadt gesetzt wurden.

»Quim ist auch schon da«, sagt er und zeigt zum Eingang des mittleren Blocks. Wir steigen aus, winken ihm zu und laufen über eine breite Fläche zwischen den Neubauten, die großzügig eingeteilt ist in einen Spielplatz, ein Ballfeld, sogar einen Gemüsegarten für die Anwohner. Überall stehen Bänke für müßige Stunden, und die vielen jungen Bäume werden in wenigen Sommern Schatten spenden. Alles ist so hell und weitläufig, dass ich kaum begreife, wie wir uns in der dunklen, schmalgassigen Altstadt befinden können. Die Häuser an sich sind schnörkellos und geschmackvoll und haben sich, mit ihren französischen Balkonen, von den Originalbauten des Viertels inspirieren lassen. So ist diese Stadt: Du biegst um eine Ecke und stehst vor einer Überraschung. Meistens einer schönen.

Quim hatte, als er uns ankommen sah, geklingelt, und so summt bereits der Türöffner, kaum dass wir uns auf die Wangen geküsst haben.

»Er heißt Elias«, sagt Quim, als wir den Aufzug betreten, »Pau und Jordi haben ihn gestern vor der Schule angesprochen und ihm das Bild mit dem Bleistückchen gezeigt. Er wollte sofort abhauen. Übrigens – gutes Phantombild, das ihr gemacht habt. Seine Mutter, die ihn gerade abholte, wollte nicht, dass wir ohne die Anwesenheit des Vaters mit ihm reden, und das war erst heute früh möglich.«

»Da wären wir«, sagt Pau, als wir im dritten Stock anhalten, und lässt mich und Quim vorgehen.

An der Wohnungstür erwartet uns der Familienvater. Mit ernster Miene studiert er Quims Ausweis, bittet uns dann zögernd und mit stummer Geste hinein.

»Ihr Sohn hat nichts Falsches getan«, beruhigt ihn Quim, »aber er ist vielleicht ein Zeuge.«

»Elias hat uns von nichts erzählt«, sagt der Vater.

»Er weiß wahrscheinlich gar nicht, dass er etwas Wichtiges gesehen haben könnte«, erklärt Quim. »Bitte machen Sie sich keine Sorgen. Es wird keine zehn Minuten dauern.«

Wir folgen dem Vater durch einen schmalen Flur. Unter der Garderobe stehen schnurgerade aufgereihte Schuhpaare in mehreren Größen, daneben liegen zwei fertig gepackte Schultaschen. Auf jeder Schultasche liegt ein kleiner Plastikbehälter mit Obst und Pausenbroten. Nach und nach folgen Quim, Pau und ich dem Vater ins Wohnzimmer, in dem auf zwei mit Plastikhüllen bezogenen Sofas der Rest der Familie auf uns wartet: Elias, seine etwas ältere Schwester und ein schlafendes Kleinkind. Ein Kalender mit Bildern von Marokko hängt über dem Fernseher, ansonsten schmücken kreuz und quer aufgehängte Kinderfotos die Wände. Es ist sehr aufgeräumt, fast streng, und riecht nach Putzmittel mit Eukalyptusnote. Elias sitzt neben seiner Mutter, deren Hand an seinem Nacken ruht, als wolle sie ihn beschützen. Wir nicken der Mutter grüßend zu, die eine Krankenschwesternuniform trägt und die, wie die gesamte Familie, bald losmuss, um nicht zu spät zur Schule und Arbeit zu kommen.

»Hallo Elias«, sage ich, »erinnerst du dich an mich?«

Der Junge sieht mich achselzuckend an, und ich setze mich neben ihn aufs Sofa. Unter meinem Po quietscht der

Plastikbezug, und Elias entfährt ein Lächeln. Ich grinse zurück.

»Ich heiße Anna. Letzte Woche, da hast du doch den Mann auf der Straße liegen sehen. Der vom Haus ein paar Straßen weiter gefallen war?«

Elias blickt angestrengt auf seine Pantoffeln, während die Eltern und Schwestern ihn angespannt beobachten. Quim reicht mir das Foto vom Bleistückchen, und ich zeige es Elias.

»Das hast du mir gegeben, weißt du noch? Wir müssen jetzt nur von dir wissen, wo du es gefunden hast.«

Elias wirft einen kurzen Blick auf das Foto und beißt sich auf die Lippen.

»Egal, wo du es herhast«, fahre ich fort, »du hast nichts Schlimmes getan. Es ist alles in Ordnung. Aber die Polizei möchte herausfinden, warum der Mann von dem Haus gefallen ist, und dazu braucht sie deine Hilfe. Sie muss nur wissen, ob du das Bleistückchen bei ihm gefunden hast.«

»Bist du auch von der Polizei?«, fragt er.

»Nein«, antworte ich, »aber da ich es hatte, musste ich der Polizei erzählen, woher es kam. Da dachte ich, dass du vielleicht mehr wissen könntest.«

Elias nickt.

»Es ist ihm aus der Tasche gefallen«, sagt er und sieht seinen Vater dabei an.

»Als der Mann am Boden lag?«

»Beim Runterspringen«, erklärt er.

»Du hast also gesehen, wie er gesprungen ist?«, fragt Quim sanft, und wieder nickt Elias. Seine Eltern tauschen erschrockene Blicke aus.

»War da oben noch jemand bei ihm? Auf dem Dach?«

»Weiß nicht«, sagt Elias.

Quim seufzt.

»Hast du denn gesehen, ob jemand das Haus verlassen hat, nachdem der Mann gesprungen ist?«

»Nein«, antwortet Elias, »ich glaube nicht.«

»Dann erzähl doch mal, was du genau gesehen hast.«

»Ich bin zum Fußball gegangen, da habe ich gesehen, wie er runterfiel. Er hat gar nicht viel Krach dabei gemacht. Ich bin zu ihm hin, aber er hat sich nicht bewegt. Und da habe ich das Silberding genommen, weil ich vorher ja schon gesehen hatte, wie ihm beim Runterfallen was aus der Tasche gerollt ist.«

»Du warst ganz schön lange bei ihm, nicht wahr? Bis die Polizei kam«, frage ich.

»Jemand musste doch bei ihm bleiben. Meine Mama bleibt auch immer, bis die Kranken gestorben sind.«

Elias' Mutter lächelt leise.

»Ich bin Altenpflegerin«, erklärt sie, »er weiß, dass ich die Menschen dort bis zum Ende begleite.«

»Warum hast du mir dann, als du gegangen bist, das Bleistückchen gegeben?«

Elias senkt den Kopf, und seine Mutter tätschelt aufmunternd seine Hand.

»Jemand hat mich einen Scheißaraber genannt und gerufen, dass ich ein Dieb bin«, murmelt er.

Elias' Vater verschränkt die Arme vor der Brust und sieht zu Boden. Das war nicht das einzige Mal, denke ich, dass einem von ihnen so etwas zugerufen wurde.

»Hör nicht auf die Leute«, sagt Quim. »Wer so etwas sagt, ist ein A… ein Dummkopf.«

»Dabei ich bin doch aus Barcelona«, flüstert Elias niedergeschlagen, »und ein Dieb bin ich auch nicht. Was sollte der tote Mann mit dem Silberding denn anfangen?«

Wir schweigen alle eine Weile mit betretenen Gesichtern. Langsam faltet Quim das Phantombild auseinander, das Conxi-die-Wunderzeichnerin vom Mörder der Heiligen Eulàlia angefertigt hat.

»Hast du diesen Mann schon einmal gesehen?«

Neugierig betrachten Elias, seine Mutter und seine Schwester die Zeichnung. Auch der Vater nähert sich und beugt sich über das Bild. Elias schüttelt achselzuckend den Kopf.

»Kenne ich nicht«, sagt er, »wer ist das denn?«

Nach einem kurzen Zögern nimmt die Mutter die Zeichnung in die Hand.

»Vielleicht ...«, setzt sie an, bricht jedoch ab.

»Ja?«, fragt Quim. Es ist mucksmäuschenstill. Alle Augen sind auf sie gerichtet. Ihre Hand zeichnet eine unsichere Geste in die Luft.

»Eine Zeit lang bin ich für eine alte Frau aus dem Heim einkaufen gegangen. Das ist schon ein paar Jahre her, die Arme lebt nicht mehr, möge ihre Seele in Frieden ruhen.« Sie macht eine kurze Pause und betrachtet wieder das Bild. »Sie hatte keine Familie in der Stadt, also bin ich manchmal für sie los, um Stützstrümpfe zu besorgen. Sie bat mich, dass ich sie in dem kleinen Laden oben in Sant Pere Més Baix kaufe, da kennt man mich, sagte sie, da weiß man, was ich brauche. Die Ladeninhaberin war ebenfalls eine sehr alte Frau, die immer in einer Ecke auf einem Stuhl saß, mit einer bunten Wolldecke über den Beinen. Und es stimmte, sie wusste genau, welche Art Strümpfe ich meiner Alten bringen sollte, fragte auch immer nach ihr, ließ einen Gruß ausrichten. Aber wie gesagt, sie war schon sehr alt und stand praktisch nie von ihrem Stuhl auf – wer eigentlich den Laden führte, war ihr Sohn.« Sie tippt auf die Zeichnung. »Das könnte er sein.«

Plötzlich lacht sie kurz auf.

»Wobei – die Chefin war nach wie vor die Mutter. Sie sagte, was er zu tun hatte, und er gehorchte. Er war ihre Beine und ihre Hände.« Sie reicht Quim das Bild zurück. »Ich mochte ihn nicht. Er roch so stark nach Seife, dass einem der Atem wegblieb.«

Quim, Pau und ich wechseln Blicke. Sant Pere Més Baix ist die Gasse, auf dessen Pflaster der tote Bauherr lag.

»Würde es Ihnen etwas ausmachen, uns hinzuführen – jetzt gleich?«, fragt Quim.

Elias' Mutter wirft einen besorgten Blick auf die Uhr.

»Mein Kollege Pau bringt Sie dann auch zur Arbeit. Versprochen.«

»Ich glaube aber nicht, dass es den Laden noch gibt … das Haus steht sogar leer, wenn ich mich nicht täusche.«

Sie sieht Quims verzweifelten Blick und seufzt.

»Also gut. Aber bitte sofort, denn die Kinder müssen in die Schule, und wir –«

»Versprochen«, sagt Quim noch einmal.

Elias, seine Schwester und ihre Mutter blicken fragend zum Familienvater. Der nickt kurz und zeigt mit dem Kinn zur Tür, und plötzlich springen alle wie von einem Bann befreit auf und machen, dass sie ihre Jacken anziehen. Elias und seine Schwester rennen derart fröhlich quiekend durch den Flur zur Garderobe, als wäre dieser Morgen nur ein längst vergessener Spuk.

Quim und ich folgen Paus Auto, in dem Elias' Mutter und, auf der Rückbank, Elias und seine große Schwester sitzen. War doch klar, dass Pau sie zur Schule bringen würde, und ich wette, er wird kurz vor dem Schulgebäude das Blaulicht anschalten, um sie wie VIPs abzusetzen. Hey! Wir sind von einem echten Polizisten in einem echten Polizeiauto gebracht worden! Doch zuerst fahren wir, wie abgesprochen, in die Straße Sant Pere Més Baix, und ich habe das Gefühl einer Zeitschleife, als wir genau dort einbiegen, wo Rafael und ich am Tag meiner Ankunft in die Straße gelangten – um kurz darauf im Stau zu stecken. Auch jetzt bleiben wir fast an derselben Stelle stehen. Erst gestern lief ich, irre vor Schreck, aus dem grün verhangenen Haus da vorne links, dem mit der Nummer –

»Nummer 53«, quäkt Pau durchs Funkgerät, »hier war der Laden.«

»Sicher?«, fragt Quim.

»Sicher«, antwortet Pau.

»Gut«, sagt Quim, »ihr könnt fahren, ich will nicht, dass jemand die Familie sieht.«

Wir sehen, wie Pau vor uns Gas gibt, und winken Elias und seiner Schwester zu, die uns vom Heckfenster aus Grimassen schneiden. Dann blicken wir auf Nummer 53, und mich durchfährt ein kalter Schauer.

»Du wirst es nicht glauben«, flüstere ich, »aber ich war schon einmal hier.«

»Langsam wirst du mir unheimlich«, brummelt Quim.

»Und ich mir erst«, sage ich. »Schien übrigens nicht, als würde da noch jemand wohnen.«

»Du warst drinnen??«

Ich erzähle Quim in drei Sätzen von dem antiken Schaufenster, das ich hinter dem Bauvorhang bewundern wollte, von der Katze und den zwei ziemlich dubiosen osteuropäischen Bauarbeitern.

»Oh«, murmelt Quim und blickt finster auf das Haus, »das klingt aber gar nicht gut. Sieht nach professionellem Mobbing aus.«

»Und was machen wir jetzt?«

»Warten, bis Jordi, Gastó und Jaume eintreffen«, antwortet er und greift nach dem Handy.

Nachdem er die Kollegen herbestellt hat, fährt Quim den Wagen in das nächste Parkhaus, vor dessen Eingang wir uns mit den anderen treffen wollen. Alles muss sehr diskret ablaufen, vor allem darf der gesuchte Mann – falls er sich tatsächlich in dem Haus versteckt und es überhaupt der Richtige sein sollte – keinen Verdacht schöpfen. Quim und ich warten vor der Garageneinfahrt, das baufällige Haus in Sichtweite. Ich bin nervös und erwarte eigentlich, dass Quim mich jeden Moment fortschickt – was, gleichzeitig mit der Vorstellung, *nicht* fortgeschickt zu werden und einem Serienmörder zu begegnen, so ziemlich das Letzte ist, das ich mir gerade wünsche. Willst also weder hier noch anderswo sein? Entscheide dich, Anna. Vielleicht aber hat mich auch nur das Lampenfieber gepackt, und ein wenig erinnert es mich an gewisse Nachmittage mit meinem Vater, als wir die Ehefrau eines Klienten beschatteten, die angeblich fremdging. Dieses Warten vor dem Hotel, in das sie verschwunden war, das Beobachten der Männer, die alleine das Foyer betraten, und dann, endlich, die Frau und ihr Liebhaber beim Abschiedskuss in der Drehtüre … Einer der aufregendsten Momente meines Lebens. Kinderkram im Gegensatz zu dem hier.

»Wie geht's Rafael?«, frage ich, um meine Unruhe zu überspielen. »Ich hab mich schon so lange nicht mehr bei ihm gemeldet.«

»Er hat schon fast alle Umzugskisten ausgepackt«, antwortet Quim, »und eigentlich wollten wir morgen mit allem fertig sein, um dich endlich zum Essen einzuladen.«

»Eine Einweihungsparty?«

»Ein Anna-Silber-Ehrungsdinner«, lächelt Quim und legt seinen Arm um meine Schulter.

Wir bleiben schweigend so stehen und betrachten das Haus Nummer 53. Es ist sonderbar. Obwohl es von oben bis unten mit diesem grünen Bauvorhang bedeckt ist, fällt es nicht sonderlich auf – die ganze Straße sieht praktisch aus wie ein schlechtes Gebiss. Schräg gegenüber steht ein weiteres Wohnhaus leer, dessen Fenster und Türen zugemauert wurden, damit die *okupas* es nicht besetzen. Noch vor kurzer Zeit wird der Neubau, in dem der Bauherr umgebracht wurde, ein Baukrater gewesen sein und davor wiederum ein ebenfalls langsam zerfallendes Wohnhaus.

»Was ist mit den möglichen Fluchtwegen?«, frage ich. »Wie konnte der Mörder so schnell entkommen, ohne dass Elias ihn beim Verlassen der Baustelle sah?«

Quim zeigt hoch.

»Er muss über die Dächer entwischt sein. Da oben kommt man ziemlich weit – jedes Treppenhaus hat Zugang zum Dach, wo die Leute ihre Wäsche aufhängen, und fast alle Dachterrassen sind miteinander verbunden. Wir sind dort oben den kompletten Block abgelaufen. Alle Dachtüren zu den Treppenhäusern waren abgeschlossen, keine Tür war eingetreten oder beschädigt. Wir wussten deshalb, dass er entweder über die Dächer geflohen ist, weil er einen Schlüssel zu einer der Dachtüren hatte, oder er entkam doch über den Baustelleneingang, was damals ehrlich gesagt die wahrscheinlichere Variante war. Aber wenn der Mann aus dieser Halbruine wirklich derjenige ist, den wir suchen, dann ist es sicher, dass er einen Schlüssel besitzt und damit nach dem Mord über die Dächer zu seinem Haus gelangte.«

»Und er ist dann sein eigenes Treppenhaus runtergestiegen, um sich wie ein ganz normaler Anwohner auf der

Straße unter die Neugierigen zu mischen? Warum hat er das riskiert?«

»Vielleicht war es Genugtuung«, sagt Quim, »es könnte ihm das Gefühl von Macht gegeben haben.«

In diesem Moment biegt der Wagen von Gastó, Jaume und Jordi in die Parkhauseinfahrt, und eine Minute später sind sie bei uns und verteilen kugelsichere Westen.

»Anna?«, fragt Quim zögernd.

Ich nicke, nehme Jaume eine der Westen ab und ziehe sie über.

»Wichtig ist, dass – wenn wir ihn haben – du ihn identifizierst«, erklärt Quim, »und dass dir nichts passiert. Halte dich an Gastó.«

»Bleib immer hinter mir«, sagt Gastó, »und mach nur, was ich dir sage.«

Ich nicke erneut. In Begleitung dieser vier Polizisten, die nun mit einstudierten Handgriffen ihre Waffen kontrollieren, kann mir nichts passieren.

Es geht los.

Der starke Jaume und der lange Jordi gehen mit Quim voran und überqueren die Gasse. Gastó und ich bleiben auf unserer Straßenseite und folgen ihnen in einem Abstand von zehn Metern. Wir gehen langsam den Bürgersteig entlang, während Quim und die anderen beiden zügig auf Nummer 53 zugehen. Mit klopfendem Herzen beobachte ich, wie sie hinter dem Bauvorhang verschwinden.

»Und jetzt?«, frage ich Gastó, als Quim, wenige Sekunden später und mit seiner Waffe in der Hand, zwischen den grünen Bahnen auftaucht und Gastó wild gestikulierend irgendwelche Zeichen gibt.

»Du wartest hier«, sagt Gastó, zückt seine Pistole und rennt zum Haus. Bevor auch er hinter dem Bauvorhang verschwindet, dreht er sich noch einmal zu mir, um sicherzugehen, dass ich mich nicht von der Stelle gerührt habe. Da braucht er sich keine Sorgen zu machen: Wie versteinert frage ich mich ängstlich, was da drinnen gerade vor sich gehen mag. Ich nehme kaum wahr, dass inzwischen das Viertel erwacht ist: Die ersten Ladenbesitzer schieben rasselnd ihre Rollos hoch, vereinzelt knattern Mopeds durch die Gassen, Hausfrauen öffnen zum Lüften die Fenster ihrer Wohnungen, und irgendwo trillert ein wandernder Messerschleifer auf seiner Pfeife. Jeder ist mit seinen Aufgaben beschäftigt, und niemand scheint Quims und Gastós gezückte Waffen bemerkt oder gar eine Ahnung davon zu haben, was hier vorgeht. Was mag passiert sein? Wie lange sind sie bereits drinnen? Ich starre wie gebannt auf den bewegungslosen, grünen Bauvorhang … da. Endlich rührt sich etwas – doch es ist nur die Katze vom Vortag, die zwischen den Stoffbahnen durchschlüpft und in wenigen Sprüngen das Weite sucht. Ich muss an die Schläger denken – nach der Katze wären sie die Nächsten in der Choreografie – und mache mir auf einmal solche Sorgen um Quim und seine Jungs, dass ich, ohne weiter nachzudenken, die Straße überquere und zum Haus laufe. Lauschend bleibe ich vor dem Bauvorhang stehen, doch er schützt nicht nur vor Blicken, er dämpft auch jedes Geräusch. Vorsichtig lüpfe ich das Netz. Die Haustür hängt schief in den Angeln, und die gewellte Plastikscheibe ist zerbrochen. Ich schleiche mich heran und bleibe horchend stehen – das leise Gemurmel könnten die Stimmen von Quim und den anderen sein. Plötzlich zieht mich jemand am Arm durch die Tür und hält mir eine Hand vor den Mund.

»Was habe ich dir gesagt?«, zischt Gastó und lässt mich gnädigerweise los, legt aber warnend einen Finger auf seine

Lippen. Ich blinzle halb blind in diesem dunklen, grünen Flur und krame hektisch nach einem Papiertaschentuch, das ich mir mit unterdrücktem Würgen vor die Nase halte. Der Gestank nach Kot und Urin und vergammeltem Müll ist überwältigend. Im Treppenhaus hallen Schritte, doch niemand spricht ein Wort. Allmählich gewöhnen sich meine Augen an die Dunkelheit, und ich sehe, dass sich außer Gastó noch der lange Jordi hier unten im Erdgeschoss befindet. Er kniet auf dem Boden neben einem dunklen Umriss. Langsam erkenne ich, dass dieser Umriss ein Mann ist. Ich beuge mich vor, um ihn besser sehen zu können, und blicke auf einen kleinen, dunkelblonden Mann in einer schwarzen Lederjacke, der bäuchlings auf den dreckigen, kaputten Fliesen liegt. Er rührt sich nicht, aber seine Augen sind offen und starren auf meine Schuhspitzen. Das ist doch … Ich weiche zurück. Dieser Mann sprach mich vor zwei Tagen mit schwerem, osteuropäischem Akzent an. Der falsche Bauarbeiter!

»Wo ist der andere?«, flüstere ich.

»Quim und Jaume durchsuchen das Haus«, flüstert Jordi zurück und tauscht mit Gastó einen fragenden Blick. »Warum der andere?«

»Das sind Schläger«, flüstere ich, »die sind zu zweit. Die sind wahnsinnig gefährlich.«

»Der hier nicht mehr«, murmelt Gastó und zeigt zum Kragen der schwarzen Lederjacke.

Erst verstehe ich nicht. Dann erkenne ich es. Ein Messer. Dem Typen steckt ein Messer im Nacken. Entsetzt gehe ich um ihn herum, unter meinen Schuhsohlen knirschen Glasscherben.

»Halt«, sagt Jordi und zieht zwei Überzieher aus blauem Plastik aus seiner Jackentasche. »Streif das über deine Schuhe.«

Entschuldigend schlüpfe ich in die Überzieher und bewege mich vorsichtig weiter. Links zwischen Arm und Oberkörper des Toten hat jemand zerschlagene Flaschen und Gläser zu einem Haufen zusammengeschoben. Das könnte ein Indiz auf unseren Mörder sein: Eulàlias neuntes Martyrium war, in ein Fass voller Scherben gesteckt zu werden – er bleibt der Reihenfolge treu. Aber was, verdammt, bedeutet das? Und wo könnte er sein? Außerdem – wie hat er es geschafft, diesen Mann zu überwältigen? Das Opfer muss ohne seinen Schlägerkumpan hier gewesen sein, anders kann ich mir das nicht erklären – der Riese war eine Mauer, ein aus den Fluten des Aralsees gestiegener Muskelturm; er hätte den übergewichtigen Mörder mit einem Niesen umgehauen. Also war der kleinere der beiden Schläger möglicherweise alleine hier, um noch ein bisschen die Tür einzutreten – und den Laden zu verwüsten, in dem sich Gastó gerade umsieht. Die Verbindungstür zwischen dem Geschäft und dem Hausflur steht offen, das Schloss wurde eingetreten und hängt schräg zwischen rausragenden Holzsplittern. Ich gehe zu Gastó, achtsam, um nicht wieder irgendwelche Beweisstücke zu berühren. Die Brutalität, mit der hier die gesamte Ladeneinrichtung kurz und klein geschlagen wurde, ist atemberaubend. Es sieht aus, als wäre eine Windhose durch die Regale gedonnert: Nicht ein Karton steht noch in den Fächern, überall liegen Fetzen der zerrissenen Pappschachteln herum, und die darin aufbewahrten Strümpfe, Mieder, Büstenhalter und Unterhosen wurden auf den Boden geworfen. Sogar der Puppentorso wurde aus dem Schaufenster genommen und liegt zerbrochen hinter dem Ladentresen neben einem umgekippten Stuhl. Vielleicht war es dieser Stuhl, auf dem einst die alte Ladeninhaberin saß, von der Elias' Mutter erzählt hatte? Gastó reicht mir ein Paar Latexhandschuhe, als ein Rauschen aus dem Funkgerät, das er an seinem Gürtel trägt, die Stille zerreißt.

»Ruf den Gerichtsmediziner«, ertönt Quims verzerrte Stimme, »wir haben hier oben auch noch eine Frau gefunden. Das Haus ist ansonsten leer, ihr könnt hochkommen – aber Vorsicht bei den Stufen. Das müsst ihr euch echt angucken.«

»Alles klar«, sagt Gastó und läuft zu Jordi, der den Funkspruch ebenfalls empfangen hat. Das Flüstern hat ein Ende, das stumme Ausharren und hilflose Betrachten. Jetzt ist Handeln angesagt. Gastó wählt den Notdienst, Jordi ruft die Spurensicherung, und ich gehe ihnen aus dem Weg, hin zur Treppe, komme dabei – nachdem ich den größtmöglichen Bogen um den Toten gemacht habe – an einer Batterie von zwölf eingedrückten Briefkästen vorbei. Kaum einer von ihnen hat noch sein Türchen, und jetzt weiß ich, wo dieser unerträgliche Gestank herkommt: Die Briefkästen sind über und über mit Kot beschmiert. Nicht einer wurde ausgelassen. Die Wand neben dem Treppenhaus wurde ebenfalls als öffentliche Toilette missbraucht, der Boden ist klebrig und dunkel verfärbt. Herausgerissene Stromkabel hängen aus dem Verteilerkasten und von der Decke, und ich muss mich bücken, um bei den ersten Stufen keines der Kabel zu streifen, dessen Kupferdrähte herausragen wie offene Gedärme.

Stufe für Stufe steige ich zum ersten Stock empor und halte mich am Eisengeländer fest. Die Stufen sind aus Stein, unverwüstlich, würde man meinen, aber jemand hat sich die absurde Mühe gemacht, die Kanten mit einem schweren Hammer abzuschlagen. Das Ganze ist ein Bild der Zerstörung. Die Wände sind feucht, auch die Treppen weisen Wasserflecken auf – ein Dauerrohrbruch vielleicht, oder Regen, der stetig durchs lecke Dach einfällt, haben die Bausubstanz aufgeweicht. Es riecht moderig, beinahe unterirdisch, und die aufgeschwemmten Mauern fühlen sich sandig an.

Im ersten Stock stehen beide Wohnungstüren offen, und auch hier wurde gewütet. Von der Türschwelle der rechten Wohnung aus sehe ich eine in der Diele liegende Toilettenschüssel. Die Fenster sind, soweit ich das von hier aus erkennen kann, zerschlagen, die Türrahmen halb rausgerissen. Auch die linke Wohnung wirkt auf den ersten Blick vollkommen verwahrlost und ruiniert, und der Geruch eines Tierkadavers schlägt mir entgegen. Widerlich. Er kommt von einer toten Ratte, die neben der Eingangstüre unter einem Ziegelstein verfault. Zaghaft werfe ich einen Blick in den Wohnungsflur und sehe eine erhängte Katze, die am Kabel der Deckenlampe baumelt.

»Quim?«, rufe ich durchs Treppenhaus. »Wo seid ihr?«

»Ganz oben«, ruft er, »sechster Stock!«

Jedes Stockwerk, an dem ich vorbeilaufe, zeigt dasselbe Bild des Elends. Manche Wohnungstüren sind schlichtweg nicht mehr da, wurden zertreten, zerkleinert, verfeuert, und nicht ein Fenster scheint noch intakt zu sein. Es ist kalt hier, zieht von allen Seiten, doch selbst die kühle Winterluft kann den Gestank nach Fäkalien nicht lindern. Das Gurren von Tauben hallt aus leeren Zimmern, und ich bin sicher, dass es hier vor Ungeziefer nur so wimmeln muss. Ich steige an zerbrochenen Waschbecken vorbei, an Klodeckeln, an Holzdielen, die aus dem Boden gerissen wurden – und stehe plötzlich, zwischen dem fünften und sechsten Stock, vor einem Loch in der Treppe. Ja sind diese Schläger denn mit dem Presslufthammer durchs Haus? Fassungslos blicke ich durch die drei fehlenden Stufen in den vierten und fünften Stock. Eine heimatlose Wohnungstür dient als Brücke, und vorsichtig balanciere ich hoch. Quim erscheint und reicht mir die Hand.

»Wahnsinn, oder? Willkommen im sechsten Stock. Das ist die Festung der Überlebenden. Die Wohnung war vollkommen verbarrikadiert – Jaume hat vier Schlösser geknackt.«

»Ist hier die Frau?«

Quim nickt und führt mich an der Hand zur linken Wohnung.

»Da wohnen nur Tauben«, sagt er und deutet zur rechten Nachbartüre, »aber hier …«

Er schüttelt den Kopf. Sein Handy klingelt, und er wendet sich konzentriert von mir ab, um das Gespräch anzunehmen. Aus seinen Sätzen entnehme ich, dass es Pau ist, der Elias' Familie abgesetzt hat und nun mit der Verstärkung unterwegs ist.

»… Mitte siebzig? Und das war wann …? Vor fünf Jahren. Könnte passen … Ja, ich würde die Frau auf circa achtzig schätzen … wir müssen Elias' Mutter unbedingt aufs Präsidium bestellen, damit sie sich die Bilder ansieht … Wer kommt …? Ah, Massip, sehr gut …«

Langsam gehe ich durch einen düsteren, in Rottönen tapezierten Flur. Das Grün des Bauvorhangs, das durch die Fenster dringt, schluckt die Farben und taucht alles in eine gräuliche Depression. Es riecht nach Brackwasser und Katzenpisse und … Seife? Aber es wirkt relativ aufgeräumt. Zumindest wurde hier nichts zerstört, keine Wand eingeschlagen, keine Tür aus den Angeln gehoben, keine Möbel zertrümmert. Hier lebte jemand, bemüht, das Beste daraus zu machen. Die Festung der Überlebenden.

Die erste Flurtür führt in die Küche – ein kleiner Raum, vollgestellt mit Fünf-Liter-Wasserflaschen aus dem Supermarkt und zwei grell orangefarbenen Gasflaschen für den Herd. In einem Regal stehen neben ein paar Tellern und Tassen mit abgeplatztem Henkel eine Reihe von Thunfischdosen und Tütensuppen, angebrochene Nudel- und Reispakete, Salz, Zucker und Teebeutel. Im ausgestöpselten Kühlschrank befinden sich sorgfältig zu kleinen Ballen zusammengerollte Plastiktüten und ein paar Töpfe. Auf der Marmorplatte neben der Spüle kleben Kerzen in geschmolzenen Wachspfützen. Kein Strom, kein Wasser, kein Stadtgas. Nur Armut.

Die nächste Tür führt ins Bad, vollgestellt mit Eimern und Plastikwannen. In einer Ecke steht ein schmales Regal, in dem stapelweise in Folie gepackte, nagelneue Kernseifestückchen liegen. Es müssen Dutzende sein, und sie strömen den intensiven Geruch von Sauberkeit aus, der mich sofort an den Schatten auf Rafaels Balkon erinnert. Die Abflüsse von Waschbecken und Dusche sind vollkommen verrostet, schwarze Schlieren haben sich ins Email gefressen. Die Decke über dem Klo hat sich aufgrund der Feuchtigkeit gelöst, hängt in Brocken an im Zement vermengten Baudrähten herab. Wer kann so leben?

Angespannt gehe ich weiter durch das milchige Grün, sehe durch den nächsten Türrahmen Jaumes Profil, seine latexbezogenen Hände, die forschend die Schubladen einer Kommode aufziehen. Ich klopfe gegen die offene Tür.

»Ist sie hier?«, frage ich, und er weist mit einer Kopfbewegung hinter sich.

Ich trete ins Zimmer, meine Hände tief in die Jackentaschen vergraben, vorsichtig, um nichts zu berühren. Der Raum liegt in vollkommener Dämmerung. Die einzige Lichtquelle ist dieses kranke, grüne Tageslicht, das durch die Lamellen der geschlossenen Fensterläden dringt und die Blümchentapete in eine moosige Höhlenwand verwandelt. Vor einem der beiden vorhanglosen Fenster steht ein Holzstuhl, über dessen Rückenlehne ein fleckiges Handtuch hängt. An der Wand neben der Tür befinden sich ein breiter, schwarzer Kleiderschrank und die Kommode, die Jaume gerade durchsucht. Gegenüber dem Fenster steht, in die Ecke gerückt, ein schmales Doppelbett aus demselben Holz wie Kommode und Schrank: Eine Schlafzimmergarnitur aus den Fünfzigerjahren. Auf dem Bett liegen mehrere Wolldecken, am Kopfende in ein Laken geschlagen. Darunter zeichnet sich eine kaum merkliche Wölbung ab, und ich trete näher. Bis zum Hals unter den Decken versteckt liegt eine alte, zum Skelett abgemagerte, kleine Frau. Ihr knochiger Kopf ruht auf einem Kissen, über das ihre langen, hellgrauen Haare fließen. Ihre Augen sind mit einer schmal zusammengefalteten Stoffserviette bedeckt, und ihr Mund ... aus ihrem Mund ...

Ich taumle einen Schritt zurück und starre auf die tote weiße Taube, die zwischen den aufgesperrten, blutleeren Lippen der Frau klemmt.

Eulàlias Seele. Vom Tode befreit, nach all dem Leid, verließ ihre Seele den gemarterten Körper in Form einer weißen Taube. Unvermittelt schaue ich zur Zimmerdecke, als könnte ich sie dort finden, ihre Seele, doch ich sehe nur einen gelben, großen Wasserfleck, der mich an eine regenschwere Gewitterwolke erinnert.

»Sieh mal«, sagt Jaume und zeigt mir ein Album, das er in der untersten Kommodenschublade gefunden hat. Auch Quim, der sein Gespräch beendet hat und gerade das Zimmer betritt, nähert sich, um es zu betrachten.

Es ist ein Fotoalbum mit zehn Seiten aus festem, schwarzem Karton und dazwischen eingefügten Trennblättern aus transparentem Reispapier. Auf jeder Seite befinden sich mehrere liebevoll mit Klebeecken befestigte Bildchen, die in allen Varianten und aus verschiedenen Epochen die Heilige Eulàlia darstellen. Einige davon habe ich im Souvenirladen der Kathedrale gesehen: abfotografierte Figuren und Gemälde, meistens von einer zarten Jungfrau in rotem Kleid und blauem Schleier, die ein Palmblatt und manchmal auch eine Bibel hält und sich an ein Andreaskreuz lehnt. Auf der fünften Seite fehlt ein Bild.

»Vielleicht das, das der Mann in Rafaels Küche hinterließ?«, frage ich, und Quim nickt.

»Unser Mann. Ich bin sicher: Das ist die Wohnung des Mörders. Und diese arme Frau hier war seine Mutter«, sagt er.

»Wie lange ist sie tot?«, frage ich.

»Nicht lange«, schätzt Jaume, »die Leichenstarre ist noch nicht voll ausgeprägt, aber die Kaumuskeln sind schon verhärtet … zwei, drei Stunden, höchstens.«

»Und der Mann im Hauseingang?«

»Ein bisschen länger. Der ist steif wie ein Brett. Irgendwann heute Nacht. Genauer wird es nachher der Gerichtsmediziner sagen können.«

»Pau sagte, er habe Massip geschickt«, sagt Quim, und Jaume nickt.

»Zum Schlafen ist unser Mörder jedenfalls nicht gekommen«, fährt Quim fort, »aber er hat mindestens drei Stunden Vorsprung. Wir müssen hier alles auseinandernehmen. Wir müssen ihn finden, irgendwo muss es eine Spur geben, wo er sich versteckt haben könnte. Und wir brauchen ein Foto von ihm, für die Fahndung – und für die Presse. Ich befürchte, da führt kein Weg mehr dran vorbei.«

Als wäre die von Quim heraufbeschworene Medienhysterie das Stichwort, bricht wie eine Sturzwelle das Gejaule von

Polizeisirenen über die Gasse und schwappt zu uns hoch. Kurz darauf sind zuschlagende Autotüren zu hören, aufgeregte Stimmen und viele eilige Schritte, die durchs Treppenhaus hallen. So viel Krach für den stillen Tod, denke ich und werfe einen letzten Blick auf die Alte mit der toten Taube im Mund. Für sie jedenfalls kommt jede Hilfe zu spät. Wie lange mag sie hier gelegen haben, gebrechlich, unbeweglich, ohne Tageslicht? Wann war wohl das letzte Mal, dass sie auf der Straße war, mit Kunden schwätzte und ihr Schaufenster dekorierte? Ob sie mitbekommen hat, wie ihr Haus nach und nach zerstört wurde – und ob sie sich hier oben sicher und beschützt fühlen konnte? Oder war sie gar eine Gefangene – ihres eigenen Sohnes?

»Glaubst du, er hat sie umgebracht?«, frage ich Quim.

»Ich weiß es nicht«, antwortet er, »aber für mich sieht es eher danach aus, als hätte er versucht, sie am Leben zu erhalten. Bis sie starb – oder sterben musste, weil eines seiner Opfer im eigenen Haus lag und er wusste, es ist Zeit zu fliehen. Fragt sich nur, wer der Typ ist.«

»Der mit dem Messer im Nacken? Das ist einer der beiden Schläger, von denen ich dir erzählt habe.«

Quim zieht überrascht die Augenbrauen in die Höhe und schüttelt langsam den Kopf.

»Was würde ich ohne dich machen«, sagt er und klopft mir lächelnd auf die Schulter. Dann zeigt er mit dem Kinn zum Treppenhaus, in dem gerade eine Armee von Polizisten in Schutzanzügen hochsteigt. »Aber jetzt mach besser, dass du wegkommst.«

Si senyor comissari. Und ganz ehrlich: Nichts lieber als das.

»Ach, Anna?«

Ich drehe mich noch einmal zu ihm um.

»Keine Alleingänge, O. K.? Keine Begegnungen mit Zeugen und Mördern und Schlägern und sonstigen Gestalten, weder absichtlich noch zufällig.«

»Ich doch nicht!«, sage ich und lege mir entrüstet die Hand auf die Brust.

Bin ich denn wahnsinnig.

Abgrund

D'un abisme a l'altre abisme, von einem Abgrund in den nächsten Abgrund: wie im Himmel so auf Erden, und die Erlösung ein falsches Versprechen, und ich …

Alles tut weh. Mamàs Atem in meinen Händen, die Scherben unter meinen Füßen, in meinem Kopf. Und das Werk: zerschmettert in Unvollendung. Und die Schuldigen: Unauslöschbar – einer geht, der nächste kommt, Hand in Hand umschließen sie die Stadt wie früher die alten Mauern, sperren uns aus, jagen uns fort, ersetzen und bespucken und belächeln uns. Nichts bleibt. Keine Hoffnung mehr. Kein Dach mehr. Kein Glaube mehr. Vom Vater nur das alte Jackett, von mamà nur die Gewissheit, versagt zu haben. Dazu ein Hemd, zwei Pullis, eine Hose, Socken, Unterhose, Schuhe und das bisschen Restgeld und weiter: nichts.

Vor allem kein Dank.

Damit hatte es begonnen, das Ende.

Als die Katze an der Decke hing und das Böse weiter wütete und ich tat, was getan werden musste, und ich zurückkehrte, um mamà zu fragen, ob sein Blut zählte, bäumte sie sich ein letztes Mal auf und murmelte was von Kerzen als Opfer, nicht Seelen du Teufel, Teufel du! Kein König, kein Engel: Ein dummer Junge, der brachte, was sie verlangte, erfüllte, was sie erwünschte, und sie:

Nie hörst du, was ich dir sage! Ins eine Ohr rein, aus dem anderen wieder raus! Ich hätte dich …, sagte sie, bitte nicht, bat ich, … ein Kissen auf den Kopf, schon damals, als du geboren wurdest, du Schande du, seit der ersten Sekunde wusste ich's: Dass du nichts Gutes bist, dass aber dann das ewige Mitleid – mein Herz aus Gold! Vergeudet und verbraucht! Verkaufen hätte ich dich können! Weggeben hätte ich dich sollen! Und was habe ich nun davon? Ein Monstrum! Genau wie dein …

Ihr Gesicht verzerrt von Hass und Abscheu, und die Illusion von Geborgenheit: fort. Und die Hoffnung auf Liebe: eine Lüge. Und mein Leben: hohl. Dabei wusste ich doch nicht, konnte doch nur, folgte dem verärgerten Schimpfen des Vaters und dem verzweifelten Gejammer der Mutter: das Gesindel, das Pack, die Blutsauger, die Ausbeuter, sie sind schuld, sie verändern alles, sie zerreiben uns zwischen ihren Geldscheinen zu Staub, sie, sie, sie …! Für dich, mamà, für dich habe ich sie geopfert, sagte ich, für dich und deine Heilige und deine Stadt und dein Zuhause, gezaubert habe ich, vollenden werde ich's, warte auf die vier Wochen und du wirst sehen, doch ihr Blick blieb dunkel und fremd, und sie hauchte, du bist kein König, nur des Königs Bastard.

Ihr kleines, böses Abschiedslächeln.

Und in der Einsamkeit meiner Leere, da wusste ich:

Wenn schon alleine, dann richtig.

Gnade mir Gott, flüsterte sie, als ich das Handtuch zerknäulte, und groß starrte sie mich an, rührte sich nicht, und schwebte, als es vorbei war, zum Himmel empor, in den ich sie trug, um mich in der Hölle zurückzulassen, in die sie mich geschickt hatte.

Ich habe nichts mehr zu verlieren.

Jetzt erst recht.

6.

»Das ist ein Krieg!«
Pippi Calcesllargues, 21, Idealistin
»Verwirrt? Ratlos?«
Oriol Bosch, 36, Koch

Es ist zwölf Uhr mittags, als ich das Haus der Toten verlasse, doch ich fühle mich so dumpf und müde, als wäre es Mitternacht. Ich brauche frische Luft, habe noch den Gestank an meiner Kleidung und, schlimmer noch, im Gedächtnis: Der Geruch vom Ende aller Dinge, der an mir klebt wie ein Feuermal.

Ich laufe nach Hause, eile vom Grauen betäubt durch die Straßen und erinnere mich an keinen der von mir beschrittenen Wege, als ich, überrascht, schon da zu sein, vor meiner Haustüre stehe. Der Aufzug funktioniert noch immer nicht, kein Techniker, der am defekten Motor herumschraubt, dafür das Jaulen des Hundes, das durchs Treppenhaus hallt. Meine Glieder fühlen sich schwer an, jede Stufe eine Überwindung, doch obwohl dieses Haus kein Schmuckstück mehr ist – ein bisschen Farbe könnte es mindestens gebrauchen, vom Aufzug mal ganz zu schweigen –, gleicht es, gemessen an der grünen Hölle des Vormittags, einem Palast.

Endlich bin ich oben: Türe aufschließen, Klamotten abschälen und in den Müll werfen, unter die Dusche steigen und unbedingt eine halbe Stunde schlafen und vergessen. Na gut, eine halbe Stunde lang versuchen zu schlafen. Was ist mit diesem dämlichen Hund los? Ich quäle mich wieder aus dem Bett, ziehe mich an und steige zermürbt die Stufen hinab. Als ich vor der ersten Wohnung des vierten Stocks stehen bleibe, fängt der Hund an zu bellen, kratzt dabei verzweifelt an der Tür und heult so sehr, dass ich kurz davor bin, den Tierschutz anzurufen. Ich beschließe zu klingeln und bin so entnervt, dass ich den Finger gut fünf Sekunden auf den Knopf drücke. Endlich höre ich das Schlurfen ausgeleierter Pantoffeln.

»Sí?«, fragt mich ein faltiger Mund, während eine schwarze Hundeschnauze versucht, sich durch den Türspalt zu schieben.

»Ihr Hund«, sage ich, »er jault ununterbrochen.«

»Er muss mal«, sagt die alte Frau.

»Dann sollten Sie ihn vielleicht Gassi führen«, schlage ich vor.

»Schätzchen«, sagt die Frau, »ich bin achtzig Jahre alt und habe eine kaputte Hüfte. Können Sie mir erklären, wie ich vier Stockwerke runter- und wieder raufsteigen soll?«

»Wird denn heute niemand den Aufzug reparieren?«, frage ich bestürzt, und die Alte lacht trocken.

»Das«, sagt sie, »müssen Sie wahrscheinlich unsere Tarot-Expertin fragen.«

Alias Madame Clara, Wahrsagerin von Beruf (Karten, Handlinien, Planetenkonstellationen), die mit zwanzig Katzen in der fensterlosen Portierwohnung haust.

»Verstehe ich nicht«, sage ich.

»Keiner weiß, wann das geregelt wird. Letztes Mal haben wir eine Woche warten müssen, bis jemand den Aufzug reparierte.«

»Ja, aber das geht doch nicht! Da muss man doch den Hausbesitzer einschalten!«

»Der ist ja das Problem.« Die alte Frau zuckt die Achseln und sieht mich bedauernd an, während ihr Hund noch immer jaulend im Türspalt zappelt. Sieht aus wie eine Promenadenmischung. Krumme Beinchen, Knickohren und fest entschlossen, sich diese Chance zur Freiheit nicht entgehen zu lassen. Die Nachbarin zerrt an seinem Schwanz, und ich denke an mein weiches, vorgewärmtes Bett, das mich zu einer süßen, vorgezogenen *siesta* erwartet.

»Wenn Sie wollen, bringe ich ihn kurz raus«, sage ich.

»Das würden Sie tun?«

»Sonst platzt das arme Vieh doch.«

Ich frage mich, wie der Hund das überhaupt ausgehalten hat. Aber plötzlich stehe ich doch glatt wieder vor verschlossener Tür. Habe ich etwas Falsches gesagt? Zögerlich starre ich auf den Klingelknopf, als die Alte wieder öffnet und mir Hund samt Leine und Geldschein in die Hand drückt.

»Aber nein, kommt überhaupt nicht infrage«, wehre ich ab und reiche ihr die fünf Euro zurück.

»Ich hatte gehofft – wenn Sie schon runtergehen, Liebes –, würden Sie mir einen Liter Milch und etwas Brot mitbringen?«

In diesem Moment geht die Tür der Nachbarwohnung auf, und eine ebenfalls hochbetagte Frau in Morgenmantel steckt den Kopf durch den Türspalt. Warum können die Leute hier ihre Türen nicht ganz öffnen?

»Ich habe gehört, jemand geht einkaufen?«, fragt sie, »sagen Sie, würden Sie mir auch ein paar Kleinigkeiten mitbringen?«

Tobi, mein neuer struppiger, grauschwarzer Freund, hat erst geschlagene drei Minuten gegen die Hauswand gepinkelt, bevor wir fortfahren konnten, das Viertel mit seinen Duftnoten zu markieren. Der Hund hat sich auch brav vor dem Supermarkt festbinden lassen, um mich danach über einen großen Umweg zurück nach Hause zu führen. Ich bezweifle, dass meine Nachbarin jemals so lange mit ihm Gassi war, aber heute ist ein Tag, an dem man das Leben zelebrieren sollte, *siesta* hin oder her.

Während ich Tobi beim Verteilen der letzten Tröpfchen zuschaue, fällt mir auf, dass es das erste Mal seit dem Tod meiner Familie ist, dass ich an so etwas denke: das Leben feiern. Dankbar sein fürs Privileg, Freunde zu haben, ein Dach über dem Kopf, genügend Geld zum Einkaufen von Essen und Kleidern. Verstehen, wie kostbar das ist. Was ich heute gesehen habe – wie diese Menschen hausen mussten –, wie konnte es so weit kommen? Wie kann so etwas mitten in der hippsten Stadt Europas geschehen? Und wie meinte Quim den Satz »Sieht ganz nach professionellem Mobbing aus« – ist so was hier etwa üblich?

Natürlich weigere ich mich, Mitleid mit dem Mörder von neun Menschen zu haben – gleichzeitig habe ich gerade so gar kein Mitgefühl für den umgebrachten Schläger. Was ich, ehrlich gesagt, ein wenig beunruhigend finde, schließlich wollte ich vor einer Minute noch das Leben zelebrieren. Dennoch: Zu wissen, unter welchen Umständen der Mörder lebte, muss ein Hinweis auf seine Taten sein. Er hat Scherben neben die Leiche des Russen oder Bulgaren gelegt, ihn damit also den anderen Opfern zugeordnet. Denn auch ein krankes Hirn denkt in einer Logik, so kaputt sie auch sein mag. Vielleicht liegt hier der Schlüssel. Ich muss herausfinden, wofür diese Menschen standen, was sie symbolisieren – beim Russen in der schwarzen Lederjacke ist es ja offensichtlich: Er hat den Serienmörder bedroht. Körperlich, seelisch, existenziell. Inwiefern aber waren die anderen Opfer eine Bedrohung? Die meisten von ihnen waren doch selbst arme Schweine, die um ihre Existenz kämpfen mussten. Es ergibt einfach keinen Sinn.

Ich gebe Tobi an einem öffentlichen Brunnen Wasser, setze mich gähnend mit meinen Einkaufstüten auf eine Bank und will meine Grübeleien gerade in den gedanklichen Papierkorb werfen, da ruft Rafael an.

»Wo bist du?«, fragt er.

»Mit einem Freund unterwegs«, antworte ich und lasse mir von Tobi hingebungsvoll die Hand ablecken.

»Schon wieder mit Sergi?«

Ich merke, wie ich rot werde, und höre Rafael in den Hörer lachen.

»Wer hat dir …?« Nicht zu fassen. »Nein«, sage ich etwas spitz, »mit einem Hund. Mein neuer Freund. Der Hund der Nachbarin.«

»Brave Anna«, sagt Rafael und räuspert sich Ernst in die Stimme. »Habe gerade mit Quim gesprochen. So geht das nicht weiter …«

»Aber …«

»… du bist hier, um die Stadt zu erobern, und nicht, um dir mit Quim schaurige Leichen anzugucken …«

»Ich …«

»… das ist kein leeres Gerede, Anna, ich bin echt fassungslos, und wenn Quim heute Abend überhaupt zu Hause auftaucht, dann werde ich ihm verbieten …«

Jetzt bin ich es, die in den Hörer lacht. Was Rafael nicht lustig zu finden scheint.

»Hast du überhaupt schon mit deinem Stadtführer begonnen?«

Touché. Ich schweige ins Telefon und wische mir meine zungennasse Hand an der Jeans ab.

»Was ist?«, fragt Rafael. »Bist du noch dran?«

»Ja«, murmle ich, »noch was?«

»Oh ja. Du verführst meinen Redakteur, ohne mir davon zu erzählen, geschweige denn, mich um Erlaubnis zu bitten, du suchst mit meinem Mann nach einem wahnsinnigen Mörder, der dich, falls du es vergessen haben solltest, schon einmal aufgesucht hat, du wirfst dich also ununterbrochen in äußerst fragwürdige Abenteuer – aber für mich hast du keine Zeit?«

Und schon hat sich eine Kopfwäsche in eine Liebeserklärung verwandelt. Wo auch immer Rafael gerade sein mag: Sicher sitzt er mit demselben Grinsen da wie ich.

»Du weißt doch, dass es nur einen gibt«, versuche ich und denke: Bei Sergi hat der Spruch ja geklappt.

»Frauen«, sagt Rafael.

Zwanzig Minuten später habe ich Tobi samt Einkäufen abgegeben (»So eine Nette wie Sie, da musste ja katalanisches Blut in Ihren Adern fließen«, sagte die Nachbarin) und warte nun, wie mit Rafael verabredet, vor der Oper – was ich, dort angekommen, zutiefst bereue. Auf den Ramblas flaniert die Tagesquote der jährlich sieben Millionen zweihunderttausend Touristen, die das Stadtbild inzwischen genauso prägen wie Gaudís Wunderbauten. Und wer daran verdienen will, nutzt den Hunger der weit gereisten Besucher: Cafés haben draußen Tische aufgestellt und servieren Sangrias in Anderthalb-Liter-Karaffen; an den Ständen der Kleintierverkäufer stecken Kinder ihre Finger in die Hamsterkäfige; Männer aus aller Herren Länder kaufen die täglich eingeflogenen Sportzeitungen, während ihre Frauen mit den blumenbestickten Flamencotüchern liebäugeln, die, wie Hippieschmuck, Gaudí-Aschenbecher, Schneekugeln etc. etc., in rauen Mengen zum Verkauf angeboten werden. Die Ramblas sind natürlich auch Biotop der Taschendiebe, der Bettler, der stoischen Mimen, der Rosen-, Bier- und Haschischverkäufer, der Hobbymaler (die Kathedrale Sagrada Família im Sonnenaufgang), der Zeichner (Dicke-Lippen-Karikaturen) und der Straßenmusikanten (südamerikanische Indianer verkleidet als nordamerikanische Indianer). Am Rande stehe ich, meine Tasche fest umkrampft, und befürchte, dass Rafael es niemals schaffen wird, sich da durchzukämpfen.

»Bloß weg hier«, sagt er, sich plötzlich aus der Masse herauswindend, »komm, ich habe eine Stunde Zeit, *fem un vermut.*«

Die Zauberformel: zwischen zwölf und zwei an einem Glas Wermut mit Eiswürfeln und einer Orangenscheibe nippen, am besten auf einer sonnigen Barterrasse, wenn möglich begleitet von ein paar Oliven und salzig gerösteten Maiskörnern – und nur ein paar Gassen weiter, schon liegt die brodelnde Ramblas-Hölle weit hinter uns. Stille, ein Tisch in der Sonne, eine Dattelpalme, zwei Wermut, bitte.

»Und? Habt ihr oder habt ihr nicht?«, fragt Rafael.

»Salut«, sage ich und hebe mein Glas. Grinsend stoßen wir an.

»Wie war's?«

»Dringend notwendig«, lache ich, »und gut, ja! Ist aber eine einmalige Sache gewesen. Ich meine, wird nicht wieder vorkommen.«

»Doch nicht dein Typ?«

»Wenn der das gleich rumerzählen muss …«

Ich zucke die Achseln, und wir naschen, uns einig, von den Oliven.

»Kennst du eigentlich Oriol Bosch?«, frage ich nach einer Weile. Hoppala. Herausgerutscht.

»Den Koch?«

»Mhm.«

»Das ist ein ganz besonderer Fall. Sein süßes Essen war zu Beginn sehr polemisch. Zu künstlerisch, wie manche fanden. Er hat übrigens ab morgen eine Ausstellung.«

»Wovon? Ich dachte, er sei Koch?«

»Wir sind in Katalonien! Hier ist fast jeder Koch ein Künstler!«

»Gibt's da was zu essen?«, frage ich, und Rafael schiebt mir belustigt die Schale mit den letzten Oliven vor die Nase.

»Ich glaube nicht. Aber der Mann hat was, die Ausstellung könnte wirklich spannend sein. Wie kommst du überhaupt auf ihn?«

»Wir haben gestern in seinem Restaurant gegessen.«

»Da wart ihr! Wie fandst du's? Wie fandst du ihn?«

»Er ist schon recht interessant. Angenehm. Und das Essen war einfach genial.«

»Ging mir auch so. Quim war ganz entsetzt, weil er am nächsten Tag ein Kilo mehr drauf hatte.«

Wir lachen, trinken unsere Gläser leer, bestellen zwei weitere.

»Was für ein Zufall«, meint er, »dann kannst du heute Abend ja gleich zu Oriols Vernissage gehen.«

»Heute Abend? Ich hab doch noch nicht einmal eine Einladung.«

»Ich aber. Sag einfach, du kommst von BCN.«

Ich sehe ihn misstrauisch an und ernte ein breites Grinsen.

»Mal sehen«, murmle ich und greife mit hochrotem Kopf eine zerfledderte Zeitung vom Nachbartisch, »Politik oder Kultur?«

»Den Lokalteil«, verlangt Rafael, »da stehen immer gute Rezepte von unheimlich interessanten und angenehmen Köchen drin.«

»Sehr witzig«, brummle ich und reiche ihm umständlich seine Seiten, und so sitzen wir nun wie ein altes Ehepaar, blättern durch die Artikel und lesen einander die besten Zeilen vor. Hin und wieder merke ich, wie Rafael die Zeitung sinken lässt und den Blick in die Ferne schweifen lässt, bis er in vollkommener Versunkenheit irgendwo hängen bleibt.

»Alles in Ordnung?«, frage ich.

»Doch. Ich frag mich nur manchmal …«

Ich warte, bis er die Zeitung zusammengelegt hat, sehe zu, wie er mit dem Zeigefinger die Eiswürfel seines Wermuts anstupst.

»Was?«

»Normalerweise rede ich mit Quim nicht über seine Fälle. Das heißt, natürlich reden wir, aber er ist immer sehr vorsichtig mit dem, was er mir erzählt. Keine grausamen Details, verstehst du?«

»Er will dich davor schützen«, sage ich.

»Ja, das weiß ich, und ich bin ihm dafür auch sehr dankbar. Zutiefst. Aber manchmal frage ich mich … wie kommt er damit zurecht? Ich meine, was er in seinem Job alles sieht. Diese Brutalität – die ja nicht zu stoppen ist. Hat man einen Mörder gefunden, kommt ein paar Wochen später der nächste, und das ist nun nicht vergleichbar mit meinem Beruf, in dem ein Buch nach dem anderen herauskommt oder soundso viele Filme erscheinen, Künstler ausstellen, Konzerte stattfinden und so weiter. Ich lebe von den Neuigkeiten aus der Welt der Kultur, alles ganz wunderbar und schöngeistig, und er von schrecklichen Ereignissen, die die Gesellschaft erschüttern und die für mich kaum vorstellbar sind. Manchmal erscheint mir das direkt inkompatibel.«

Nachdenklich fische ich die Orangenscheibe aus meinem Glas.

»Das heißt aber nicht, dass ihr nicht kompatibel seid.«

»Nein, da hast du recht. Aber ich wünschte, ich könnte ihm einen Ausgleich bieten. Und ich möchte kein schlechtes Gewissen haben, weil in meinem Gebiet über Gewalt höchstens mal theoretisiert wird.«

»Na ja, auch das ist wichtig, sehr sogar. Aber ich verstehe die Frage nach diesem unmöglichen Balanceakt. Wie bringt man die grausamste Facette der Gesellschaft mit Kunst zusammen? Mord und Kultur? Ich stecke ja selbst gerade mitten in diesen beiden Extremen und weiß nicht, wie ich abschalten soll, werde die Bilder in meinem Kopf nicht los, kann mich nicht auf das konzentrieren, wozu ich hergekommen bin … Wobei, das ist etwas anderes. Ich glaube, Quim kann damit viel besser umgehen. Dass das alles irgendwie dazugehört. Es ist sein Beruf.«

»Er hätte dich da nicht mit reinziehen dürfen.«

»Hat er auch nicht. Es hat sich einfach so ergeben.«

Rafael schüttelt ratlos den Kopf, und wir schweigen eine Weile.

»Möchtest du darüber reden?«, sagt er plötzlich. »Ich kann es ertragen, weißt du. Ich muss vielleicht gar nicht so beschützt werden, wie Quim glaubt.«

»Ich bin sicher, Quim spricht so wenig darüber, damit er

vergessen kann – wenigstens, wenn er mit dir zusammen ist.«

»Ja, aber du? Du hast dir das nicht ausgesucht.«

Ich seufze.

»Ich hatte immer ein Bild von Barcelona in meinem Kopf … so eine Vorstellung, ganz abstrakt, weißt du? Ein Traum. Und irgendwie bin ich durch eine falsche Tür hineingeraten und weiß nicht mehr, wie ich zu diesem Traum zurückfinden kann. Aber manchmal denke ich … so blöd es auch klingen mag: Manchmal denke ich, dass es vielleicht so sein soll. In meinem Fall. Vielleicht ergibt es Sinn. Der Traum von Barcelona war ja immer eine Sache meiner Familie. Ich hätte nie gedacht, dass ich eines Tages ohne sie herkommen würde. Dieses jähe Ende, der Unfall, dass sie einfach weg sind … und nun bin ich trotzdem hier und beginne, so wie eben jener Traum geendet hat, von der schlimmsten Seite. Also, dass ich gleich am ersten Tag einen Toten sehe – es ist, als hätte die Stadt mir gesagt, dass ich aufwachen soll und dass ich alles – diese Reise, ich hier in Barcelona – aus einer anderen Perspektive betrachten muss. Ich fange umgekehrt an. Die Stadt ist, mit meiner Verbindung zu diesem verrückten, wahnsinnigen Fall, fast eine Metapher für meinen zerstörten Traum. Ich muss alles Stück für Stück neu aufbauen, alles selbst entdecken. Ich fange bei den Scherben an.«

»Das tut mir leid«, sagt Rafael.

»Nein, nein, versteh mich nicht falsch. Ich habe das Gefühl, die Stadt von einer Seite kennenzulernen, die mich direkt in ihr Herz katapultiert – in ihr tiefstes Inneres, wo sich die Unterwelt mit der Welt der Bürger überlappt, wo ständig Kräfte gemessen werden. Was hätte ich sonst gesehen oder erfahren? Ein paar ausgefallene Bars, avantgardistische Mode, exzentrische Köche – aber so? Du musst dir vorstellen: Da läuft ein Mörder herum, der neun Menschen umgebracht hat. Neun! Der gleichzeitig auf seine Mutter aufgepasst und im elendigsten Loch gelebt hat, das du dir vorstellen kannst. Einer, der alles verloren hat – seine Würde, seine Menschlichkeit, sicher auch seine Träume.«

»Bemitleidest du ihn?«

»Nein. Aber ich habe das Gefühl, dass er uns mit seinen Taten etwas mitteilen will, auf seine Art, in seinem Wahn – immerhin hat er bisher sozusagen im Namen der Schutzheiligen von Barcelona getötet. Darum geht es. Um die Stadt. Um das Leben in dieser Stadt – oder zumindest von einem Teil ihrer Bevölkerung.«

Rafael nickt und schweigt lange. Schließlich schiebt er seinen Stuhl näher heran und hakt meinen Arm unter den seinen. Still lassen wir uns die Mittagssonne auf die Nase scheinen.

»Trotzdem«, brummt Rafael plötzlich.

»Trotzdem was?«

»Im Moment kannst du sowieso nichts tun. Quim und seine Leute nehmen in den nächsten Tagen euer Horrorhaus auseinander, und du solltest so lange versuchen, auf andere Gedanken zu kommen. Ausgefallene Bars und süße Köche –«

»Exzentrische Köche …«

»Die aber Süßes kochen – das ist jedenfalls eine ziemlich privilegierte Art und Weise, Barcelona zu entdecken. Und unendlich angenehmer. So zur Abwechslung.«

»Das sollte ich. Vor allem, weil ich einen Abgabetermin habe.«

»Na dann! Geh auf Oriols Vernissage und schreib was über sein Restaurant – oder geh Martas Tipp nach.«

»Die *trash community?* Keine Ahnung, was das sein soll.«

»Lass dich überraschen. Ist jedenfalls auch eine Art Unterwelt. Also, würde ich einen alternativen Stadtführer kaufen, dann fände ich so eine Tour ziemlich spannend.«

Ich muss lachen. Irgendwie schafft Rafael es immer, dieser fuchsschlaue, sture, großherzige Freund.

Nicht nur das Leben, auch unser schöner Planet ist vergänglich. Zumindest in Hinblick auf die über uns hereinbrechende Umweltkatastrophe. Das ist jetzt nicht der Anfang eines Al-Gore-Vortrags, sondern der Grund, warum es eine Gruppe von Menschen gibt, die ganz besonderen Gourmetfreuden nachgehen. Und die sind an diesem Nachmittag mein Ziel. Also nichts wie an die Arbeit.

Hier stehe ich nun in Gràcia, bewaffnet mit Notizblöckchen und Tiger-Balsam, den ich mir erst einmal unter die Nase schmiere – der Geruchsschock von heute früh bleibt unvergessen –, bevor ich an der rot lackierten Tür klopfe, hinter der die selbst ernannte Barcelona-Zweigstelle der internationalen Müllverwerter sitzt.

»Hey, die Tante von dem Touri-Buch ist da«, ruft ein Mädchen, das mir die Tür geöffnet hat, kaum habe ich mich vorgestellt. Sie trägt Rastazöpfe, in die bunte Plastikperlen eingeflochten wurden; jetzt sind die Perlen mit den Haaren verwachsen und sehen aus wie bunte, fette Läuse. So würde Pippi Langstrumpf heutzutage aussehen. Ihr katalanisches Konterfei, Pippi Calcesllargues, lässt mich einen Moment vor der halb verschlossenen Tür stehen, kommt dann in Begleitung eines hageren Jünglings heraus, der eine speckige Strickmütze auf seiner Glatze trägt.

»Das ist sie«, sagt das Mädchen und zeigt anklagend mit dem Finger auf mich. Der junge Mann mustert mich mit schräg gelegtem Kopf und dreht sich dabei eine Zigarette. Aha, denke ich. Den Tabak hat er aber ganz bestimmt nicht auf dem Müll gefunden.

»Anna Silber«, stelle ich mich vor, »wir haben vorhin telefoniert.«

»Ach ja. Ich bin Daniel, der Pressesprecher«, sagt er mit amerikanischem Akzent und steckt die Zigarette hinters Ohr.

Ich harre dem Begrüßungsritual, denn Daniel sieht aus, als würde er etwas streng riechen. Eine reine Vermutung, dem Tiger-Balsam sei Dank. Doch er reicht mir weder die Hand noch beugt er sich vor zum Wangenkuss; er winkt mich einfach nur ultralässig rein und verschwindet im finsteren Flur. Pippi Langstrumpf schließt hinter mir die Tür – und ich befinde mich in der prähistorischen Ära der »Losigkeit« elektrischen Lichts, fließenden Wassers, Kühlschränken, Kochherden, Heizungen. Hier werden keine Ressourcen verschwendet – und zwar nicht, weil irgendwelche angeheuerten Schläger alles zerlegt haben. Das ist freiwillig: Hier wird der Welt ein Experiment vorgelebt.

Fasziniert sehe ich mich im Halbdunkel dieser ehemaligen Pförtnerwohnung um, die aus nur einem Raum besteht. Einige Matratzen lehnen an den mit schwärzlichem Schimmelbelag besprenkelten Wänden. Ein alter Kühlschrank wurde zur Konservenkammer umfunktioniert, neben der Spüle stehen mehrere Wasserkanister. Im leblosen Ofen türmen sich verbeulte Töpfe und Pfannen; auf dem Boden lagern in Orangenkisten angedatschtes Obst und Gemüse, Getreide- und Milchwaren, weißblau blühendes Brot. Die Fensterläden sind geschlossen, damit nicht noch mehr Kälte durch die Fensterritzen eindringt und man von außen die offene Feuerstelle nicht sehen kann, die einfach auf die Fliesen gemauert wurde. Auf einem großen Esstisch, an dem nun insgesamt vier Personen sitzen – Daniel, das Mädchen, ein abgerissener Bartträger und eine leuchtende Schwangere –, stecken tropfende Kerzen in den Hälsen leerer Weinflaschen. Zwischen ihren Beinen erkenne ich die Umrisse mehrerer Hunde, die sorglos vor sich hin dösen: die ewigen Begleiter der *anti-sistema* dieser Stadt. In meiner Nase riecht es nach Minze, daher kann ich es mir nur vorstellen: Keller-, Grotten-, Speisekammergeruch kriecht aus meiner Großhirnrinde ins Erinnerungsbewusstsein.

Daniel bittet mich zu ihnen an den Tisch, bietet mir etwas zu trinken an, was ich erst dankend ablehnen will, dann aber doch annehme. Dass die nur nicht auf den Gedanken kommen, ich wäre, was ich bin, nämlich eine verwöhnte Etepetete, die sich ziert, einen vor hundert Jahren abgelaufenen Teebeutel in ihr heißes Wasser zu tunken.

Was ich bisher am Telefon erfahren habe, ist Folgendes: Diese Truppe hier isst nur Lebensmittel, die sie im Müll finden. Und weil sie gegen Energieverbrauch sind – also quasi gegen alles, was man für Geld bekommt –, ist das ja auch logisch. Äußerste Konsequenz, wenn man so will. Ich zücke meinen Block und sehe schon das Buchkapitel vor mir: »Essen & Trinken mal *ganz* anders«.

»Eigentlich gehören wir zur *freegan community*«, erklärt mir Daniel, »also freie Veganer. Trotzdem essen wir Milchprodukte und auch mal Eier, nur das Fleisch lassen wir aus. Ist zu gefährlich, wenn es abgelaufen ist.«

»Allerdings«, entfährt es mir, »ich meine, ist schon richtig, lieber ein bisschen vorsichtig zu sein.«

»Die packen das Fleisch doch ab, wenn es bereits schlecht ist«, sagt Pippi Langstrumpf.

Und da hat sie nicht unrecht. Ich bin einmal schier umgefallen, als ich ein frisch gekauftes Hähnchen aus der Packung genommen habe: Oben waren die Schenkelchen rosa, mit gültigem Datum und allem Drum und Dran; und unten, gut verdeckt, waren sie gelb wie Achtung, tödliche Lebensmittelvergiftung. Vom Geruch erst gar nicht zu reden.

»Findet ihr es nicht unangenehm, im Müll nach verwertbaren Speisen zu suchen?«

»Nein, die *trash tours* machen total Spaß«, sagt, ausgerechnet, die Schwangere.

»Da ist die ganze *community* zusammen unterwegs«, erklärt der Bart, »kannst gerne mal mitkommen.«

»Ja«, lüge ich, »klar, äh, und kann sich da jeder zu anmelden?«

»Immer. Die Tour kostet einen Euro.«

»Wie viele seid ihr denn in eurer *community?*«

»Wir vier«, sagt Daniel.

»Ach so«, sage ich ein wenig enttäuscht.

»Wir wollen aber expandieren«, erklärt er.

»Er hat die Gruppe gegründet«, fügt der Bart hinzu.

»Direkt aus New York«, sagt Pippi Langstrumpf, nicht ohne Stolz in der Stimme.

»In New York erzeugt im Schnitt jeder Mensch zweieinhalb Kilo Müll am Tag«, doziert Daniel, »und in Barcelona sind es gut anderthalb Kilo. Klingt wenig im Vergleich, ist aber noch immer eine Menge. Und die meisten werfen Sachen weg, die noch zu gebrauchen sind. Und davon leben wir.«

Kleidung, Möbel, Essen, sogar Computer … Aber dazu braucht man doch Strom?

»Den Computer laden wir im Café auf«, erklärt der Bart, »da kaufst du dir ein Wasser und bleibst eine Stunde sitzen.

Und fürs Internet gibt's immer irgendwo einen drahtlosen Zugang.«

»Woher habt ihr dann das Geld? Um ins Café zu gehen, meine ich.«

»Von den Touren. Und wir singen hier in Gràcia auf Plätzen und so, da wo es auch die Trinkwasserbrunnen gibt. Wir sind Selbstständige, sozusagen. Arbeit im Angestelltenverhältnis ist ja eine Versklavung und schadet der psychischen Gesundheit. Ist alles wissenschaftlich nachgewiesen. Ich meine, das ist doch die reinste Unterwerfung.«

Daniel und seine Freunde haben klare Ansichten, und fast möchte ich ihnen zujubeln, dass auch ich Freiberuflerin bin. So ist das, wenn man sich als Mitte-Dreißigjährige mit Zwanzigjährigen verbünden will, nach dem Motto, hey, seht her, ich bin auch noch cool. Was für ein Armutszeugnis.

»Reicht das denn für die Miete?«, frage ich stattdessen mütterlich.

Die vier sehen sich an, nach dem Motto: Auf welchem Planeten lebt diese Frau?

»Warum sollten wir Miete zahlen? Wir sind *okupas!* Wir besetzen einfach«, sagt die Schwangere belustigt, als wäre es das Selbstverständlichste der Welt, »und rausschmeißen können sie einen erst nach ein paar Jahren. Da haben wir das Gesetz mal ausnahmsweise auf unserer Seite. Diese Wohnung war immerhin fünf Jahre lang unbewohnt. Jetzt kümmern wir uns darum.«

Sie lächelt mich zufrieden an, und ich werfe einen flüchtigen, bekümmerten Blick auf die Feuerstelle.

»Hmm«, sage ich, »aber was ist mit –«

Plötzlich haut Pippi Langstrumpf mit der Faust auf den Tisch.

»Weißt du, wie viele Häuser in Barcelona leer stehen?«, erklärt sie mir aufgebracht. »Die die Besitzer herunterkommen lassen, bis sie sie an Immobilienspekulanten verkaufen können, die sie dann abreißen oder entkernen, damit irgend so ein mieser Neubau entsteht, der dann vollkommen überteuert vermietet wird?«

Pippi Langstrumpf ist in Fahrt geraten und entpuppt sich als Clydes Bonnie, Robin Hoods Marianne, Sprecherin des Pressesprechers.

»Das ist ein Krieg!«, ruft sie.

»Das ist vor allem gegen die Menschenrechte«, sagt die Schwangere sanft und streichelt ihren Bauch. Diese Frau ist randvoll mit Glückshormonen und nicht aus der Ruhe zu kriegen.

»Und die wären?«, frage ich dumm.

»Na, das Recht auf Wohnen!«, sagt Daniel.

»Aber das ist kein Menschenrecht. Moralisch schon, aber kein gesetzlich verankertes –«

»Wohnen ist Sozialgut, Mann!«, meint der Bart.

»Genau! Es lebe das Volk! Nieder mit den Spekulanten und Kapitalisten, mit den Ausbeutern und Politikern!«, ruft Pippi Langstrumpf mit hochrotem Kopf, und alle lachen.

»Nieder!«, rufen sie fröhlich.

Wir stoßen mit unseren Teetassen darauf an. Ihr Idealismus ist rührend. Und ein bisschen Anarchismus muss auch sein – denn nur ungerechte Verhältnisse erzeugen Extreme, und die wiederum sind das unmissverständlichste Signal, dass etwas nicht in Ordnung ist. Ziemlich viel sogar.

»Was ist mit dieser Pension von *okupas?«,* frage ich.

»Das sind die in Sant Antoni«, erklärt der Bart. »Die haben ein ganzes Haus besetzt und vermieten Zimmer an Durchreisende.«

»Aber Miete verlangen ist doch eigentlich gegen die Überzeugung der Hausbesetzer, oder nicht?«

»Es geht nur darum, die Unkosten zu decken«, sagt Pippi Langstrumpf, »hauptsächlich für die Fotokopien der Flugblätter. Das ist nämlich kein einfach besetztes Haus. Das ist die Zentrale deren Bewegung. So wie wir hier, mit unserer *community*.«

»Und wer kein Geld hat, hilft mit Hausarbeiten, Reparaturen und so«, fügt die Schwangere mit beinahe zärtlicher Bewunderung hinzu. »Für jeden gibt es einen Platz auf der Welt, man muss ihn nur finden.«

Einen Platz auf der Welt finden, wenn das so einfach wäre. Ich habe gerade das Gefühl, losgelöst zu sein, frei schwebend zwischen Zugehörigkeiten und Aufgaben, ohne klare Zukunft – wie ein Rädchen, das aus dem Mechanismus seines Getriebes gesprungen ist und ziellos durch die Gegend kullert.

Ich schlendere durch den Abend, vorbei an beleuchteten Schaufenstern der kleinen Tee-, Klamotten- und Parfümerieläden Gràcias, vorbei an Kneipen, in denen sich die ersten Feierabendler zum Umtrunk versammeln, vorbei an Plätzen, auf denen Schulkinder im Licht der Laternen Fußball spielen und Straßenmusiker wie meine Müllverwerter-Freunde für ein paar Münzen Ständchen bringen. In diesem Viertel scheint die Welt noch in Ordnung zu sein: kaum Touristen, die sich hierher verirren, dafür junge Familien, die ihre Kinder zum Austoben auf die Plätze schicken, Studenten und Künstler, die sich an den Bars und vor den Kinokassen drängeln, und ältere Herrschaften, die in dicken Strickjacken auf Parkbänken sitzen und zuschauen, wie die Zeit vergeht. In Gràcia spricht man Katalanisch und wünscht sich mehr oder weniger laut die Unabhängigkeit, man geht zum Einkaufen auf die Märkte oder in die namenlosen Geschäfte, mancher Nachbar huscht in Pantoffeln und Morgenrock zum Gemüsehändler, um in letzter Minute die Kartoffeln fürs Abendessen zu besorgen, und sogar die katalanischen Zigeuner haben in diesem Viertel ein festes Zuhause gefunden und sind Teil von dessen Seele. Aber ich brauche mir nichts vorzumachen: Auch hier haben Anwohner Protestbanner an ihre Balkone gehängt, auf denen sie um Nachtruhe flehen, und überall stehen Geschäfte leer, sind zu vermieten oder zu verkaufen, weil die Quadratmeterpreise aufgrund der Spekulation derart in die Höhe gestiegen sind, dass kaum einer noch wagt, sie zu übernehmen. Eines Tages wird es keine Matratzenstopfer mehr geben, keine Fachgeschäfte für Handtücher, keine Spezialläden mit traditionellem Tongeschirr fürs Reisgericht. Dann werden auch in Gràcia ecuadorianische Internetcafés, chinesische Ramschläden und pakistanische Lebensmittelgeschäfte einander abwechselnd das Straßenbild kennzeichnen, weil sie ein stärkeres finanzielles Netz haben als die alteingesessenen Krämerfamilien, die privat bereits an ihren Wohnungskrediten ersticken; und die unvermietbaren, weil zu teuren Wohnungen werden mit einem großzügigen Schmiergeld in Ferienappartements umgewandelt, Souvenirverkäufer folgen. Durch brutales Mobbing geräumte und zu Ruinen verkommene Wohnhäuser werden zu Hotels, die Kneipenlandschaft wird sich den Anforderungen der Touristen anpassen müssen, Bier wird zum Verkauf auf der Straße angeboten, Horden betrunkener Engländer werden auf die Spielplätze kotzen … fehlt nur noch der Straßenstrich, Bettler, Drogendealer … und schon wird sich Gràcia ebenfalls in einen Ballermann-Ableger verwandelt haben, und –

Verblüfft bleibe ich stehen.

Moment mal.

Was nichts als ein zugegeben ziemlich düsteres Gedankenspiel sein sollte, wurde plötzlich …

Kann das wirklich sein …?

Vollkommen unbeabsichtigt bin ich bei einer Aufzählung von Gruppierungen gelandet, die nicht nur den aktuellen Wandel dieser Stadt ausmachen, sondern die alle ein vom Mörder der Heiligen Eulàlia ausgewähltes Opfer in ihren Reihen haben. Souvenirverkäufer, Dealer, Prostituierte, Ferienwohnungsmakler, Bettler, Fremdenführer, Mobbingsöldner, Bauunternehmer … ganz egal, woher sie stammen, welche Sprache sie sprechen, welche Hautfarbe sie haben oder welchen Gott sie – wenn überhaupt – anbeten. Es geht um das, was sie tun, womit sie leben bzw. überleben! Manche sind Auslöser der Veränderungen, andere nur eine der vielen Konsequenzen, so ist der Lauf der Dinge nun einmal, und alle tragen sie mehr oder weniger dazu bei, dass sich die Stadt verwandelt, und genau dieser Wandel ist es, der einige der ursprünglichen Bewohner bedrängt: weil diese nämlich nicht mehr in die Kulisse passen. Weil die Stadtverwaltung Barcelona in einen Ferienort verwandelt, der pittoresk und gleichzeitig ein Einkaufsparadies samt Abenteuerspielplatz sein soll, um Europas attraktivstes Wochenendziel für durstige Sonnenanbeter zu werden, oder zu bleiben.

Hastig krame ich nach meinem Handy und suche Quims Nummer. Ran geht die Mailbox mit ihrem üblichen »Nachricht nach dem Piep«.

»Es ist wichtig«, sage ich, »ruf mich an!«

Was soll ich nur tun? Noch mal anrufen und ihm fünf Minuten lang die Mailbox vollquatschen? Wer weiß, wo er gerade steckt, wahrscheinlich in der Gerichtsmedizin oder an ähnlich unerfreulichen Orten. Ich stecke ratlos das Telefon in die Tasche zurück, drehe mich um – und sehe, wie mir jemand durchs Fenster einer kleinen, mit Menschen vollgestopften Galerie zuwinkt, um sofort wieder vom Strom deren Gäste fortgetragen zu werden.

Der Tag begann mit Mord und endet mit Kunst, ganz so, wie ich heute mit Rafael philosophiert hatte. Ob es einen Sinn ergibt, frage ich mich lieber nicht. Jedenfalls bin ich gerade umgeben von Steinen, Flaschen, Erde, Sand ... getrockneten Blüten, Gräsern, Blättern – so also kann die Inspiration eines Kochs aussehen. Oriols Ausstellung besteht aus Schätzen eines Sammlers, eines Kindskopfes, eines verspielt Suchenden. Ich kann den Kunstwert der sorgfältig platzierten Objekte nicht einschätzen, aber ich habe das Gefühl, dass es gar nicht darum geht. Ist das bei Kunst nicht so? Wichtig ist die Aussage? Wie bei den Eulàlia-Morden?

Mit einem Faltblatt, auf dem Oriols Biografie steht (aha, im selben Jahr geboren wie ich), drücke ich mich, umringt von den vielen Besuchern und einigen Kellnern, durch die schmale Galerie und stecke zerstreut meine Finger in die kleinen, mit Sand und Erde gefüllten Schalen, fühle Texturen, mal warm, mal kalt. Ich nehme schwere und leichte Steine in die Hand, streichle Rillen, Spitzen, Flächen; sehe durch die bunten Flaschen und entdecke einen in Bonbonfarben getunkten Raum. Probieren darf man auch: Zuckerwatte wird verteilt, diesmal schmeckt sie nach Sonnentomaten, und ich kann mir plötzlich genau vorstellen, wie Oriol schnuppernd durchs Leben läuft, in allem die Süße findet, sie verwandelt in aufregende Sinnesabenteuer. Und jetzt einen Cava! Halt! Kellner! Augenkontakt!

»Na? Verwirrt? Ratlos?«

Ein Hauch von Honig kitzelt meinen Nacken. Ich drehe mich um, und ein bierernster Oriol zeigt auf mein Kinn.

»Da hängt noch was.«

»Oh«, stammle ich und lecke einen klebrigen Rest der Zuckerwatte ab. »Danke! Ist es weg? Herzlichen Glückwunsch! Hallo!«

Toll, Anna, denke ich, das kam ja jetzt super souverän rüber. Doch Oriol strahlt, seinen Augen glänzen. Erst jetzt sehe ich, dass er, der gelassene Meister Bosch, ziemliches Lampenfieber hat. Und dass in dem schwarzen Hemd, das er trägt, sein Bauch viel kleiner wirkt als in der Kochkluft. Auch gut.

»Schön, dich zu sehen«, sagt er und umarmt mich beinahe, und jetzt bin ich es, die strahlt. »Freut mich, dass Sergi es dir rechtzeitig ausgerichtet hat.«

»Sergi?«

Wenn ich diesen egoistischen Angeber jemals wiedersehen sollte, dann habe ich gleich mehrere Hühnchen mit ihm zu rupfen.

»Ist das deine erste Ausstellung?«, frage ich.

»Ja. Ich hab wirklich lange überlegt, ob ich das machen soll. Muss man auch nicht so ernst nehmen. Das, was ich hier zeige, ist ja eher eine Art Spiel.«

»Ich find's gut. Wirklich interessant. Ich habe noch nie darüber nachgedacht, wie ein Koch eigentlich auf seine Gerichte kommt, dass das echte Entdeckungsarbeit ist.«

»Du kannst mich ja gerne mal in meinem Labor besuchen. Wenn's dir Spaß macht.«

»Labor? Was bist du denn noch?«, lache ich, »Alchimist?«

»So ein bisschen schon«, grinst er und angelt zwei Gläser Cava vom Tablett des verschwitzten Kellners, »wollen wir uns setzen?«

»Ehrlich gesagt … ich bin total erschlagen«, sage ich verlegen, »eigentlich müsste ich dringendst nach Hause.«

Oriol nickt, leert sein Glas in einem Zug und fasst meinen Arm.

»Perfekt«, sagt er und senkt seine Stimme zu einem Flüstern, »dann nutze ich die Gelegenheit und verschwinde mit dir, wenn es dir nichts ausmacht.«

»Was ist mit …«

Ich blicke fragend auf Oriols Gäste, doch er schiebt mich bereits zum Ausgang.

»Die meisten sind wegen dem Sekt gekommen«, flüstert er, »und sie sind außerdem todlangweilig und machen auf furchtbar wichtig. Das ist nichts für mich! Ich will zurück in meine Küche!«

Ich lache und lasse mich von ihm durch die Menge führen. Oriol lässt meinen Arm erst los, als wir bereits die Galerie verlassen haben und er sich in sicherer Entfernung wähnt. Wir bleiben vor einer Vespa stehen, und Oriol schließt das Gepäckfach auf, in dem er zwei Helme aufbewahrt.

»Darf ich dich zum Dank nach Hause begleiten?«

»Gerne, aber –«

Ich zeige zur Galerie, vor deren Eingang sich bereits ein paar verwaiste Gäste suchend nach ihm umschauen.

»Da kriege ich ja direkt ein schlechtes Gewissen!«

»Wo soll's hin?«, fragt er stattdessen, und schon bekomme ich einen Helm aufgesetzt, schwinge mich hinter ihn auf die Vespa, umfasse seinen Zuckerbäckerbauch und lasse die Stadt an mir vorbeiziehen. Wir sausen durch das abendliche Lichtermeer, überholen im Zickzack Taxen, Touristenbusse und vom Tag abgekämpfte Heimfahrer, verlassen den Passeig de Gràcia mit seinen glamourösen Schaufenstern und verträumten Einkaufsbummlern, um wenig später vor meiner Haustüre an der Plaça Reial zu stehen.

»Vielen Dank«, sage ich, fühle, wie meine Wangen brennen, und reiche ihm den Helm, »das war toll. Ich liebe Vespa fahren.«

»Freut mich«, erwidert er und sieht mir tief in die Augen. »Vielleicht können wir irgendwann …«

»Ja …?«

»Also, falls du mal Lust hast, mich in meinem Labor zu besuchen oder so –«

Er greift nach dem Kugelschreiber in seiner Hemdtasche und kritzelt mir seine Telefonnummer auf den Handrücken, den ich, das schwöre ich, mir nie wieder waschen werde. Wir geben uns zwei weiche Küsse auf die Wangen, als ein gebrechlicher Herr mit einem Marktwägelchen zur Tür schlurft. Ich zücke hilfsbereit meinen Schlüssel.

»Sie möchten rein?«, frage ich.

»Seit vierzig Jahren gehe ich hier rein, junge Frau«, antwortet er und versucht, seine schweren Einkäufe über die hohe Schwelle zu hieven.

»Warten Sie«, sagt Oriol, schließt seine Vespa ab und nimmt dem Mann das Wägelchen ab, während ich die Tür aufhalte.

Im Eingang blicken wir hilflos auf den nutzlosen Aufzug, dessen Kabine halb im Erdgeschoss hängt.

»Oh nein«, seufze ich, »die haben noch immer niemanden geschickt.«

»Ich mach das«, sagt Oriol und beginnt, das Marktwägelchen die Stufen hochzutragen. »In welchem Stock wohnen Sie?«

»Im zweiten«, sagt der Alte, »das ist sehr aufmerksam von Ihnen.«

»Soll ich Sie begleiten?«, frage ich und reiche ihm meinen Arm, doch der Herr schüttelt den Kopf.

»Gehen Sie ruhig und lassen die Sachen einfach vor der Türe stehen. Ich brauche meine Zeit. Das ist wirklich eine Schande, hier kann man ja kaum noch vernünftig leben, in vierzig Jahren habe ich so etwas noch nicht erlebt ...«

Sein Gemurmel hinter mir herziehend, folge ich dem Kavalier und Meisterkoch und sammle ein paar herausgekullerte Kartoffeln hinter ihm auf.

»Seit drei Tagen ist das Ding kaputt«, schimpfe ich, »es ist echt unglaublich, wie sich diese Hausbesitzer benehmen.«

»Vielleicht solltet ihr zum Mieterverband«, sagt Oriol. »Es gibt einen direkt hier an der Plaça Reial. Diesen Verbrechern muss man sofort Paroli bieten.«

Schnaufend setzt er das Wägelchen ab. Wir sind da.

»Das ist so nett von dir«, sage ich.

»Keine Ursache«, antwortet er und lächelt. »Melde dich. Bald. Du musst mir von deinen Backe-backe-Kuchen-Geschichten aus der Kindheit erzählen und mir deine Rezepte verraten.«

»Erde, Wasser und Tannennadeln«, sage ich, »aber auf die Mischung kommt es an.«

»Abgemacht. Nächstes Mal gibt es eine Kochsession. Und dann erzählst du mir, was du so machst im Leben.«

Er drückt mir einen letzten, leckeren Kuss auf die Wange und springt, trotz seiner wenig behänd wirkenden Statur, die Treppen hinunter wie ein junger Hund.

»Ruf mich an!«, höre ich noch und blicke auf meine blau beschmierte Hand. Ganz bestimmt. Anrufen, meine ich – und dann schauen wir mal. Denn das, was ich im Leben so mache, ist zurzeit eher schwer zu erklären.

Nur sehen kann man es nicht

Wo das Ende ist, weiß ich, denn da bin ich nun angekommen: Hier, wo es weder ein Vor noch ein Zurück gibt. Wo die Sonne ein ewiges Winterlicht ist, das meine Hände nicht wärmt, obwohl die Seele brennt, und wo die Nacht für immer mein Tag bleibt. Den Anfang aber, den kann ich nicht wiederfinden, zu viele Mädchenlächeln auf silberbestückten Lippen, all diese Mädchenbeine in schwarzen Netzen, rauchige Stimmen und dunkle Blicke und lange Haare, die mir den Schlaf rauben. Lass die Finger von ihnen, haben die Jungs gesagt und dabei geknurrt wie ihre ständig hungrigen, flohverpesteten Hunde, aber was soll ich auch. Ausgerechnet. Wo ich doch nur einmal, und das auch nur fast, und nur, weil der Vater es so wollte. Und mich mitnahm ins Viertel der Verlorenen und mich in ein schmutziges Haus zog und mich die Treppen hoch in ein gelb tapeziertes Zimmer führte und mich alleine ließ mit einer Frau, die auf einem lakenbedeckten Bett lag und aussah wie mamà in weißblonden, falschen Locken und die ein Mieder trug, das wir nicht führten, glänzend rot mit schwarzer Spitze, über die ihre entblößten Brüste hingen, aus der ihr nackter Bauch herausquoll und darunter, zwischen ihren weißen, fetten Schenkeln, die sie mir entgegenspreizte, diese klebrigen Fleischlappen … Sie sagte: Ich bin doch hier, Schätzchen, hab keine Angst, komm zu Mama, ich zeig dir was Schönes, nun wein doch nicht, nun lass mich doch, wollen wir mal sehen, was du da Feines für mich hast. Sie schnurrte mit hellen Tröpfchen in den Mundwinkeln und klimperte mit langen Wimpern an schweren, goldfarbenen Augenlidern und fasste mich mit runden Fingern an und wälzte ihren Körper rüber zum Waschbecken unter den hellblauen Fliesen und befeuchtete ein zerschlissenes Handtuch und entblößte mich und wusch mich und schrie, als ich ihr auf die Schläfe schlug und schimpfte, als ich mich unters Bett verkroch, und zog mich mithilfe vom Vater, der mit offener Hose aus dem Nachbarzimmer rannte, darunter hervor.

Was bist du, eine Schwuchtel, brüllte der Vater, als er mich an den Ohren gefasst hatte, und er schubste mich zu den Treppen: Warte hier, bis ich fertig bin, was ich tat, mit zugehaltenen Ohren und zusammengedrückten Augen, um dem Gelächter und den Blicken derer zu entkommen, die sich wegen des Geschreis des blonden Fleischberges im Flur versammelt hatten.

Ein Schmutzfink wie alle anderen, rief mamà, als ich bei ihr in Sicherheit war, und sie löste meine Arme von ihrem Rücken: Fass mich nie wieder an mit deinen Drecksfingern, die weiß der Teufel wo gesteckt haben: Nie wieder, nie wieder, hörst du?

Damals verlor ich etwas. Den Kopf vielleicht, obwohl ich ihn noch immer sehe, wenn ich mich im Spiegel anschauen muss, oder ein Bein, wobei mich beide tragen, nur wohin, das würde ich gerne wissen. Aber irgendwo fehlt was an mir, nur sehen kann man es nicht, wie man etwa Flecken sehen könnte, denn ich bin kein Schmutzfink, mamà, ich bin sauber und rein wie der Mond.

Nein, ich werde die Mädchen nicht anfassen, nicht einmal von ihnen träumen werde ich, versprochen. Sondern den Anfang suchen, der einen Namen hat, jetzt fällt's mir wieder ein, ich weiß auch, wo ich ihn finden werde am Ende aller Zeiten, denn ich bin zwar für nichts gut genug, aber ich sorge für Ordnung.

7.

»Das ist der reinste Horror.«
Mateu Serra, 34, Rechtsanwalt
»Auch wenn's nur die halbe Wahrheit ist.«
Quim Rubió

Ich bin zwar ausgeschlafen wie ein Baby, doch die Unruhe von gestern ist ungenau und hartnäckig an mir kleben geblieben, wie Erinnerungsfetzen an einen schlechten Traum. Rastlos streife ich durch die Wohnung und blicke zum x-ten Mal auf die Uhr. Quim hatte mir gestern Abend noch eine Nachricht geschickt, dass ich heute um elf vorbeikommen soll – und bis dahin habe ich noch zwei unendliche Stunden totzuschlagen. Ich würde mich ja gerne nützlich machen, aber auch unser Hausbesitzer geht nicht an den Apparat, und das macht mich schier wahnsinnig. Der Präsident des Treppenhauses ist auf der Arbeit, kann mir also auch nicht weiterhelfen. Nun weiß ich plötzlich nichts mit mir anzufangen. Könnte Staub wischen und das Bad putzen, um mich abzureagieren. Oder zum Mieterverband gehen und um Rat bitten und beim Bäcker ein Croissant essen? In umgekehrter Reihenfolge? Hungrig schaue ich aus dem Fenster, hinauf in einen gelben, vor Kälte gebeugten Himmel. Was jetzt, Anna?

Als ich dick eingemummt und mit knurrendem Magen die Treppen hinabsteige, geht im vierten Stock eine Tür auf. Tobi springt schwanzwedelnd an mir hoch, als wäre ich der einzige Mensch auf dieser Welt.

»Hallo Liebes«, sagt seine Besitzerin, »es hat sich schon herumgesprochen.«

»Was?«, frage ich.

»Na, dass unsere Haus-*guiri* eine Seele für uns Alte hat.«

»Ach, das ist doch selbstverständlich«, lächle ich, doch meine Nachbarin hört mir bereits nicht mehr zu. Sie schlurft den Flur hinunter und verschwindet kurz in der Küche, kommt dann mit einer Tüte und einem Blatt Papier zurück.

»Das ist für dich«, sagt sie und drückt mir die Tüte in die Hand.

»Na mach schon auf!«, drängt sie, »sind selbst gebacken!«

Ich blicke auf ein gutes Dutzend bezuckerter Aniskrapfen und beiße mit verzückt geschlossenen Augen hinein. Wundervoll. Ich mampfe ein hingerissenes Dankeschön. Das ist, nach Oriols Telefonnummer, das beste Geschenk der letzten Tage.

»Schmeckt's? Gut, nicht? Das ist übrigens auch für dich«, sagt die Alte.

Mit Zuckerkrümeln und Backfett an den Fingern greife ich das Blatt, das sie mir entgegenhält. »Sechs Liter Milch, zwei Kilo Reis, fünf Flaschen Olivenöl, vier Kilo Tomaten, drei Dutzend Eier, Thunfisch in Dosen, Wasser mit und ohne Kohlensäure, Sonnenblumenkerne …« Ich schaue fragend auf. Das klingt irgendwie nach Vorratsanhäufungen für den Fall eines Bürgerkrieges.

»Wir, die Alten im Haus, haben uns organisiert und dachten, dass du für uns eine Großbestellung aufnehmen könntest? *Senyora* Maria aus dem Dritten hat versprochen, dir Quittengelee zu kochen, und *Senyor* Mateu aus dem Vierten war einmal ein hervorragender Schneider. Ist er noch. Er hat gesagt, du musst nur den Stoff und das Modell aussuchen.«

»*Senyora* …«

»Cinta«, sagt sie.

»*Senyora* Cinta, das würde ich unheimlich gerne tun, aber wie soll ich das alles hochtragen?«

»Nun, es gibt hier in der Nähe einen Supermarkt, der Lieferservice hat.«

»Ach so«, sage ich, »na, das ist doch einfach«, sage ich, »dann mache ich mich gleich auf den Weg.«

»Ehrlich?«

»Versprochen.«

Sie sieht mich mit erwartungsvollem Blick an – neben ihr der bettelnd dreinschauende Hund –, und ich ergebe mich.

»Und Tobi führe ich später auch noch einmal aus – aber dafür müssen Sie mir beim Präsidenten die Nummer unseres Aufzugmonteurs besorgen.«

Rasch kritzele ich meine Handynummer auf einen Zettel und drücke ihn ihr in die Hand.

»Rufen Sie mich an, ja? Ich kümmere mich dann nachher um alles.«

Das Ding muss repariert werden, und zwar sofort. Nicht, dass ich noch eine hauseigene NGO gründen muss! *Senyora* Cinta winkt mir glücklich nach, als ich die Treppe hinabsteige.

Der Mieterverein ist leicht zu finden – ein paar Barbesitzer rund um die Plaça Reial fragen, und schon befinde ich mich im Parterre eines dieser großartigen Häuser, vor denen sich die Touristen auf den Terrassen zur Abwechslung eine Sangria gönnen, mit Blick auf den Brunnen, an dem einige Obdachlose aus kälteren Gefilden herumlungern. Denn nicht nur brave Bürger pilgern gen Süden! Auch Stadtstreicher ziehen mit den Vögeln, kommen sogar aus Finnland und reisen jeden Monat ein paar Hundert Kilometer südlicher, bis manche von ihnen zum Überwintern Cadiz erreichen.

Das winzige Büro des Mietervereins wurde den Volontären von einem Architekten zur Verfügung gestellt, der hier sein Studio hat. Es ist recht dunkel, denn das einzige Fenster führt zum *celobert*, einem Lichtschacht, der typisch ist für die hiesigen Wohnhäuser. Der Raum ist schlicht und praktisch eingerichtet: ein Metallregal mit säuberlich aufgereihten und beschrifteten Ordnern, ein Schreibtisch mit Computer, Drucker und Telefon, mehrere Klappstühle. Hinter dem Schreibtisch sitzt Mateu, ein junger rothaariger Anwalt, der jeden Montagnachmittag zwei Stunden lang sorgenvollen Mietern Auskunft erteilt. Er ist sehr freundlich und zuvorkommend (»Den Aufzug vom üblichen Monteur reparieren lassen und ihm sagen, dass er die Rechnung wie immer an den Hausbesitzer schicken soll. Wenn der nicht zahlt, bekommt er den Ärger, nicht Sie«). Gleichzeitig erhalte ich eine bestürzende Bestandsaufnahme der Probleme, die alles für immer zu verändern drohen.

Der Blick hinter die Kulissen dieser traumhaft schönen Stadt ist erschreckend. Mateu bombardiert mich mit Zahlen und Fakten, die man auf Pamphleten verteilen müsste, in Flugzeugen, Hotels, Banken, Postfilialen, sie per Hubschrauber über das Häusermeer rieseln lassen.

Hier der Tatsachenbericht.

Zur Einführung nennt Mateu zwei Slogans der Stadtverwaltung: *Barcelona, posa't guapa* – Barcelona, mach dich schön, und den mir bereits wohlbekannten: *La millor botiga del mon* – die beste Boutique der Welt.

»Da sieht man schon, worum es geht«, sagt Mateu, als stünde er vor einem Tribunal. »Ja, und worum geht es? Ums Herausputzen und Verkaufen. Die Stadtteile, in denen Mieter seit zwanzig Jahren leben, in denen Krämer, Prostituierte und Künstler im Laufe der Jahrzehnte eine ganz eigene Atmosphäre erzeugt haben, gelten nun als Schandflecken. Sie passen nicht ins Bild, das Barcelona repräsentieren möchte.«

Barcelona gehört, laut Statistiken, zu den europäischen Städten mit der höchsten Lebensqualität. Und sie ist eine der größten Touristenattraktionen, hat historisch und architektonisch was zu bieten, ist pittoresk und gleichzeitig hip und modern, billig anzufliegen, was natürlich noch mehr Besucher anlockt – und Millionen einbringt.

»Da fragen wir uns doch, was das zur Folge hat?«, unterbricht sich Mateu mit seinem Tick für rhetorische Fragen und antwortet gleich selbst: Die Folge ist, dass das Leben sich verteuert.

»Ist das gut für die Stadt?«, fragt er die unsichtbaren Geschworenen. »Ja, da muss man natürlich zuerst definieren, für wen in der Stadt. Fakt ist: Die Verwaltung und die Investoren reiben sich die Hände.«

Seit der Einführung des Euro haben sich die Restaurantpreise verdoppelt, ebenso die Anzahl von Hotelbetten, die auf über dreißigtausend gestiegen ist.

»Zurzeit«, sagt Mateu, »werden drei Dutzend Bauanträge für weitere Hotels geprüft, die meisten im gotischen Viertel und im Eixample. Nur ein neues Vier-Sterne-Hotel in einem normalen Viertel, und schon wird ringsherum alles aufgewertet. Moderne Geschäfte und Cafés siedeln sich an, mit denen die autarke Bevölkerung nichts anfangen kann, und die Umschichtung kann beginnen.«

Er holt tief Luft und wirft nun mit Zahlen um sich, dass mir der Kopf schwirrt. Das eine ist mit dem anderen verbunden, ein Teufelskreis der Profitgier. Denn nicht nur Restaurantkosten haben sich fast verdoppelt, sondern auch die Mieten. Die Immobilienpreise steigen jährlich um zehn Prozent – Renten und Gehälter aber nicht. Und dreihunderttausend Wohnungen stehen wegen der Immobilienspekulation leer, warten auf Käufer, die bereit sind, zwischen sechshundert- und neunhunderttausend Euro für z. B. eine klassische – oft stark renovierungsbedürftige – Jugendstilwohnung zu bezahlen. Die Besitzer wittern also das große Geld und wollen verkaufen, egal, ob sie Jahre darauf warten müssen. Und die wenigen, die bereit sind zu vermieten, dürfen die Mietpreise grenzenlos in die Höhe schrauben – Gesetz von Angebot und Nachfrage. Was bedeutet: Wer nicht zahlen kann, muss gehen.

Ich schaudere. Es scheint, als würde Barcelona bald zur reinen Kulisse. Ein Themenpark, in dem Wäsche aus dem Kostümfundus hübsch bunt auf den Balkonen hängt, weil sie zur Ausstattung des mediterranen Flairs gehört. Und hinter den Balkontüren verbirgt sich, unvermutet, eine entkernte, entseelte Ruine.

»Wie das so ohne Weiteres möglich ist?«, fragt Mateu: »Immobilienspekulanten, die die sowieso schon runtergekommenen Häuser der Altstadt in Hotels und Luxusbehausungen umbauen wollen, haben es relativ leicht. Sie zahlen verkaufswilligen Hausbesitzern gutes Geld, und die wiederum können mit ein wenig Geduld und einem einfachen Trick ihre Mieter loswerden. Dazu müssen sie nur die Wohnungen bzw. ihre Häuser so weit verkommen lassen, bis die

Sanierung genauso viel wie ein Abriss und Neubau kostet. Dann erklärt die Stadt es zur Ruine, die Mieter werden ganz legal rausgeschmissen, das Haus wird verkauft, entkernt, in kleinere exklusive Wohnungen umgebaut und für teures Geld wieder verkauft oder vermietet – zum Teil an Agenturen, die sie als Ferienwohnungen anbieten.«

Willkommen in der neuen Welt, in der Metropolen wie London, Paris, New York, Berlin etc. auf immer rasantere Weise nur noch den Wohlhabenden gehören. Gewachsene Nachbarschaften werden aufgelöst – gesäubert, wie Mateu es formuliert –, ärmere Mieter – vor allem Rentner – müssen ihr gewohntes Umfeld verlassen und in anonyme Außenbezirke ziehen, wo sie sich gerade so eine enge Wohnung leisten können. Für viele ein traumatisches Erlebnis.

»Aber wären die neuen Bewohner wenigstens Einwohner!«, sagt Mateu empört. »Ich meine, natürlich beziehen auch gut verdienende Angestellte internationaler Konzerne diese teuren Wohnungen, also Bürger dieser Stadt. Die Gentrifizierung ist heutzutage doch kaum noch aufzuhalten. Aber nicht alle sind tatsächlich echte Einwohner. In einigen der größten europäischen Tageszeitungen findet man heutzutage Inserate, die potenziellen Käufern vorschlagen, eine Wochenendwohnung in Barcelona zu kaufen. Eine Wochenendwohnung! Als wären wir auf Ibiza!«

Mateu sieht mich traurig an.

»Und wie helft ihr betroffenen Mietern, deren Wohnungen verwahrlosen?«, frage ich. »Wie funktioniert das eigentlich?«

»Nun, es beginnt mit Vorfällen wie in deinem Haus. Ein kaputter Aufzug. Unreparierte Dachschäden, die Feuchtigkeitsprobleme zur Folge haben und die Bausubstanz ruinieren. Sehr beliebt sind Pseudo-Bauarbeiten, vom Besitzer beauftragt. Da soll angeblich eine Treppe repariert werden, bei der danach plötzlich Stufen fehlen. Da wird dann ein Brett über das Loch gelegt. Oder Fassaden renoviert, die jahrelang mit dunklen Schutznetzen verhängt werden und wo angebliche Bauarbeiter ganz aus Versehen Fenster einschlagen. Elektrikarbeiten führen zum dauerhaften Ausfall von Klingelanlagen. Haustüren werden gegen unstabile Gitter ausgetauscht, sodass angeheuerte Schläger problemlos hereinspazieren können, um Briefkästen zu zerstören, Hundekot auf die Stufen zu schmieren und die Treppenhausbeleuchtung einzuschlagen. Die sind da sehr kreativ. Oder aber der Besitzer kümmert sich tatsächlich um die eine oder andere Schönheitsreparatur, darf dann jedoch die Miete dermaßen erhöhen, dass die Wohnungen für alteingesessene Mieter schlicht unbezahlbar werden. Sehr beliebt ist auch die Methode, die Mietüberweisungen zu blockieren und verspätete Mahnungen abzuschicken. Sieht es dann so aus, als hätte ein Mieter drei Monate lang nicht gezahlt, kann ihm ganz legal gekündigt werden – manche verstehen ja nicht einmal, was auf den Mahnungen steht, was sie bedeuten. Damit die Einzahlung trotzdem erfolgt, müssen die Mieter jeden Monat eine Odyssee hinter sich bringen: Mit der Mitteilung, dass die Überweisung nicht angenommen wurde, müssen sie zu einem Notar, der den Versuch der Zahlung anhand der Kontodaten bestätigt. Dann gehen sie wieder zur Bank und zahlen die Miete bar ein. Das ist für alte Leute sehr anstrengend und zermürbend. Wir versuchen ihnen zu helfen, betreiben Aufklärung, studieren ihre Verträge, zeigen Hausbesitzer an, mobilisieren die Presse, stellen Anwälte zur Verfügung.«

»Puh«, sage ich und verabschiede mich von dem Wunschgedanken, die grüne Hölle des Serienmörders wäre ein Einzelfall, eine traurige, schreckliche Ausnahme. »Das klingt ja wie der reinste Horror.«

»Das ist der reinste Horror«, antwortet Mateu, »und wir sind wie Don Quijote im Kampf gegen die Windmühlen.«

Deprimiert gehe ich für meine alten Nachbarn einkaufen. Überhaupt ist Einkaufen ja das beste Mittel gegen trübe Stimmung, und ich mag besonders Supermärkte. Habe zwar gleich gelernt, dass man die großen deutschen Discounter meiden sollte, in denen auch in Barcelona reihenweise Sauerkrautgläser und eingelegte Gurken stehen. Unberührt. Nein, um auf einen Blick zu verstehen, was die Bevölkerung eines Landes so isst, empfehle ich den Besuch eines nationalen Supermarkts: Hier hängen ganze Serrano-Schinken an den Decken, *chorizo* und galicischer Käse türmen sich in den Kühlregalen, Orangen werden einem nachgeworfen, Riesentüten mit süßen, weichen *madalenas* liegen in den Brotkästen – und die Fischabteilung! Frische Tintenfische, Krabben und *gambas*, schön auf Eis gekühlt, mit Zitronenscheiben garniert … mir läuft das Wasser im Mund zusammen, aber ich habe hier zwei Einkaufswagen zu füllen. Brav hake ich die Liste ab und stecke für die alten Leute noch ein paar Schachteln Diabetikerpralinen in die Tüten. Alles an Cinta Farrés, Nou de Sant Francesc, so schnell wie möglich. Und als wäre es Gedankenübertragung, klingelt mein Handy: *Senyora* Cinta am Apparat.

»Ich habe alles für Sie besorgen können«, sage ich, »wird in zwei Stunden geliefert.«

»Sie sind ein Schatz, Anna. Und ich habe die Nummer vom Aufzugservice! Können Sie mitschreiben?«

Fünf Minuten später habe ich die Monteure überzeugen können, dass es sich um einen Notfall handelt und sie heute noch unseren Rostkäfig reparieren müssen, und wenn es mitten in der Nacht ist. Im Auftrag vom Hausbesitzer Dr. Schweinehund. Das wäre schon einmal erledigt! Ein neuer Blick auf die Uhr – jetzt muss ich mich fast beeilen, um rechtzeitig in Quims Büro zu sein.

Ich schreite übers glänzende, von den Jahrhunderten polierte Kopfsteinpflaster, fühle mich gleichzeitig wie in Blei gegossen. Ungeachtet des kalten, aber sonnigen Wintermorgens ist es mir, als wäre die Stadt plötzlich so dunkel und bedrohlich wie einige dieser vergessenen, im ewigen Schatten liegenden Gassen im Gòtic, belauert von Chimären, die uns düstere Prophezeiungen zuflüstern.

Interessant ist ja, wie sich ein Thema über alles legen kann, mit dem ich in Berührung komme. Wie Tau legt es sich über meine Haut, die alten Fliesen, die Treppen, die Straßen, die Häuser. Ein einziges Thema, und die Welt sortiert sich neu, als würde sie sich nach dem roten Faden anordnen, dem ich folge. Ob ich will oder nicht.

Alles fügt sich plötzlich zusammen. Das Leitmotiv meiner ersten Schritte in Barcelona war von Anfang an ein unbewohnbares Haus – angefangen bei meiner Flucht aus dem leeren Haus meiner Eltern und meines Bruders, Lichtjahre entfernt. Und dann das, am Tag meiner Ankunft: eine Baustelle, die aus der Narbe eines herausgerissenen Wohngebäudes wuchs und noch weit davon entfernt war, Geborgenheit bieten zu können. Im Gegenteil. Die einen Menschen ausgespuckt hat, als wäre sein pochendes Herz ein Fremdkörper, ein Leben, das in diesen toten Mauern keinen Platz hatte. Was auch immer ich in diesen Tagen gesehen habe, mit wem auch immer ich gesprochen habe – alles dreht sich, wenn auch manchmal nur indirekt, um die Frage, wie lange die Mauern, die uns umgeben, ein sicherer Ort sind. Ich denke an Rafael und Quim, die, am Ende der Kette, in ein teuer renoviertes Loft gezogen sind, das sie mit viel Glück unter dem Marktpreis ergattern konnten. Gleichzeitig stand beiden eine astronomische Mieterhöhung bevor, früher oder später wären sie sowieso ausgezogen, hätten weiterziehen müssen – wie Eva und ihr Atelier, dessen Mietvertrag bald ausläuft. Oder die lustigen Kiffer vom Pseudo-Fußballfanclub, die demnächst räumen müssen. Oder die Müllverwerter in ihrer besetzten Wohnung, immer auf dem Sprung. Ich denke an Montses Großtante, die nicht länger in dieser Wohnung leben konnte und die seitdem, wie Montse mir gestern Abend am Telefon erzählte, ihre ganze Lebenslust verloren hat; an *Senyora* Cinta und die anderen älteren Herrschaften in diesem Haus, die beten, dass unser Hausbesitzer nur ein geiziger, fauler Hund ist und kein seelenloser Spekulant. Nichts scheint sicher zu sein. Genau darum geht es, zweifellos. Um das Recht auf ein Zuhause.

Im Büro der Mordkommission stärken sich Quim und seine Männer mit einem zweiten Frühstück, die Gesichter grau vor Übernächtigung, die Mienen so düster wie die Schatten unter ihren Augen. Sie haben gestern bis spät in die Nacht die grüne Hölle auseinandergenommen, haben sich abwechselnd kurz aufs Ohr gehauen, um durchhalten zu können, und sind nun hier versammelt, um alle Ergebnisse zusammenzutragen, an denen sie verteilt gearbeitet haben. Ihren finsteren Mienen nach zu urteilen, sind es keine sehr aufbauenden Ergebnisse.

»Was ist passiert?«, frage ich.

»Es ist offiziell. Wir haben ein zehntes Opfer«, sagt Quim und hält einen Bericht aus der Gerichtsmedizin hoch. »Die Mutter. Sie wurde erstickt. Mit dem Handtuch, das der Mörder danach fein säuberlich über die Stuhllehne neben ihr Bett gehängt hat.«

»Aber warum?«

Quim erhebt sich und heftet ein Foto der toten Alten an die Pinnwand. Direkt daneben hängt bereits ein Bild vom erstochenen Schläger in der schwarzen Lederjacke. Die Galerie des Grauens: zehn Menschen in acht Wochen.

Quim zeigt auf die weiße Taube im Mund der Alten.

»Das Symbol der erlösten Seele, die zum Himmel steigt.«

»Das letzte Zeichen der Eulàlia«, nicke ich. »Ihr glaubt also, er hat aufgehört? Dass die Mordserie mit ihr zu Ende ist?«

»So wie du das sagst, scheinst du eher anderer Meinung zu sein«, brummt Gastó mit seiner Plastikzigarette hinterm Ohr.

»Nein, ganz und gar nicht. Ich frag mich nur, warum? Warum hat er sie umgebracht? Wenn es um ihre Erlösung ging – wenn der Sohn dreizehn Opfer bringen wollte oder sollte, um, sagen wir mal, das lange Leiden seiner Mutter zu vergelten – warum hat er dann sein ›Werk‹ frühzeitig abgebrochen?«

»Pau hat da eine Theorie«, sagt Jaume.

»Eine ziemlich kranke«, bemerkt Jordi grinsend, wofür er von Pau einen Klaps auf den Hinterkopf erntet.

»Und warum kenne ich die noch nicht, diese Theorie?«, fragt Quim.

»Weil du den ganzen Morgen in der Gerichtsmedizin warst«, antwortet Pau.

»Erinnere mich nicht daran«, sagt Quim mit einem müden Lächeln. »Jetzt erzähl schon.«

»In der Mordserie gibt es einen Wendepunkt, und der hat mit dem Ukrainer zu tun«, beginnt Pau und weist mit dem Kinn zum Foto des ermordeten Schlägers. »Anton Vadimovich Sidur, ein von Interpol gesuchter, multi-einsetzbarer Söldner der Russenmafia, der vor zwei Jahren aus Berlin verschwand. Macht, was man ihm befiehlt, egal wo. In letzter Zeit scheint er sich auf Häusermobbing spezialisiert zu haben – seine Aufgabe war also, mit der diskreten Hilfe einiger Kumpane das Haus zu räumen – von Anna wissen wir, dass er mindestens einen Helfer hatte –, und zwar so, dass die Mieter freiwillig gingen und –«

»Was ist mit dem Hausbesitzer?«, unterbricht Quim.

»Vier verschiedene in den letzten zweieinhalb Jahren«, meldet Gastó, »nach jeder Anzeige von Seiten der Mieter wechselte der Besitzer. Im Moment ist es eine gewisse Firma namens Stone. Die Kollegen von der Wirtschaftskriminalität sind dran.«

»Nach und nach haben die Mieter also das Handtuch geschmissen und sind abgehauen«, fährt Pau fort, »froh, die eigene Haut zu retten – bis auf unseren Mörder und seine Mutter. Sie lebten seit elf Monaten alleine in diesem Haus, das regelmäßig von Vadimovich aufgesucht wurde, um mal wieder ein bisschen Terror zu machen. Auf äußerst effiziente Weise. Es gibt nicht eine Fensterscheibe, die in den sechs Stockwerken noch intakt wäre, kein fließend Wasser mehr, keinen Strom, kein Stadtgas. Ihr habt die Zustände ja gesehen. Ich verstehe nicht, wie die beiden das überhaupt noch ausgehalten haben – und wie diese alte Frau so lange überleben konnte.«

»Sie litt unter einer chronischen Lungenentzündung und war rheumakrank«, erklärt Quim und wedelt wieder mit dem Obduktionsbericht, »wer weiß, wann sie zuletzt das Bett verlassen hat.«

»Jedenfalls – die kranke Frau und ihr Sohn weigern sich zu gehen. Vielleicht wissen sie nicht, wohin, wahrscheinlich aber hängen sie einfach an dem Haus. Immerhin wohnen sie dort seit über sechzig Jahren, und sie haben ja auch den kleinen Laden. Diese Wohnung, dieses Haus, dieses Viertel, das ist ihr Leben.«

»Vielleicht wollte die alte Frau zu Hause sterben und nicht in irgendeinem fremden Stadtteil oder in einem Krankenhaus«, sage ich.

»Ja, so wie das früher war«, sagt Jordi. »Da wurde man zu Hause geboren und starb auch zu Hause.«

»Zu Zeiten deiner Großmutter vielleicht«, entgegnet Jaume bissig, »wir leben hier doch nicht auf dem Dorf.«

»Ja klar, du bist ja so kosmopolitisch!«

»Darf ich, bitte?«, unterbricht Pau die beiden. »Also. Die Alte und ihr Sohn verbarrikadieren sich im sechsten Stock, der Sohn repariert, was geht, kümmert sich um seine Mutter, um die Katzen der Mutter, um die Tauben, die nebenan hausen, um den Laden, der seit dem grünen Bauvorhang keinen Umsatz mehr gemacht hat. Und er lässt jeden Monat notariell beglaubigen, dass er die Miete bezahlt.«

»Ganze einhundertundfünfundneunzig Euro, das muss man sich mal vorstellen«, erklärt Jaume.

»Die hatten halt noch einen der alten, unbefristeten Verträge«, meint Jordi, »wie früher ...«

»Wie früher«, grinst Jaume sauer, »als alles noch besser war und niemand darauf kam dass es in einem kapitalistischen System so etwas wie Inflation und Währungsreformen und Börsencrashs geben kann und dass irgendwann ein komplettes Wohnhaus, das nicht einmal zwölftausend Euro im Jahr einbringt, nach Abzug der Steuern und Nebenkosten niemals genug Profit abwerfen wird, damit der Besitzer auch schön brav alles weiter instand hält. Kein Wunder, dass der verkauft hat!«

»Wurden die Mieten denn nicht angepasst?«, frage ich. »Die Wohnung, in der ich zurzeit lebe, kostet gerade mal zweihundertundfünfzig Euro, das geht doch alles nicht zusammen, bei den Preisen in Barcelona.«

»Alle Mieten, deren Verträge vor 1985 abgeschlossen wurden, dürfen nicht erhöht werden«, erklärt Quim, »abgesehen von einer minimalen Anhebung, die sich jährlich der Inflation anpasst.«

»Die sogenannten unwirtschaftlichen Mieten«, fügt Jaume hinzu. »In diesem Land will doch jeder kaufen, daran hat sich bis heute wenig geändert, nur die armen Schlucker bleiben traditionell immer Mieter – und die zahlten in Zeiten der *peseta* sehr, sehr wenig.«

»Immer noch besser als das, was wir heute haben«, sagt Jordi, »maximal Fünfjahresverträge, und danach erlebst du dein blaues Wunder – dann dürfen die die Mieten erhöhen, wie sie wollen!«

»Und die Zinsen für Kredite steigen und steigen«, murmelt Gastó grimmig.

»Jetzt lasst Pau doch mal weiterreden«, sagt Quim, und Pau wirft ihm einen dankbaren Blick zu.

»Irgendwie klappt es also, dass sie weiter dort wohnen«, setzt Pau erneut an, »doch dann wird die Mutter ernsthaft krank. Die Polizei, die bei keiner der Anzeigen wegen des Mobbings weiterkam, wird nicht noch einmal eingeschaltet. Einen Arzt kann er nicht rufen, denn dann würde man die Mutter einfach ins Krankenhaus bringen, das Sozialamt alarmieren, wahrscheinlich auch das Gesundheitsamt – und sie müssten räumen, weil ihre Lebensbedingungen inzwischen unhaltbar geworden sind.«

»Und dann beginnt unser Mann, jede Woche einen Bürger dieser Stadt umzubringen«, sagt Jordi, »einfach so. Tötet blind vor sich hin und denkt sich irgendeine Scheißverbindung zur Heiligen Eulàlia aus.«

»Na ja, es ist schon ein bisschen mehr als das«, korrigiert ihn Gastó. »Wenigstens wissen wir jetzt, dass die Mutter des Mörders Eulàlia Maria Riera hieß – die Heilige war also auch ihre Schutzheilige, nicht nur die der Stadt. Sie trug sogar eine Goldkette mit einem Medaillon der Heiligen um den Hals.«

»Aber warum er ausgerechnet diese Leute als seine Opfer auswählte, das wissen wir immer noch nicht.«

Ich melde mich wie ein Schulkind und werde erst einmal eine Runde ausgelacht.

»Das sollten wir einführen«, grinst Pau, »zumindest, wenn ich rede!«

»Entschuldige«, sage ich, rot vor Verlegenheit, »ich wollte dich nicht schon wieder unterbrechen – aber ich glaube, ich weiß, welche Systematik hinter den Opfern steckt.«

Die Männer verstummen und sehen mich verwundert an, nur Quim schüttelt lachend den Kopf.

»Das musste ja kommen.«

Ich lächle verlegen und hoffe, dass dies als Kompliment gemeint ist.

»Bitte«, sagt Pau, »unbedingt.«

Also erzähle ich ihnen, wie ich gestern, beim Spaziergang durch Gràcia, darauf kam, dass alle Opfer des Mörders der Heiligen Eulàlia mit den Veränderungen zu tun haben, die die Stadt beuteln.

»Er hat diese Leute symbolisch dafür verantwortlich gemacht, dass seine Familie Opfer von Spekulanten wurde. Einerseits die Aufwertung Barcelonas durch den Tourismus mit allen legalen und illegalen Konsequenzen wie Luxusbauten, Ferienwohnungen und Gentrifizierung, andererseits die Degradierung der Altstadt durch all jene, die von den Krumen leben, die der Tourismus abwirft: also Souvenirverkauf, Drogenhandel, Prostitution, Bettlertrupps und so weiter. Den unsichtbaren Reichen oder Mächtigen kommt das wiederum nicht ganz ungelegen, denn dadurch fällt es weniger auf, wenn Wohnhäuser in bereits verkommenen Vierteln absichtlich zu Ruinen verfallen. Ein Teufelskreis.«

»Aber dann fehlen doch noch die eigentlichen Verursacher!«, sagt Gastó beinahe empört, »wir alle wissen von den korrupten Stadtbeamten, die für großzügige Schmiergelder Abriss- und Bauerlaubnisse für absurde Hotelvorhaben erteilen oder die gegen Bezahlung einfach so genehmigen, dass Mietwohnungen in Ferienappartements verwandelt werden. Was ist mit ihnen? Ihre Namen standen sogar in der Zeitung!«

»Du meinst, er hätte sie zuerst umbringen sollen?«, fragt Quim sarkastisch.

»Wenn der Mörder in der Logik vorgeht, die Anna uns gerade erklärt hat, dann wäre das doch nur konsequent.«

»Ja, aber dann wäre es genauso logisch, dass ein Tourist auf der Opferliste stünde«, sagt Jordi.

»Bloß nicht!«, stöhnt Quim.

»Oder ein Hausbesitzer«, sage ich.

»Ja genau! Vor allem *sein* Hausbesitzer«, nickt Jaume, »womit wir übrigens bei dreizehn Opfern wären – für die dreizehn Martyrien.«

Niedergeschlagen hängen wir dieser Zahl nach. Und als wär's ein Stichwort für das Übel, das uns erwartet, trommelt urplötzlich ein heftiger Regenguss gegen die Fensterscheibe und taucht das Büro innerhalb von Sekunden in ein düsteres Zwielicht. Jordi schaltet das summende Neonlicht ein.

»Ein Tourist?«, murmelt Quim kraftlos, und ich kann es

ihm nachfühlen: Unmöglich, dagegen etwas zu tun. Höchstens, man gibt allen Reisegruppen eine Polizeieskorte – oder ein Infoblättchen am Flughafen. Vorsicht: Barcelona, betreten auf eigene Gefahr.

»Jetzt wartet doch mal«, sagt Pau, »ich bin noch nicht fertig! Und ich sage euch, warum es keine weiteren Opfer mehr geben wird: weil unser Mörder mit Nummer neun einen großen Fehler begangen hat – was ihm sehr wohl bewusst ist. Der Mord des Ukrainers war bestimmt nicht einkalkuliert.«

»Ich wär mir da nicht so sicher«, sagt Gastó, »der passt doch wunderbar ins Konzept.«

Pau winkt ungeduldig ab.

»Pass auf. Unser Mann weiß sehr wohl, dass Vadimovich nicht alleine, sondern im Auftrag gehandelt hat. Er weiß auch genau, wie gefährlich er und seine Hintermänner sind. Er weiß also, dass er sofort verschwinden muss, nachdem er Vadimovich erstochen hat – mit den Russen ist nicht zu spaßen! Der Mörder denkt: Sobald die merken, dass einer fehlt, werden sie kommen und nach ihm suchen. Und diesmal werden sie garantiert bis in den sechsten Stock steigen, die Schlösser aufbrechen und seiner alten Mutter den Hals umdrehen.«

»Huh, schön, wie du die Geste mit der Hand nachmachst«, grinst Jaume, »du hättest Schauspieler werden sollen.«

»Oder Geschichtenerzähler. Für die dunklen Nächte in einem abgelegenen Bergdorf«, sagt Gastó. »Aber warum er den Ukrainer nicht mit Absicht umgebracht haben soll, verstehe ich immer noch nicht.«

»Weil Vadimovich ein zu großes Risiko bedeutete! Weil er ihn niemals im eigenen Hausflur umgebracht hätte! Bisher hat unser Mörder keine Spuren hinterlassen, die uns zu ihm geführt hätten – und nun liegt da eine Leiche buchstäblich vor der Tür. Einfach nur mal angenommen, ich habe recht, O. K.? Dann kommen wir nämlich zu dem, worauf ich hinauswill: dass der Mörder samt Mutter fliehen muss. Was aber nicht geht – die Mutter hat sich so lange geweigert, ihre Wohnung zu verlassen, jetzt liegt sie sogar im Sterben … sie will nicht. Sie kann nicht. Und ihm bleibt nichts anderes übrig, als sie umzubringen, damit es die Russenmafia nicht tut.«

»Jetzt kommt's«, sagt Jordi.

»Unser Mörder wusste, dass seine Mutter im Sterben lag, dass sie krank war. Er musste damit rechnen, dass sie, nach seinen dreizehn geplanten Opfern, nicht mehr lange leben würde. Also hob er das Symbol der weißen Taube für den Schluss auf – für ihr Ende. Jetzt aber ist alles anders gekommen, seine Mutter stirbt, bevor er sein Werk vollenden konnte. Meine Theorie ist also, dass er eigentlich die tote Mutter hätte verstecken müssen, würde er vorhaben, weiter zu morden.«

»Wie, verstecken. Wo denn?«, frage ich.

»Keine Ahnung! Jedenfalls ergeben die dreizehn Opfer nur Sinn, wenn ganz zum Schluss die tote Mutter mit der weißen Taube im Mund auftaucht, und nicht irgendwo zwischendurch.«

»Du meinst also, er wird nicht weiter töten, weil die Mutter zu früh sterben musste bzw. weil er sie nicht bis zum Tag der Erlösung verstecken konnte?«, fragt Quim.

Pau nickt.

»Hast du in letzter Zeit ›Psycho‹ geguckt oder was?«

»Sag ich doch. Total krank«, meint Jordi.

»Na ja«, wirft Jaume ein, »da haben wir doch ein gutes Stichwort. Ich weiß natürlich nicht, ob man den Mann einen Psychopathen nennen kann, ich bin kein Experte, aber er hat eindeutig ein Handlungsmuster. Und Pau hat durchaus recht mit der Behauptung, dass mit dem vorzeitigen Tod der Mutter das Muster durchbrochen wurde.«

»Was, wenn es mehr als das ist«, sagt Quim, der wieder einmal begonnen hat, seinen Schreibtisch zu umrunden. »Überlegt doch mal. Keines der ersten acht Opfer scheint in einer persönlichen Beziehung zu unserem Täter zu stehen. Er mordet nach einem abstrakten Plan, tötet effektiv, hinterlässt ein Symbol. Sein Vorhaben ist, dadurch die Mutter zu retten – er mordet also in der irrsinnigen Annahme, dass mit diesen sogenannten Opfern für die Heilige Eulàlia am Ende die Erlösung wartet. Und ich glaube nicht, dass er mit der Erlösung den Tod seiner Mutter im Sinn hatte, sondern ganz im Gegenteil die Hoffnung, alles würde wieder gut, so wie früher. Dieser Vadimovich ändert alles. Und zwar, weil er im Affekt getötet wurde – Doktor Massip von der Gerichtsmedizin hat sieben Stichwunden gefunden. Keines der bisherigen Opfer wurde so getötet. Es war immer eine kalte, kalkulierte Tat: auflauern und handeln, schnell, mitten auf der Straße. Nun nicht mehr. Der Mörder kannte Vadimovich, er muss ihn oft im Haus gesehen haben, muss ihn gefürchtet haben. Ich könnte mir vorstellen, dass ihn das verwirrt hat – dieses Töten aus Hass – und dass die Scherben ein eher halbherziger Versuch waren, diesen Mord als ein weiteres Eulàlia-Opfer zu rechtfertigen. Dann die Mutter. Obwohl der Mörder fliehen musste, weil er sich sicher sein konnte, dass Vadimovichs Leute nach ihm suchen würden, hätte er seine Mutter doch nie dort gelassen – und sie vor allem nicht umgebracht! Ich meine, sie war doch der Grund für das Konstrukt, an das er sich hielt – ohne sie würde alles, was er getan hat, seinen Sinn verlieren. Ich denke also, dass auch der Mord an der Mutter eine Affekthandlung war. Kein Gnadenakt. Keine Euthanasie oder Ähnliches. Kein Mitgefühl, sondern Hass.«

»Vielleicht hat sie ihn für seine Taten verurteilt«, versuche ich.

»Zum Beispiel«, nickt Quim. »Jedenfalls könnte ich mir vorstellen, dass er seine Liste nicht weiterführen wird. Er wird keine ihm unbekannten Menschen mehr töten, um sie einer Heiligen zu opfern, damit sie die Stadt und seine Mutter beschützt. Die Stadt – also eigentlich sein Haus, das symbolisch für die Stadt steht – ist nicht mehr zu retten, die Mutter hat ihn eventuell abgewiesen oder was auch immer, sie ist jedenfalls tot. Wenn er überhaupt weitermachen sollte – dann mit jemandem, den er kennt.«

»Du meinst, er rechnet nun ab«, sagt Gastó nachdenklich.

»Wenn überhaupt«, wiederholt Quim. Er wirft einen Blick auf die Wanduhr über der Tür und flucht.

»Pressekonferenz?«, fragt Pau.

»In einer halben Stunde. Keine Ahnung, was ich denen sagen soll.«

»Solange wir nicht sicher sind ... ich würde keine Zusammenhänge nennen«, rät Gastó, »nur der tote Mafioso und die alte Frau.«

Quim nickt und fährt sich nervös durch die Haare.

»Genau, sollen sie über Immobilienspekulation schreiben, das kommt immer gut an, auch wenn's nur die halbe Wahrheit ist. Was haben wir noch? Wo finden wir ihn, verdammt?«

»Wie heißt er eigentlich?«, frage ich.

Aus einem Berg von Papieren zieht Gastó ein Blatt hervor und setzt sich eine Lesebrille auf.

»Pere Vila Riera. Geboren am 26. September 1956 in Barcelona. Begann nach Abschluss der mittleren Reife eine kaufmännische Lehre, brach nach einem Jahr ab und half seitdem im Laden der Mutter aus, den sie 1957 eröffnet hat. Davor arbeitete sie als Dienstmädchen. Der Vater, Joan Vila, war seit 1955 Angestellter der städtischen Gärtnerei. Er starb vor sechs Jahren. Joan und Eulàlia hatten keine weiteren Kinder.«

»Ungewöhnlich, dass ein einfaches Dienstmädchen genügend Kapital hatte, um einen Laden zu eröffnen«, sagt Pau.

»Vielleicht hat sie geerbt?«, schlägt Jaume vor und sieht zu Gastó, der achselzuckend fortfährt.

»Pere Vila Riera ist unverheiratet, ohne nennenswerte Krankheitsgeschichte außer den üblichen Kinderkrankheiten, einem gebrochenen Arm und einer chronischen Sinusitis, wegen der er zuletzt vor fünf Jahren in Behandlung war. Polizeilich unauffällig, kein Führerschein. Unvermögend und, soweit wir herausfinden konnten, weder Mieter noch Besitzer einer anderen Wohnung oder Garage oder Lager. Auch haben wir nichts weiter im Namen der Mutter oder des Vaters gefunden.«

»Freunde, Verwandte, der übliche Bordellbesuch?«, fragt Quim, der unermüdliche Antreiber.

»Bisher haben wir nichts«, sagt Jaume, »die Jungs von der Streife befragen noch die Leute im Viertel, jetzt, wo wir ein Foto haben. Es scheint, dass unser Mann ein zurückgezogener, schüchterner Einzelgänger war, der am Rockzipfel der Mutter hing.«

»Gut«, seufzt Quim, »sonst noch etwas?«

»Die Wohnung im ersten Stock muss von *okupas* besetzt gewesen sein«, sagt Jordi. »Wir haben ein paar dreckige Matratzen gefunden, alte Demotransparente und einen Haufen Flugzettel der Anarchistenbewegung. Aber auch diese Ratten haben irgendwann das sinkende Schiff verlassen.«

Er reicht jedem von uns ein Flugblatt: »Nein zum Kapital – Ja zur Gerechtigkeit«. Wenn das so einfach wäre.

»Kann ich das Foto mal sehen?«, frage ich.

»Wir haben es aus der Kommode seiner Mutter«, sagt Jaume und reicht mir eine Kopie. »Es ist zwei Jahre alt. Erkennst du ihn wieder?«

Ich betrachte das Bild, überrascht, dass sich mein Herzschlag vor Anspannung beschleunigt, verwundert, dass der Mann schlanker ist, als ich ihn in Erinnerung hatte – gleichzeitig ist da diese Kompaktheit seines Oberkörpers, verstärkt durch die eher kurzen Beine und den roten Pullunder, den er über einem karierten Hemd trägt. Seine träge Haltung – das Bild zeigt ihn mit hängenden Schultern und einem Besen in der Hand vor dem Miederladen – betont die Schlaffheit seiner gesamten Erscheinung und macht den Eindruck, als wäre er rundlicher, als er tatsächlich ist. Das Kinn verläuft weniger fliehend, als ich es Conxi am Zeichentisch beschrieben hatte, doch ansonsten lag ich so falsch nicht: buschige Brauen, aufgeblähte Wangen, ein fleischiger, leicht geöffneter Mund. Dieser Mann strahlt nichts aus. Er ist die Gleichgültigkeit in Person – passiv und resigniert, würde ich sagen, wüsste ich nicht, was er getan hat, zu welcher Brutalität er fähig ist.

»Kein Zweifel«, sage ich, »das ist er.«

»O. K., Leute, lasst uns loslegen«, sagt Quim. »Konzentrieren wir uns also auf die drei letzten und den aktuellen Hausbesitzer. Ich kümmere mich in der Zwischenzeit um die Presse, und in einer Stunde will ich alle Namen und Aufenthaltsorte dieser Leute, egal, ob deren Firmen ihren Sitz in der Karibik haben oder sonst wo: Irgendeinen Drahtzieher müssen sie in Barcelona haben, und wir müssen darauf gefasst sein, dass unter ihnen das nächste Opfer sein könnte und dass –«

Mit einem lauten Rums haut Gastó auf einen der Tische.

»Das werden wir nicht zulassen!«, ruft er und steckt sich wie zum Anpfiff seine Plastikzigarette in den Mundwinkel. Verblüfft staunen wir ihn an, doch einen Augenaufschlag später sind die Männer bereits zu ihren Plätzen geeilt und nehmen die Telefone in Angriff. Und ich? Was kann ich bitte, bitte –

»Du, das mit dem Abendessen heute –«, flüstert Quim mir zu, während er mich sanft, aber bestimmt, zur Türe führt.

»Mach dir darüber mal keine Gedanken«, sage ich.

Quim lächelt erleichtert und sieht dabei fix und fertig aus. Was er jetzt braucht, sind eine erfolgreiche Fahndung und mindestens zwölf Stunden Schlaf. Ich klopfe ihm auf die Schulter und fühle mich wie eine verlassene Soldatenbraut, könnte jetzt glatt ein »Bella Ciao« schmettern. Aber ich tu's dann lieber doch nicht.

Königssohn

Den König suchen will ich heute, doch erst Kartoffeln schälen und Rüben putzen und die Töpfe auskratzen. Sie sind ja noch fast Kinder. Sie sagen alter Mann zu mir und lächeln dabei, sie legen die Hand auf meinen Arm, wenn sie mit mir reden. Sie zetern nicht, verlangen nicht, sagen Danke und gut, dass du gekommen bist. Sie machen mich weich, ohne nach mir zu treten – nicht gegen den Kopf, mamà, warum immer gegen den Kopf! Unter den Ladentresen drückte sie mich, wenn mittwochs die reiche Senyora kam, trat mit ihrer Schuhspitze gegen meine Schläfen, aua aua aua – wenn du nur ein Wort …! Zusammengerollt verwandelte ich mich in einen Igel und wurde Freund der kleinen Spinne zwischen den Dielen, lauschte, wenn sie fragte: Was macht der Kleine? Wie geht es ihm? Ich habe eine Süßigkeit mitgebracht. Ach so, ja bitte, dieselben Strümpfe wie sonst auch. Wie schade, dass ich ihn stets verpasse, so was Dummes, nicht wahr? Ach Eulàlia, hättest du ihn mir doch … du hättest ihn mir wirklich … ich wäre der glücklichste Mensch, trotz alledem. Nein, behalte das Rückgeld, aber ja doch. Gib ihm einen Kuss von mir. Sei gut zu ihm, er ist dein Glück im Unglück, ich dagegen habe nur Unglück im Glück.

Sie roch süß, die reiche Senyora, doch giftig und bitter war mamàs Wut, wenn sie ging, schimpfte mich, weil die Hosen dre-

ckig waren nach dem Verharren unterm Tresen, zog mich an den Ohren, haute mir auf den Rücken, schlug mich auf den Kopf, sagte: Deinetwegen ertrage ich diese Scham! Kommt hier her, ganz fein und gütig, um sie mir ins Gesicht zu reiben, die Schande, nur weil sie nicht von ihrem König trächtig wird und er mir dafür an die Wäsche ging, und nun muss ich ewig dankbar sein für einen Mann, der schweigend die Lüge erduldet und sein Gehalt zu den Huren trägt, für einen Sohn, der mich jeden Tag an diese Augen erinnert, an die des Königs mit der großen Geste, die mir das Maul stopften: Augen und Geste.

Sagte mamà und jagte mich auf die Straße.

Geh Wein holen!

Irgendwann war es vorbei mit den Mittwochsbesuchen, denn die reiche Senyora zählte meine Geburtstage, und ich hätte es wissen sollen: Ein Baby, ein Kleinkind, ein Junge, das wäre gegangen. Doch als es Zeit war, dass der Vater mich zu den Frauen mitnahm, war die Kindheit vorbei, und mit ihr die Hoffnung der Senyora, und mit ihr wiederum der süße Duft und die weiche Stimme, und mit ihr schließlich meine Sehnsucht, nur ein einziges Mal mehr von ihr zu erhaschen als den Anblick ihrer hohen Schuhe und der Perlonstrümpfe, die wir für sie bestellten.

Dann vergaß ich.

Dann, eines Tages, als die Senyora schon lange nicht mehr kam, schickte mich mamà hoch ins Viertel der Reichen, um ein Päckchen abzugeben. Weil der Vater zu betrunken war, weil sie schwere Beine hatte, weil ich nicht herumlungern sollte. Wehe, dich sieht einer!, warnte sie. Gib's dem Pförtner und komm heim. Ich folgte der Adresse, die auf dem Päckchen stand, ich nannte dem Pförtner den Namen, den ich vom Umschlag ablas, drei Mal musste ich ihn wiederholen, denn ich hielt die Luft an, um den schwarzen Marmor nicht schmutzig zu machen.

Dann, als ich entlassen wurde und betäubt von den blühenden

Vorgärten die Stufen zur Straße hinabstieg, sah ich einen Wagen anhalten. Ein Fahrer stieg aus, um eilig seinen Gästen die Tür aufzuhalten. Zwei perlonbestrümpfte Beine in hohen Schuhen tasteten nach dem Asphalt, und ich starrte mit offenem Mund auf den Samtrock, auf den Pelzmantel, auf die Perlenkette, auf das von braunen Locken umrahmte Gesicht. Ihr süßer Duft schlug mir entgegen, und sie sah durch mich hindurch und ging an mir vorbei. Sie summte dabei etwas Trauriges. Hinter ihr ein Mann mit hellen Augen, so wie meine, mit dicken Backen, so wie meine – ob seine Mutter sie ihm auch lang gekniffen hat, als er ein Bub war, dachte ich, um kurz darauf eine Münze in die Hand gedrückt zu bekommen –

Jetzt kommt das Gesindel schon hierher, um zu betteln.

Dann vergaß ich erneut.

Halt, alter Mann, du schälst ja Kartoffeln für eine ganze Armee!

Ich wische mir die Finger am Küchentuch ab und frage mich, wie alt man sein muss, um alt zu sein, und spüre, wie mich eines der silberbestückten Mädchen antippt, magst du einen Kaffee, fragt sie, komm, setz dich.

Lies die Zeitung.

Mach dir keine Sorgen.

Alles wird gut.

8.

»Ich schau mich nur um.«
Anna Silber
»Wonach suchst du?«
Oriol Bosch

Kaum stehe ich auf der Straße, das Präsidium im Rücken und die Frage im Kopf, ob ich das alles nur geträumt habe und was ich hier – an dieser Adresse, in dieser Stadt, auf der Welt und warum nicht gleich überhaupt – zu suchen habe, ruft mich Rafael an. Keine Zeit für Schwermut, Schätzchen, Sinn des Lebens hin oder her.

»Du, das mit dem Abendessen heute …«, beginnt er.

»Ich weiß schon«, sage ich, »komme gerade von Quim.«

»Hoffentlich ist das bald vorbei«, seufzt Rafael.

»Die Stimmung ist jedenfalls kämpferisch«, berichte ich matt.

»Du bist also unten in der Stadt?«, fragt er. »Hast du gerade etwas vor?«

»Eigentlich müsste ich ein bisschen arbeiten, aber ich habe gerade eine kleine Krise … Vergiss es. Totaler Quatsch.«

»Warum? Was ist los?«

Im Moment? Irgendwie alles. Angefangen bei einem unbestimmten Heimweh, Sehnsucht nach, ach, dem Duft nach Honig, und dem Wunsch, schlichtweg unentbehrlich zu sein. Aber am liebsten würde ich mir jetzt die schönen Geschichten meiner Mutter anhören, damals, als sie noch in einem Barcelona lebte, das sich in der Straße der Rosenbüsche befand und mein Märchenland sein sollte.

»Na ja«, sage ich, »ich weiß nicht, ob ich diesen blöden Reiseführer nicht einfach hinschmeißen sollte. Das ist das Letzte, was diese Stadt noch braucht.«

Der Gedanke ist zwar naheliegend, aber es überrascht mich trotzdem, es ausgesprochen zu haben. Auch Rafael scheint kurz zu stocken.

»Aber … Dann komm doch einfach mit zu den *okupas* und erzähl mir alles«, schlägt er vor.

»Gleich? Machst du jetzt auch etwas über sie?«

»Siehst du! Du hast *auch* gesagt! Und ja, aber mir geht's nur um die Fassade. Angeblich das größte Graffito der Stadt! Ein Kunstwerk. Ich will in der nächsten Ausgabe von BCN darüber schreiben.«

So kommt es, dass ich einen zehnminütigen Spaziergang später vor dem berühmt-berüchtigten besetzten Haus stehe, dessen Fassade allerdings atemberaubend ist. Schwer beeindruckt bestaune ich das schwarz-weiße Graffito, das eine Art Baum darstellt. Er wächst in dicken, ineinander verschlungenen Luftwurzeln aus der Eingangstür, über der sich ein kleines, schief bedachtes Hexenhäuschen an die fantastisch bemusterte Rinde schmiegt. Die zusammengezwirbelten Wurzeln lösen sich im zweiten Stock in einzelne Stränge auf, verbreiten sich verjüngend über die ganze Fassade, wuchern munter bis zum Dach empor und umranken mit zarten Enden die Fenster. Ich muss lächeln. Diese knallharten Hausbesetzer in ihren schwarzen Klamotten mit ihren gepiercten Gesichtern und den tätowierten Armen – sie haben sich ihr Märchenland einfach geschaffen.

Wir betrachten schweigend das Kunstwerk und fragen uns, wie es gemalt wurde – Graffitimaler agieren bei Nacht und Nebel, aber das hier, das erfordert ein riesiges Baugerüst, und Zeit, und –

»Wer auch immer das gemacht hat, ist genial und gerissen«, sagt Rafael und zückt dabei sein Reporterblöckchen. »Gehen wir rein?«

Wir überqueren die Straße, und erst jetzt sehe ich die vielen kleinen Piratenflaggen und Anarchistensymbole, die hier und da zwischen den Verästelungen des Fantasiebaums hervorlugen. Auf den Flügeln des Eingangstors steht in roter Farbe: *República de la llibertat* – Republik der Freiheit.

»Rührend«, sagt Rafael und lässt ein paar Mal den kupfernen Türklopfer, der die Form einer eleganten Hand hat, gegen das Holz aufschlagen.

»Ein Wunder, dass der noch dran ist«, sagt er.

»Warum? Die *okupas* klauen doch nicht.«

»Die nicht«, erklärt Rafael, »aber zurzeit bevölkern ein paar Kupferbanden die Stadt. Noch nicht davon gehört? Bei uns haben die vorgestern die Griffe an der Haustür und am Aufzug abmontiert. Der ganze Block wurde beklaut.«

»Im neuen Haus?«

Rafael zuckt resigniert die Achseln.

»Das wird dann verscherbelt, geschmolzen und nach Osteuropa geschmuggelt. Jetzt werden nur noch Türgriffe aus Blech oder Plastik gekauft. Dieses Stück hier ist wirklich eine Seltenheit, also –«

Er zieht seine Hand zurück, mit der er gerade die Linien des Türklopfers nachziehen wollte, als ein junger Mann mit blond zerzausten Haaren den Kopf zwischen die Torflügel steckt. Ein kurzer Blick auf uns scheint ihm zu reichen.

»Presse oder Bullen?«

»Kultur«, sagt Rafael und zeigt über seinen Kopf zur Fassade hoch. »Es geht um euer Kunstwerk. Wir sind vom Kulturmagazin BCN.«

»Der Künstler will anonym bleiben, Mann. Das ist doch der Witz daran.«

»Das kann er ja. Keine Fotos, kein Name. Aber ich würde gerne mit ihm reden. Wie er es gemacht hat, das Konzept, die Vorbereitung, die Aussage … es ist wirklich toll.«

Der junge Mann beäugt uns skeptisch, dann bittet er uns rein. Rafael und seine entwaffnende Begeisterung.

»Wartet hier, ich frag mal nach«, sagt er und verschwindet im lichtlosen Treppenhaus.

Rafael grinst mir zu, und wir steigen vorsichtig über die hohe Schwelle des mächtigen Eingangstors. Schon wieder befinde ich mich in einer kalten, moderig riechenden Höhle, und ich fröstele. Es dauert eine Weile, bis ich mich an die Dunkelheit gewöhnt habe und ein Raumgefühl bekomme – dem Hallen unserer Schritte nach zu urteilen befinden wir uns in einem großen Saal. Blind stehen wir eine Weile da, bis sich die ersten Linien in die Dunkelheit zeichnen und das Schwarz sich allmählich auflöst. Diese Eingangshalle muss früher dazu gedient haben, Pferde und Kutschen unterzubringen, denn der Boden ist mit Kopfsteinpflaster belegt. Die gut fünf Meter hohen Wände sind mit Blüten aus Porzellan und vier kunstvoll geschmiedeten Laternen geschmückt. Die Hausbesetzer sollten sie mit Kerzen bestücken, denke ich, wenn sie schon kein elektrisches Licht haben. Doch wahrscheinlich wäre ihnen das zu bürgerlich.

»Ein modernistischer Palast«, raunt Rafael, »spätes neunzehntes Jahrhundert. So etwas würde ich auch besetzen!«

»Ich glaube nicht, dass sie das Haus der Ästhetik wegen ausgesucht haben«, flüstere ich.

»Aber das Signal ist doch klar: Seht her! Solche Paläste lasst ihr verkommen! Stehen jahrelang leer und fallen langsam in sich zusammen! Skandalös.«

Wir widmen uns wieder der stummen Betrachtung dieser Halle, in der einst Kutscher auf ihre feinen Herrschaften warteten. Nun parken rostige Fahrräder und ein paar mitgenommen wirkende Mofas, wo vor hundert Jahren die Pferde standen und ungeduldig auf den Boden stampften.

»Was würdest du davon halten, bei BCN einzusteigen?«, fragt Rafael unvermittelt.

»Was?«, frage ich.

»Hast du Lust, bei mir zu arbeiten?«

»Ist das dein Ernst?«

»Absolut! Ich wollte es dir beim Abendessen sagen, aber da das ja immer ausfällt –«

»Hey, ihr da!«, ruft der junge Mann von der Treppe aus. »Hier entlang!«

Wir tapsen langsam durchs Dämmerlicht, finden schließlich das kühle Geländer einer breiten, edlen Marmortreppe. Vom Schacht des Treppenhauses dringen graues Tageshell und ein paar erste Regentropfen durch das zerbrochene Oberlicht, vier Stockwerke über uns. Wir folgen dem jungen Mann, der leichtfüßig die Stufen hinaufspringt, in den zweiten Stock. Bei BCN arbeiten!, hüpfen meine Gedanken mit.

»Hier riecht's nach Suppe«, sagt Rafael.

»Ja, in der Küche bereiten die gerade das Mittagessen zu. Der ganze zweite Stock gehört unseren Gemeinschaftsräumen.«

»Stimmt es, dass ihr auch Zimmer vermietet?«, frage ich.

»Wir stellen sie zur Verfügung. Die Bezahlung ist keine Miete, sondern eine Beteiligung an der Gemeinschaftskasse.«

»Und es kann jeder kommen, der will?«

»Jeder, der zur Bewegung gehört.«

»Zur Republik der Freiheit?«

»Nein zum Kapital – Ja zur Gerechtigkeit«, sagt er und reicht mir ein Flugblatt – und zwar genau so eins, wie ich es heute Morgen in den Händen hielt. Das glaube ich jetzt nicht.

»Woher hast du das?«, frage ich fassungslos.

»Die machen wir hier. Ist Teil unserer politisch-sozialen Aufklärungsarbeit zum Spekulationsskandal in Barcelona.«

»Aber … ich meine, ich finde das gut – und wichtig! Aber kann es sein, dass ich so eins auch schon mal in Sant Pere gesehen habe? In einer besetzten Wohnung?«

»Ja klar«, sagt er, »bis wir dieses Haus fanden, waren unsere Einheiten überall verteilt.«

Rafael sieht mich mit seinem stets leicht erstaunten Blick an und schickt mir eine stumme Frage rüber. Kann ich dir jetzt nicht erklären, versuche ich telepathisch zu antworten. Stirnrunzelnd öffnet er den Mund, setzt an –

»Also, der Künstler selber kann euch nicht empfangen«, kommt ihm der junge Mann zuvor, »dafür aber sein ›Manager‹.«

Sagt es und malt augenzwinkernd Anführungszeichen in die Luft.

»Trotzdem: keine Namen, keine Fotos.«

»Ehrensache«, stimmt Rafael zu und folgt dem jungen Mann in Richtung Suppenduft.

»Was ist?«, fragt er, als ich stehen bleibe.

»Ich glaube, ich … dürfte ich mich vielleicht ein wenig umgucken?«, frage ich unseren Gastgeber. »Ich lasse auch meine Tasche hier«, sage ich und reiche sie Rafael. Dann ziehe ich sogar noch das Futter aus meinen Jackentaschen. »Und ich habe auch sonst nichts dabei.«

Der junge Mann sieht mich prüfend an.

»Meinetwegen«, sagt er schließlich und verschwindet in den Gemeinschaftsräumen, der erstaunte Rafael mit ihm.

Matratzen, Sperrmüllstühle, revolutionäre Poster, Regale aus aufeinandergestapelten Obstkisten, bemalte Wände, in die Ecken geworfene Rucksäcke, Kerzen in leeren Flaschenhälsen und alte Filmdosen als Aschenbecher: So in etwa lässt sich die Einrichtung der Zimmer zusammenfassen, in denen die idealistischen Anti-Systemler leben. Ich weiß nicht, wie gut sie es tatsächlich haben, aber ganz tief in meinem Inneren beneide ich sie ein bisschen. Das gebe ich unumwunden zu.

Als ich als später Teenager am öden, westlichen Stadtrand von München wohnte, wünschte ich mir nichts sehnlicher, als in Berlin zu leben. Natürlich dachte ich nicht an die große Revolution – dazu war ich viel zu egoistisch –, sondern an Nachtclubs, hippe Klamotten und Plattenläden, samt Väterchens Taschengeld und einer Abiturienten-WG in Kreuzberg. Davon war zu Hause natürlich nicht die Rede, ganz zu schweigen von den finanziellen Mitteln, über die eine Taxifahrerin und ein Privatdetektiv so verfügen – und der Tatsache, dass ich einen kleinen kranken Bruder hatte, auf den wir alle aufpassen mussten. Aber vielleicht hätte der Anblick der Obdachlosen und Drogensüchtigen, die nachts in Berlin vor den Bahnhofsküchen in Mülltonnen wühlen – während ich, wohlbehütet, knusprige Butterbrezeln aß –, in mir ja doch die Rebellin geweckt. So etwas wie: Schluss mit dem kleinbürgerlichen Spießerleben, hinaus in die echte Welt! Na ja, vorbei. Jetzt ernähre ich mich von Croissants und Aniskrapfen, während mutigere Jugendliche, als ich es einmal war, die Welt verändern wollen. Wären mir in München zu meiner Zeit solche Leute über den Weg gelaufen, ich wünsche meiner Vergangenheit, ich hätte mich ihnen angeschlossen. Jedenfalls hätte ich, mitten in hormoneller Protestphase, hoffentlich damit liebäugeln können. Muss ja nicht gleich ein Hausbesetzertrupp oder eine Müllverwertergruppe sein – einfach irgendetwas, womit man den kurz anhaltenden Idealismus der Jugend ausleben kann. Aber ich habe meine Chance verpasst – und daran ist nicht mein Bruder schuld, so reif bin ich inzwischen –, und ich denke bei der Freien Republik nur noch an erwachsene Sorgen wie Warmwasser, Flöhe und ein Einzelzimmer. Denn hier werden, wenigstens nach der Anzahl der Matratzen zu urteilen, die Schlafräume mindestens zu sechst geteilt, doch außer einem Häuflein fiepsender Welpen in einem fürsorglich mit Holzwolle ausgelegten Karton begegne ich keiner Menschen- oder Hundeseele. Es ist eben Mittagszeit, und alle, die sich im Haus befinden, lungern wahrscheinlich mit Hunger im Magen in der Gemeinschaftsküche herum.

In den Bädern stehen überall mit Wasser gefüllte Eimer – wie anstrengend das sein muss! Mit Kanistern auf die Straße, um sie am nächstliegenden öffentlichen Brunnen zu füllen, dann alles wieder hochschleppen, und ab in die Kloschüssel damit. Wenigstens aber haben sie Toiletten und können sich waschen. Kann eine Weile lang ja auch romantisch sein, so ein Leben im bemalten Knusperhäuschen.

»Interessiert?«, fragt mich plötzlich eine weibliche Stimme.

Ich drehe mich um. Vor mir steht eine kleine, mollige Frau Anfang zwanzig, im obligatorischen Schwarz und mit einem rosafarbenen Glitzerstecker im linken Nasenflügel. Sie ist hübsch, hat schön geschwungene Augenbrauen, und so, wie die gerade ironisch hochgezogen sind, ist mir klar, dass sie weiß, ich bin gewiss kein potenzieller Neuzugang. Niemand hier würde in Jeans, braunen Stiefeletten und einer roten Jacke herumlaufen. So *normal*. Sie erschaudert kurz.

»Ich schau mich nur um«, sage ich, »der Blonde hat's mir erlaubt …«

»Hey, ich bin nicht hier, um dich zu kontrollieren.«

Ich lächle entschuldigend, doch sie verzieht keine Miene. Ich schiebe mich an ihr vorbei, habe eh genug gesehen, suche in diesem Labyrinth von Durchgangszimmern und Fluren den Ausgang zum Treppenhaus. Die Frau folgt mir wie ein Schatten.

»Ich mag keine Leute von der Presse«, sagt sie.

»Ich bin auch nicht von der Presse – jedenfalls nicht von einer Zeitung.« Aber vielleicht bald von einem Kulturmagazin, jubele ich still. »Es geht um den Künstler, der die Fassade bemalt hat.«

»Künstlerin«, sagt sie.

»Ach so?«, frage ich und bleibe stehen.

Sie stoppt zwei Schritte hinter mir und zuckt die Achseln.

»Soll dein Kollege da unten mal schreiben, was er will«, sagt sie.

»Aber … das muss dir doch was ausmachen, ich meine …«

Sie verzieht verächtlich den Mund.

»Ruhm interessiert mich nicht.«

»Und warum erzählst du es mir?«

»Was habe ich dir denn erzählt?«

»Na, dass du …«

Sie grinst. Ich gebe auf. Soll sie doch machen, was sie will. Ich habe jetzt keinen Kopf, um über das Konzept von Ruhm in Verbindung mit der Position der Frauen zu diskutieren, innerhalb oder außerhalb von Kommunen. Ist doch überall dasselbe.

Ich gehe weiter und bleibe vor einer kleinen, türlosen Kammer stehen. Der wolkenbedeckte Himmel schickt einen grauen Lichtstreifen durch das schmale Fenster, unter dem eine Matratze liegt. Statt eines Posters hängt an einer der Wände ein grünes Jackett.

»Ein Einzelzimmer?«, frage ich überrascht.

»Für Sondergäste.«

Ich betrete das Zimmer und schaue mich um. Kein Rucksack, keine Zigarettenkippen, keine Kampfschriften. Wäre die Tür nicht aus den Angeln gehoben worden, sodass hier jeder ein und aus gehen kann, sähe das nach einer Gefängniszelle aus. Oder einer Mönchskammer. Neugierig betrachte ich das Jackett: *»parcs i jardins«*, lese ich auf dem Revers.

»Ist das ein Gärtner?«

»Nein, aber der Blazer ist echt cool. Fast schon eine Antiquität. Die trugen früher die städtischen Parkpfleger. Prä-Phosphorgelb-Ära.«

»Kennst du den … Mann?«, versuche ich, als mein Blick auf drei Stücke Kernseife fällt, die haargerade nebeneinander in einer leeren Obstkiste liegen. Und schon bekomme ich Herzrasen.

»Nur mal gesehen. Ist ein älterer Kerl. Der hat mit uns nichts zu tun, ist aber ein Kumpel von zwei der Jungs hier. Die haben eine Weile im selben Haus gewohnt. Also, der Mann mit der Jacke hat da gewohnt, und unsere Jungs hatten im selben Haus eine Wohnung besetzt. Muss aber übel abgegangen sein.«

»Inwiefern?«, frage ich, die Hand auf der Brust.

»Na ja, so Mafiatypen, die alles kurz und klein geschlagen haben, um die Mieter zu verscheuchen. Wir hatten sogar eine Aktion gegen die geplant, aber dann hieß es, dass diese Typen Schusswaffen haben, und dann haben wir das abgeblasen. Ist jetzt aber schon länger her, da waren wir noch überall in der Stadt verteilt. Als es die Zentrale noch nicht gab.«

»Weißt du, wie der Mann heißt? Ist er *hier??*«

»Keine Ahnung. Jedenfalls haben wir ihn erst einmal aufgenommen, weil er inzwischen auch weggejagt wurde – sag mal, geht's dir nicht gut? Bist plötzlich ein bisschen blass.«

Kein Wunder. Mir ist hundeübel. Panisch taste ich nach meinem Handy – klar, habe ja die Tasche unten gelassen, muss sofort Quim anrufen, aber wenn die Polizei herkommt, dann wird auch das Haus geräumt, und das geht doch nicht! Die Republik der Freiheit, gestürmt von einem Heer bewaffneter Polizisten! Das haben diese Leute nicht verdient. Was soll ich tun?

»Pass auf«, sag ich zu der Frau, »wenn der Mann, der in diesem Kämmerchen wohnt, zurückkommt, musst du mich unbedingt anrufen, ich brauche nur einen Stift –«

»Jetzt mach mal nicht so einen Stress. Ich glaube, da kommt er schon.«

Aus den Augenwinkeln sehe ich, wie jemand die Treppe hochsteigt – und ich ziehe, ohne groß nachzudenken, die Frau eine Tür weiter in eins der Bäder.

»Hey, was –?«, fragt sie.

Ich halte ihr den Mund zu, drücke sie in die Duschnische und ziehe den Vorhang hinter uns zu. Pere Vilas Schritte nähern sich schleppend, ziehen an unserer Tür vorbei und verstummen wenig später in seiner Kammer.

»Dieser Mann ist sehr gefährlich«, flüstere ich ihr ins Ohr, »du musst jetzt ganz still sein, O. K.?«

Sie nickt erschrocken.

»Ich muss hier raus, und er darf mich nicht sehen. Kannst du mir dabei helfen?«

Sie nickt wieder.

»Ich schwöre dir«, sage ich, »er ist wirklich gefährlich. Gegen den sind diese Mafiatypen Amateure, glaub mir.«

Ihr Blick ist zögerlich.

»Hör zu – ich habe keine Zeit, dir alles zu erklären, aber ich habe auch keine Lust, dass die Polizei hier einfällt, um sich den Mann in eurem hübschen Nest zu schnappen. Wäre schade drum. Wir müssen das draußen regeln. Aber dieser Mann gehört ins Gefängnis.«

Beim Wort »Polizei« blinzelt sie, ebenso bei »Gefängnis«. Kein guter Schachzug von mir, jetzt hat sie mit dem Mörder der Heiligen Eulàlia ein gemeinsames Feindbild – könnte sie doch nur verstehen!

»Bitte«, bettle ich, »vertraue mir. Ich bin kein Bulle. Und ich verrate auch nicht, dass du die Malerin des Graffitos bist!«

Ich sehe sie verzweifelt an, und ihr Blick wird ernst. Kein Zögern, kein Schrecken. Langsam nehme ich meine Hand von ihrem Mund.

»Was soll ich tun?«, fragt sie leise.

»Warte hier. Renn zum Fenster und pfeife, wenn er sein Zimmer verlassen hat.«

Sie nickt stumm, und ich fasse ihre Hand.

»Du bist eine große Künstlerin, weißt du das?«

Sie grinst verlegen und legt einen Zeigefinger auf ihre Lippen. Vorsichtig stecke ich den Kopf aus der Badezimmertür – die Luft ist rein. Leise tripple ich zu den Treppen, sause hinunter in den zweiten Stock, finde Rafael in Begleitung von acht *okupas* an einem langen Tisch vor einem dampfenden Teller Suppe, zerre ihn hoch, reiße meine Tasche an mich, ziehe ihn ins Erdgeschoss und hetze durchs Tor auf die Straße.

»He!«, ruft Rafael. »Sag mal, spinnst du jetzt oder was?«

»Mein Handy, ich find mein Handy nicht«, stammle ich, in meiner Tasche wühlend, »ruf Quim an, sofort.«

»Was ist denn los?«

»Sofort!!«

Ein lauter Pfiff ertönt. Ich blicke auf und sehe die Graffitikünstlerin am Fenster winken.

»Scheiße«, fluche ich, »scheißescheißescheiße. Was ist?«, frage ich Rafael, »geht er nicht ran?«

»Mailbox«, sagt Rafael, und ich nehme ihm das Handy aus der Hand.

»Quim, der Mörder ist hier. Du musst sofort kommen, er – warte, er verlässt das Haus, ich ruf gleich noch mal an.«

Ich ziehe Rafael zu seiner Vespa, beobachte dabei, wie Pere Vila in seiner grünen Gärtnerjacke eines der kommunalen Mofas aus dem Tor schiebt. Über der Schulter trägt er einen großen Trauerkranz.

»Los«, sage ich zu Rafael, »hinterher. Wir dürfen ihn nicht aus den Augen verlieren.«

»Ist das euer Mörder?«, fragt Rafael erschrocken.

»Los!«, zische ich.

Wir springen beide auf die Vespa und fahren beinahe gleichzeitig mit Pere Vila los.

»Wie ist die Nummer der Polizei?«, rufe ich Rafael ins Ohr.

»112«, ruft Rafael zurück.

Freihändig auf dem Rücksitz einer fahrenden Vespa eine

Nummer einzugeben ist eine verflixte Sache. Und dann auch noch die Warteschleife mit Vorzimmermusik ... Ich lege auf und wähle erneut Quims Nummer. Warum geht er nicht dran!

»Quim, wir folgen ihm, fahren gerade die *Compte d'Urgell* hoch, sag, was wir tun sollen!«

Pere Vilas Mofa muss getunt sein, so wie der durch die Gegend rast, und das mit einem Kranz über der Schulter. Er passiert eine gelbe Ampel, und Rafael gibt mächtig Gas, um es im letzten Moment noch zu schaffen. Wir tragen beide keinen Helm, und ich sende gleich mehrere Stoßgebete gen Himmel: Lass ihn uns nicht entwischen. Lass uns heil davonkommen. Mach, dass Quim anruft.

Wir überqueren die *Diagonal* und sausen weiter bis nach Sarrià, dem Viertel der traditionell wohlhabenden Familien und, zu deren Leidwesen, der Neureichen. Im Vorbeifahren sehe ich verschwommen, dass hier und da noch einige Villen aus der Jahrhundertwende stehen, von hohen Mauern umgeben, mit prächtigen, baumbewachsenen Gärten. Ansonsten stehen hier Appartementhäuser aus den Sechzigerjahren, von deren Terrassen, die wahrscheinlich so groß sind wie meine Wohnung, herrliche Bougainvilleen und Farne wie Schärpen herunterhängen.

Eines der Gebete hat funktioniert: Rafaels Handy klingelt, es ist Quim.

»Wo seid ihr?«, fragt er.

»Wo sind wir?«, frage ich Rafael.

»Avinguda de Sarrià«, ruft er.

»Auf der Avinguda de Sarrià!«, rufe ich in den Hörer.

»Wir sind schon unterwegs. In Sarrià lebt der erste Hausbesitzer«, sagt Quim.

»Dann fährt er dorthin!«, rufe ich.

»Wir treffen uns dort«, sagt Quim, »ich melde mich gleich wieder« – und legt auf.

»Was sagt er?«, fragt Rafael, und ich drücke mich fest an seinen Rücken, als er sich in eine Kurve legt.

»Sie kommen!«, rufe ich glücklich.

Wir fahren noch gute drei Minuten im Zickzack durch den Nachmittagsverkehr, Rafael die ganze Zeit darauf bedacht, so oft wie möglich die Position zu wechseln, um Pere Vila nicht aufzufallen. In dem Augenblick, als wir rechts in eine schmalere Straße einbiegen, ruft Quim wieder an.

»Wir sind da«, sagt er, »wo seid ihr jetzt?«

Ich nenne ihm den Namen der Gasse, an deren Schild wir soeben vorbeirollen und wo weit und breit kein Polizeiwagen zu sehen ist.

»Komisch«, sagt Quim, »das ist doch ganz woanders.«

»Was?? Moment – er hält«, sage ich, und Rafael überholt Pere Vila, der vor einem Wohnhaus absteigt, dessen Eingang von einem livrierten Portier bewacht wird. Drei Häuser weiter biegen wir links um die Ecke und stoppen die Vespa.

»Wie heißt dieser Hausbesitzer«, frage ich ins Telefon.

»Esteve Puig«, sagt Quim, »aber –«

Ich gebe Rafael das Handy, reiße einen Helm aus dem Gepäckköfferchen und renne los.

»Sag Quim, wo wir sind!«, rufe ich ihm zu.

»Anna! Warte! Anna!«

Ich eile in die schmale Gasse zurück und bleibe vor dem Haus stehen, in dem gerade noch dieser livrierte Portier am Eingang stand. Wo ist der denn jetzt? Und Pere Vila samt Kranz? Langsam steige ich die zwei Stufen empor und hoffe, mit meiner großen Umhängetasche über der Schulter und

Rafaels Motorradhelm auf dem Kopf als Eilbote durchzugehen.

»Sie wünschen?«, ruft eine Stimme aus dem mit schwarzem Marmor getäfelten Eingangssaal. Ich schiebe das Visier hoch und sehe, wie der Portier von den Aufzügen her auf mich zukommt.

»Ein Päckchen für Esteve Puig«, sage ich.

»Niemand residiert hier unter diesem Namen«, flötet der Portier.

Ich sehe, wie die Signallampe des Aufzugs vom zweiten auf den dritten Knopf springt. Vier. Fünf. Fünf. Immer noch fünf.

»Ja äh – sind Sie sicher?«

»Junge Frau, ich arbeite seit sechzehn Jahren in diesem Haus. Hier lebt kein ...«

»Esteve Puig.«

»So ist es«, sagt er mit Triumph in der Stimme

Die Signallampe brennt immer noch auf der Fünf. Ich schiele zu den Treppen, nehme meinen Helm ab – und lasse ihn aus Versehen fallen, wie ungeschickt von mir aber auch. Er kullert polternd in Richtung des Rezeptionstisches, und der livrierte Feine-Leute-Portier hüpft ihm sogleich hinterher, zutiefst bestürzt über den Lärm. Und schon schlüpfe ich durch die Tür neben den Aufzügen ins Treppenhaus und nehme beherzt zwei Stufen auf einmal, hopp, hopp, und wünschte, ich hätte einen Plan. Und meinen Helm, der eine gute Waffe gegen Pere Vila gewesen wäre.

Außer Atem betrete ich den Flur des fünften Stockes und bleibe vor einer mahagonifarbenen Tür stehen. Was heißt farbenen. Eine Wohnung pro Stockwerk, denke ich beeindruckt und schätze mal mindestens zweihundert Quadratmeter purer Luxus, der sich hinter dem Mahagoni verbirgt.

Die Tür ist angelehnt, es riecht nach Kerzen und Blumen, und entferntes Gemurmel ist zu hören. Zaghaft drücke ich die Türe auf, als mir ein beschürztes Dienstmädchen entgegenkommt. Sie lächelt milde.

»Bitte«, sagt sie, »hier entlang. Waren Sie eine ihrer Klavierschülerinnen?«

»Ja«, sage ich einfach und folge ihr durch die Diele.

Ein weißer, flauschiger Teppich dämpft unsere Schritte, und ich fühle mich wie in einer dieser Wohnungen aus den Hochglanzzeitschriften, die noch bis vor einem Jahr meine Reiseartikel abdruckten: breite Lampenschirme, Landschaftsbilder in Öl, abstrakte Skulpturen, sinnlose, aber dekorative Gegenstände wie pizzagroße, gläserne Aschenbecher, enorme Holzkugeln und eierförmige Halbedelsteine. Alles hübsch platziert und absolut staubfrei. Neben dem in solchen Haushalten obligatorischen Gästebuch liegt ein silberner Brieföffner, der eine Sekunde später in meiner Jackentasche steckt.

Im auf die Terrasse führenden Salon bleibt das Dienstmädchen stehen, um mich vorbeizulassen. An die zwanzig Menschen in Trauerkleidung sitzen um einen offenen Sarg, in dem eine alte Frau mit zarten Zügen liegt. Ihr Haar schimmert silbern auf einem weißen Samtkissen, und in ihren gefalteten Händen steckt ein Rosenkranz. Neben ihr sitzt ein hochbetagter Mann im Rollstuhl, dessen Kinn beim Einnicken auf die Brust gefallen ist.

Ich nicke den meist leise vor sich hin betenden Trauergästen zu, murmele mein Beileid und frage mich, wie ich hier schleunigst wieder rauskomme. Und dann sehe ich ihn – Pere Vila, wie er auf der windigen Terrasse seinen Kranz neben andere Blumengestecke niederlegt. In seinem grünen Gärtnerjackett sieht er aus wie ein harmloser Blumenlieferant. Was macht er hier? Woher kennt er diese Leute? Wo bleibt Quim?

Ich merke, wie es mir den Hals zuschnürt, und ich schleiche zum Dienstmädchen.

»Rufen Sie den Portier an, und sagen Sie ihm, er soll auf der Straße auf die Polizei warten«, flüstere ich. »Sagen Sie ihm, dass er sie in den fünften Stock schicken soll.«

Das Dienstmädchen sieht mich zögernd an, dann schweift ihr Blick Hilfe suchend zum Herrn des Hauses. Doch der schläft.

»Tun Sie, was ich sage«, zische ich, »Sie haben einen gefährlichen Mann in dieser Wohnung!«

Sie quiekt leise und eilt zum Haustelefon neben der Eingangstüre. Ich schleiche wieder zurück zu den Trauergästen und sehe, dass Pere Vila noch immer auf der Terrasse steht, die Haare vom Wind zerzaust, die Augen fixiert auf den alten Mann im Rollstuhl. Ich könnte ihn aussperren! Natürlich! Entschuldigend winde ich mich durch die eng im Raum verteilten Trauergäste, trete einer Dame auf die Füße, stolpere über den Aktenkoffer eines Herrn, verliere meine Tasche und das Gleichgewicht, spüre einen kalten Luftzug und den scharfen Geruch von Kernseife – und kurz darauf eine Hand, die aus einem grünen Jackett ragt und mich am Arm wieder hochzieht.

Danach geht alles ganz schnell.

Pere Vila starrt mich an, ich starre zurück – er schubst mich zurück auf den Boden und springt durch die schreienden Leute zum aufschreckenden, alten Mann, ich rappele mich auf und stürze ihm nach, sehe, wie er ein Messer zückt, höre eine Stimme –

»Bleiben Sie stehen, oder ich schieße!«

– taumele gegen Pere Vila, der wiederum das Gleichgewicht zu verlieren droht, sich aber an mir festhält und meinen Hals mit seinem Arm einklemmt, und ich spüre durch die Wollmaschen meines Pullis eine kalte Klinge auf meiner Brust, versuche trotzdem, den Rollstuhl wegzutreten, den Pere Vila mit einem Bein zu sich zieht –

»Das Messer! Lassen Sie das Messer fallen!«, ruft jemand. Dann: »Alle raus hier!«

– höre ein Durcheinander von Stimmen und Ausrufen, das Klappern umgeworfener Stühle, das Trappeln forteilender Schritte, und ich merke, wie die Klinge an meiner Haut kratzt, sehe, wie die Augen des alten Mannes schreckensstarr werden, denke noch, der kriegt jetzt gleich einen Herzinfarkt, na, dann kann er gleich mit in den Sarg seiner Frau –

»Lassen Sie sie los!«

– werde von der Wucht, mit der Pere Vila gegen den Rollstuhl stößt, mitgezogen, um sofort in die entgegengesetzte Richtung gerissen zu werden, kriege kaum noch Luft, dieser Druck gegen meinen Hals, möchte husten, atmen, kotzen, alles gleichzeitig, spüre erneut die eisige Luft –

»Ich schieße! Ich schieße, sage ich!«

– fühle, wie mir der Wind durch die Klamotten zieht, schmecke vereinzelte Regentropfen, die mir ins Gesicht peitschen, sehe einen bleiernen Zipfel Meer am Horizont, merke, wie er mich hochzieht, aufs Geländer steigen will, nein, nicht so, lieber das Messer in die Brust, ich will so nicht sterben, und ich stemme mich mit aller Kraft dagegen und spüre plötzlich, wie Pere Vila ein Zucken durchfährt, noch eins, und noch eins, und jedes Mal kann ich etwas besser atmen, da sein Schluchzen auch den Griff lockert, und ich denke, weinen und töten, das geht doch nicht gleichzeitig, oder?

Und dann wird alles weich und fließend.

Ich sehe, wie das Messer zu Boden fällt, spüre, wie er hinter mir auf die Fliesen rutscht, sacke mit ihm in die Knie. Ich sehe, wie Quim auf mich zuspringt und mich wegzerrt, beobachte, wie er sich über Pere Vila beugt, folge seinem Blick hin zur Terrassentüre, wo Gastó mit gezückter Pistole steht. Reflexartig ziehe ich meinen Pulli weit genug runter, um nach der Wunde zu suchen, die die Klinge hinterlassen haben muss, doch ich sehe nur einen roten Fleck, kaum größer als einen Mückenstich. Erstaunt blicke ich auf.

»Nichts passiert, Anna, nichts passiert«, flüstert mir Quim ins Ohr und nimmt mich in die Arme.

Dumpf beobachte ich das stille Treiben in dem völlig durcheinandergewirbelten Salon. Jemand hat gnädigerweise den Deckel auf den Sarg gelegt, der noch immer in der Mitte des Wohnzimmers steht. Ich sitze auf einem der cremefarbenen Sofas, neben mir hockt Rafael und putzt sich mit zitternden Händen die Brille am Hemdzipfel. Jordi, Pau und Gastó stehen auf der Terrasse neben dem regungslosen Pere Vila und glotzen mit in den Taschen vergrabenen Händen in die Wolkenmassen. Ein Notarzt setzt dem alten Mann im Rollstuhl eine Sauerstoffmaske auf, daneben stehen Quim und Jaume und nehmen dem Dienstmädchen zwei Kaffeetässchen ab. Sie macht einen Knicks und beginnt, die umgeworfenen Stühle wieder aufzustellen.

»Später, Yolanda«, schnauft der alte Mann hinter seiner Maske hervor und winkt sie fort. Yolanda lässt sich das nicht zweimal sagen.

»Was suchte er hier?«, frage ich mit Blick auf Pere Vila.

Quim und Jaume schauen zum alten Mann, der wiederum auf den Sarg starrt. Er scheint nachzudenken. Oder er schläft gleich wieder ein. Aber ich irre mich – er ist hellwach und sieht mich plötzlich mit flinken Äuglein an. Dieser kalte Blick … es ist, als wäre er mir bekannt. Auf eine äußerst unangenehme Weise. Ohne mich aus den Augen zu lassen, nimmt er sich umständlich die Maske ab.

»Ich danke Ihnen«, sagt er zu mir, »Sie haben mir das Leben gerettet.«

Diese leicht herunterhängende Unterlippe … Ich stecke, mich unwohl fühlend, die Hände in die Jackentaschen – und fasse nach dem Brieföffner, den ich vorhin hatte mitgehen lassen. Ich ziehe ihn aus der Tasche und lege ihn auf den Wohnzimmertisch.

»Ich wüsste gerne, warum«, sage ich.

Der alte Mann lächelt kaum merklich und klemmt sich wieder die Maske über.

»Wie lange leben Sie schon hier?«, fragt Quim.

»Seit 1952«, antwortet der alte Mann barsch.

»Sie hatten damals ein junges Dienstmädchen, das hieß Eulàlia, nicht wahr? Eulàlia Maria Riera.«

»Ach«, winkt der Alte ab, »Sie können sich gar nicht vorstellen, wie viele Dienstmädchen wir schon hatten. Generationen!«

»Aber diese eine – an die müssten Sie sich eigentlich erinnern. Immerhin haben Sie ihr 1957 einen Laden gekauft und überschrieben. Das ist schon recht außergewöhnlich, finden Sie nicht? Vor allem, da jene Eulàlia fünf Monate vorher ihren Dienst bei Ihnen quittiert hatte.«

»Bah«, macht der Alte.

»Sie sind sein Vater!«, flüstere ich entsetzt.

Stumm sehen wir ihn an. Nur das leichte Zischen des Sauerstoffes, das ihm in die Nase bläst, ist zu hören.

»Wissen Sie eigentlich, wie Ihr Sohn hausen musste? Und dass er bis zuletzt seine Mutter gepflegt hat?«

Ich sehe, wie Quim erstaunt die Augenbrauen hochzieht. Na gut. Am Ende hat er sie umgebracht. Aber bis dahin –

»Ich habe keinen Sohn«, sagt der Alte. »Es wurde alles geregelt. Eulàlia war verheiratet mit einem … Müllmann oder so etwas Ähnlichem.«

»Einem Gärtner«, hilft Jaume nach.

»Der das Jackett da trug«, sage ich und zeige matt in Richtung Terrasse.

»Jedenfalls ist schwangeres Personal kein gutes Personal«, fährt der Alte fort, »also ist sie gegangen, wie es sich gehört. Zum Vater ihres Kindes. Ihrem Ehemann.«

»Haben Sie noch andere, ähm – haben Sie Kinder?«, fragt Quim.

»Nein«, sagt der Alte, »es war meiner Frau nicht gegeben.«

»Und wer wird das eines Tages alles erben, wenn ich fragen darf?«

»Die Kathedrale«, antwortet der Alte. »Das war der ausdrückliche Wunsch meiner Frau.«

»Die Kathedrale der Santa Eulàlia?«

Er sieht uns mit seinen bösen, kleinen Augen an, dann blickt er zum Häuflein des zusammengefallenen Pere Vila.

»Sie war schon immer sehr sentimental«, sagt er.

»Woher wusstest du das mit dem Laden?«, frage ich Quim, als wir im Auto zum Präsidium fahren, mit Jaume als unserem Fahrer und Rafaels Vespa als Eskorte.

»Als wir vom Portier erfuhren, wer im fünften Stock wohnt, hat Jaume den Namen im Büro nachforschen lassen«, antwortet Quim. »Die Kollegen haben sofort den Hinweis im Grundbuch des Ladens gefunden. Wir haben allerdings erst davon erfahren, als alles vorbei war.«

»Wie mag wohl Pere Vila davon erfahren haben?«

»Gute Frage.«

»Vielleicht von seiner Mutter«, sage ich. »Vielleicht hat sie ihm gebeichtet, dass sein Vater dieser reiche Knacker war, der sie am ausgestreckten Arm verhungern ließ – vielleicht hat er sie deshalb umgebracht. Wobei. So ganz verstehe ich das noch immer nicht.«

»Ich auch nicht, aber das kommt schon. Jedenfalls kannte Pere Vila den Namen seines Erzeugers – und heute stand die Annonce der Trauerfeier seiner Frau in allen Zeitungen. Spätestens da wusste er, wo er ihn finden würde.«

Wir schauen beide eine Weile gedankenversunken aus dem Fenster und lassen das nervöse Schauspiel des Abendverkehrs an uns vorbeiziehen.

»Ich kann mich überhaupt nicht erinnern, wie ich von der Terrasse ins Wohnzimmer kam«, sage ich plötzlich.

»Ich kann mich an ziemlich vieles nicht mehr erinnern«, sagt Quim.

Ich schaue ihn an – und sehe einen todmüden, unrasierten Mann, der träge blinzelnd aus dem Fenster blickt, den Nacken an die Rückenlehne gelehnt, und dem mit einem glücklichen Lächeln auf den Lippen die Augen zufallen.

»Morgen Abend feiern wir«, murmelt er noch. »Ich koche. Hoffe, du magst Fisch.«

Ich streichle nickend seine Hand und winke Rafael zu, der uns hupend überholt.

Es ist noch kälter geworden. Wind und Regen biegen die Platanen, rauschen durch Blätter und Büsche und fegen die Straßen leer. Vereinzelte Spaziergänger huschen, unter Regenschirmen versteckt, die Bürgersteige entlang, andere drücken sich gegen die Fassaden, suchen Unterschlupf in Hauseingängen. Das fade Licht der Straßenlaternen schluckt alle Schatten, und die Nacht wirft einen orange-schwarzen Schimmer auf die verstummte Stadt. Nur der Regen plätschert, ein paar Schritte hallen, und irgendwo zischen die Reifen eines unsichtbaren Autos über den Asphalt.

Der Saum meiner Hose ist pitschnass, und ich springe im Zickzack über die Pfützen, die sich auf dem unregelmäßigen, glänzenden Kopfsteinpflaster gebildet haben. Meine Haare tropfen, meine Hände sind klamm, und nach den vergangenen zwei Stunden meiner Aussagenaufnahme im Polizeipräsidium wünsche ich mir nichts sehnlicher, als den Kopf zu leeren und den Magen zu füllen. Ich verstehe überhaupt nicht, warum ich ständig essen könnte, das kommt davon, wenn man sich immer nur mit Brot und Süßigkeiten vollstopft: Es ernährt nicht und macht hungrig. Und dann fällt mir wieder ein, worüber ich den ganzen Tag versucht habe, nicht nachzudenken – was heißt, fällt mir ein: Ich bin ja bereits auf dem Weg dorthin. Nur noch eine Pfütze … und ich stehe vor dem kleinen, feinen Zuckerrestaurant. Eigentlich ist das gar nicht meine Art (ich wette nämlich, dass Oriol mich einladen wird, wie uncharmant von mir), außerdem kann ich mir nicht vorstellen, alleine an einem Tisch zu sitzen, ich bin ja, wie schon einmal erwähnt, ein Gesellschaftsesser. Doch vielleicht kann er sich ein paar Minuten zu mir setzen? Unschlüssig blicke ich durch die Glastür ins Innere des Lokals. Und als ich sehe, wie ein Paar sich die Mäntel überzieht und zum Ausgang geht, überlege ich es mir plötzlich anders, drehe mich um und gehe. Ich möchte nicht wie ein verlassener Hund um Napf und Herrchen bitten. Das mit Oriol muss ich anders hinbekommen, wenn ich meine Kräfte zurückhabe und mir etwas ganz Besonderes einfällt, womit ich *ihn* verführen kann. Denn dass er mich verführt hat (etwa mit einem einzigen Vanillecroissant? Das nur kostet mein Herz?), ist keine Frage mehr.

Ich beschließe, noch ein wenig durch die Straßen zu wandern, mich in der Nacht zu verlieren, und wünsche mir einen Zauberstab, womit ich einen der pakistanischen Regenschirmverkäufer herbeamen könnte. Und siehe da. Ich höre ein paar Sätze auf Urdu, folge den lustig rollenden Rs einen Meter weiter zum Passeig del Born und finde sie im Schutz eines Zeitungskiosks: drei Rosen-, Bier- und Regenschirmverkäufer, wie sie sich aus einer Thermoskanne einen Tee eingießen und sich an den Plastikbechern die Hände wärmen. Schichtbeginn.

»Hola«, sagen sie, *»buenas noches!«*

»Bona nit«, lächle ich und zeige auf den Tee, »gute Idee!«

Sie lächeln zurück und bieten mir einen Schluck an – was heißt anbieten: Der Bierverkäufer schenkt mir wie selbstverständlich einen halben Becher ein und drückt ihn mir in die Hand.

»Das ist aber nett«, sage ich überrumpelt, »vielen Dank.«

Der Chai ist würzig und heiß, und wir stehen eine Weile schweigend da, ihre drei weiß strahlenden Gebisse und meine rote Nase in den Dampfwolken des Tees.

»Wo kommst du her?«, fragt mich der Regenschirmverkäufer.

»Deutschland«, sage ich, »und ihr?«

»Pakistan«, antworten sie, »da gibt's nur Probleme. Aber Deutschland ist ein gutes Land. Reich.«

»Für manche ja«, sage ich, »aber nicht für alle. Nicht mehr.«

»Für dich nicht?«, fragt der Bierverkäufer. »Bist du deshalb in Spanien?«

Ich zucke beschämt die Achseln. Es ist ja nun nicht so, dass ich für ein besseres Leben als Straßenverkäuferin arbeiten muss. Was soll ich ihnen erzählen? Existenzielle Krise? Diese betäubende Leere, die gefüllt werden musste mit Neuem, egal was, Hauptsache etwas, das mir das Gefühl gibt, lebendig zu sein? Dass ich meine Seele ernähren muss und nicht, wie er, eine hungrige Familie?

»Mögt ihr Deutschen Rosen?«, fragt der Rosenverkäufer mitleidig und hält mir eine vors Gesicht.

Ich lache.

»Oh ja, aber im Moment brauche ich eher einen Regenschirm. Was kostet er?«, frage ich.

Der Regenschirmverkäufer schüttelt den Kopf und zieht einen schwarzen Schirm aus der Tasche zu seinen Füßen.

»Geschenkt«, sagt er.

Gerührt nehme ich es an und bedanke mich.

»Viel Glück«, sage ich zum Abschied.

»Dir auch«, sagen sie, und der Rosenverkäufer drückt mir seine schönste Rose in die Hand.

»Salaam Aleikum«, wünscht er mir.

Friede ist mit mir. Und eine Rose, ein Schirm, dazu eine verrückte Idee. Eigentlich wollte ich über den Passeig de Colom bis zu den Ramblas laufen, dann hoch bis zur Plaça Reial, irgendwo ein Falafel essen und ab ins Bett, um von Oriol zu träumen. Und ich bin tatsächlich den Passeig de Colom entlanggegangen, in der Ferne den Hügel von Montjuïc im Auge, dessen Umrisse die Lichter des dahinterliegenden Containerhafens in die Nacht zeichnen. Und der mich plötzlich anlockt. Na komm schon, sieh's dir an, scheint er mir in regentropfenden Morsezeichen zu sagen.

Die Seilbahn, die zum Hügel führt, hat bereits geschlossen, und die Haltestellen der Nachtbusse sind weit weg. Also laufe ich. Vor bis zum Niemandsland des *Paral·lel*, an dessen Straßenlaternen frierende Multikulti-Nutten und Transvestiten auf Kundschaft warten und wo einst die glamourösen Kabaretts des »El Molino« und »Arnau« dem Viertel ihren Glanz gaben. Vorbei, doch unvergessen, und die Prostituierten haben im rot-blauen Neonflackern der ranzigen Bars einen melancholischen Blick: Wir hatten auch mal bessere Zeiten, lese ich in ihren Augen, das kannst du uns glauben. Tu ich, vor allem bei diesem Sauwetter, das noch die berauschendsten dieser Frauen und Mann-Frauen aussehen lässt wie nasse Pudel.

Ich laufe, laufe, laufe, vorbei an einsamen Kneipen und vom Fernsehflimmern beleuchteten Wohnungsfenstern, vorbei an Stundenhotels und – ich mache halt – an einem Sandwichladen, den ein schwuler Engländer führt und bei dem ich mir den leckersten Cheeseburger bestelle, den ich je gegessen habe. Dazu ein Bier, ein bisschen die Füße wärmen und die Auskunft, dass es nicht mehr weit ist bis zu den Freiluft-Rolltreppen, die den Hügel hochführen.

Ich weiß nicht, was ich erwarte. Ich bin mir nicht sicher, was das eigentlich bringen soll, ob überhaupt. Während ich versonnen zahle, klingelt mein Handy; eine unbekannte Nummer leuchtet auf.

»Anna Silber«, sage ich.

»Oriol Bosch.«

»Ach …?«

Woher hat er, denke ich.

»Habe Rafael nach deiner Nummer gefragt«, sagt er, »das warst doch du vorhin, vor dem Restaurant?«

Ich nicke stumm.

»Schade, dass du nicht reingekommen bist. Und als ich dir nacheilen wollte, warst du schon weg.«

»Es tut mir leid. Ich wollte noch … ich muss …«

Oriol lächelt. Ich kann es hören. Seine Lippen knistern, wenn er lächelt, wie beim Öffnen eines Honigtöpfchens.

»Anna Silber. Immer so geheimnisvoll.«

»Eher flüchtig«, sage ich und zupfe an meiner Rose.

»Und wohin bist du geflohen?«

»Nach Montjuïc.«

»Bei diesem Regen?«

Ich blicke auf meine völlig durchnässten Schuhe und lache.

»Magst du kommen?«, frage ich.

»Gib mir eine Stunde, dann schließe ich die Küche.«

»O. K.«, sage ich, »Carrer del Roser Ecke Passeig de l'Exposició.«

»Hast du schon etwas gegessen?«, fragt er.

»Ja, aber keinen Nachtisch.«

Ich lege auf, mir ist schon viel wärmer ums Herz, und ich lasse ein großzügiges Trinkgeld auf dem Tresen zurück. Gestärkt spanne ich den Schirm auf: Ich habe noch einiges vor, und anfangen darf ich mit Treppensteigen, denn die Rolltreppen sind, wie ich ein paar Straßen weiter bemerke, außer Betrieb.

Manchmal genügt eine Kreuzung, und Barcelonas Stadtlandschaft ändert sich abrupt. Die Versatzstücke erzählen von dramatischen Großbauphasen im Verlauf der Geschichte, so ist es, alles wiederholt sich. Nichts Neues nirgendwo. Wer weiß, wie viele Menschen ihre Häuser hier, am Fuß des Montjuïc, für die Weltausstellung von 1929 verlassen mussten? Damals waren es die Baracken der bitterarmen Einwanderer aus Südspanien, die Platz machen durften für Paläste und Pavillons, die ich hinter mir lasse. Damals eine Kulisse, gebaut als Visitenkarte für die Weltpresse, heute viel besuchte Museen, Messehallen, Konzertsäle. Stadtwahrzeichen. Wie seit Jahrzehnten die Gaudí-Bauten, einst gefördert von Mäzenen, wie heute das Jean-Nouvel-Wunder, gebaut für die Wasserwerke; wie der Markt von Santa Caterina, der ein bescheidenes Viertel über Nacht in eines der teuersten Monopoly-Felder verwandelt hat – weshalb Menschen wie Pere Vila Riera ausgespuckt werden. Oder die frisch umgetaufte Plaça Manuel Vásquez-Montalbán, der einst an diesem Platz des historischen Rotlichtviertels aufwuchs und sich jahrelang erzürnte über die Modernisierungspläne der Stadt. Und ausgerechnet sein Name steht jetzt für die siegreiche Säuberung seiner zur Unkenntlichkeit luxussanierten Nachbarschaft.

Ich steige die schier endlosen Treppen hinauf, laufe durch mediterrane Gärten, rieche feuchte Erde, Rinde, Gräser, die ich in der nun absoluten Finsternis nur erahnen kann, und endlich stehe ich vor der ruhenden Station der Seilbahn, die tagsüber Hunderte von Touristen zum Schloss führt, einst das verhasste Symbol für die spanische Okkupation. Und nur wenige Schritte gegenüber: das olympische Turmspringerbecken.

Der Regen hat aufgehört, die letzten Tropfen perlen von meinem Schirm ab. Ich stecke den Kopf zwischen die Gitterstäbe. Unter mir fällt die Tribüne steil zum Schwimmbad hinab, und ich erkenne die Umrisse der Sprungbretter. Dahinter die atemberaubende Sicht auf die Stadt, ein blinkendes Lichtermeer, das vom Berg des Tibidabo sanft ins Meer fließt. Barcelona. Streckst dich aus wie eine schlafende Schönheit. Ich verstehe ja, dass die konstante Änderung eine Großstadt ausmacht, Wachstum, Wechsel, Erneuerung. Und ich liebe es. Die Dynamik der inneren und äußeren Bewegung, der U-Bahnen, die durch ihre Eingeweide donnern, der ungeduldigen Ambulanzen und geduldigen Gärtner, der Eile von Büromenschen und der Seelenruhe der Bocciaspieler. Nachts werden die Straßen mit dicken Wasserschläuchen sauber gespritzt, bekittelte Hausfrauen gießen die Balkonpflanzen, Skateboarder fordern Mauern und Bänke heraus, Besucher trinken Bier auf den mittelalterlichen Plätzen. Manche dieser Dinge werden bleiben, doch andere werden verschwinden, denke ich und lausche den Tropfen, die der Wind durchs Blattwerk plätschern lässt, mit der Stadt zu Füßen, dieser narzisstischen Pracht, die aufpassen muss, sich nicht im Wahn ihrer Eitelkeit zu verlieren.

Ich weiß nicht, wie lange ich hier stehen geblieben bin, hypnotisiert vom Anblick dieser in tausend Lichtern schimmernden Nacht. Oriol fällt mir ein. Und die Straße der Rosenbüsche, *el Carrer del Roser*. Ich schüttle meinen Schirm, falte ihn zusammen und steige die steilen Treppen entlang der Schwimmbadmauer hinab, erst vorsichtig, um nicht auszurutschen, dann übermütig und atemlos. Endlich! Ob ich mich erinnern werde? Ich weiche ein paar nassen, nach mir greifenden Ästen aus und biege am Ende der Stufen nach links – und da sehe ich auch schon Oriol auf seiner Vespa sitzen. Ich bleibe kurz stehen und sehe zu, wie er lässig den Rauch einer Zigarette ins orange Licht der Straßenlaterne bläst. Das Bild eines zufriedenen Menschen.

»Hola«, sagt er, »da bist du ja.«

»Hola«, antworte ich, und gehe auf ihn zu.

Er greift meinen Nacken und zieht mich zu ihm, küsst mich auf den rechten Mundwinkel.

»Hierhin bist du also geflüchtet.«

»Ja«, krächze ich und taumele ein paar Schritte zurück. Oriol schließt seine Vespa ab, findet zu mir, dann laufen wir Hand in Hand zu einer weißen Treppe mit geschwungenen Geländern, die uns hinab zur stillen Straße der Rosenbüsche führt, in der nicht ein Fitzelchen Grün wächst. Schweigend gehen wir an den schmalen, drei- bis vierstöckigen Wohnhäusern vorbei, an niedrigen Garagen mit geschlossenen Rollos, an einem alten Mann, der seinen dickbäuchigen Hund Gassi führt. Auf vielen Balkonen stehen Pflanzen mit herunterhängenden, regensatten Blättern, an manchen Fenstern sind Flaggen angebracht – mal die katalanische, aus Stolz, mal die spanische, aus Trotz, meistens aber die vom FC Barcelona –, und hier und da hat jemand vergessen, die nun schwer tropfende Wäsche rechtzeitig vorm Einbruch des Regens abzunehmen. Eine unaufgeregte Straße an einem schläfrigen Ende des Viertels vom *Poble Sec*.

An der zweiten Kreuzung bleibe ich stehen und blicke auf eine Lücke hinter einem hohen Maschendrahtzaun, wo sich Teile neuer Wasserrohre stapeln. Die Mauern zu den beiden Nachbarhäusern rechts und links sind mit rostfarbenem Isolierschaum besprüht. Dazwischen: ein Haufen nichts. Es war doch hier, es muss … Verloren drehe ich mich um, laufe, Oriol hinter mir herziehend, die Straßenecken ab, lande wieder vor dem Baukrater, in dessen Mitte eine im Schlamm ruhende Planierraupe auf den Morgen wartet. Damit habe ich nicht gerechnet. Nach all dem, was ich in dieser Stadt erlebt habe, war ich darauf nicht gefasst.

»Es ist weg«, flüstere ich und spüre Oriols Händedruck.

»Wonach suchst du?«, fragt er, und ich schlucke kopfschüttelnd eine Träne runter.

Keine zwei Wochen bin ich hier, und doch scheint es eine Ewigkeit her zu sein, seit der ich mich danach sehne, die Silhouette meiner Mutter im Fenster des Hauses der Großeltern zu sehen, mich auf ihrem Arm und, um noch dicker aufzutragen, meinen Bruder in ihrem Bauch, meinen Vater hinter ihr stehend, seine Hand auf ihrer Schulter. Unmöglich. Habe ich wirklich danach gesucht? Nach einem Wunschbild, einer traumfarbenen Alles-wird-gut-Wolke? War das das Ziel meiner Reise? Und was hätte ich dann davon? Ich denke an Rafael und seine Worte: dass ich hier bin, um mit der Vergangenheit abzuschließen. Irgendwie. Und an sein Angebot, bei ihm zu arbeiten, als Journalistin der Kulturzeitschrift BCN, in Barcelona zu bleiben, es zu versuchen, es zu wagen, es verdammt noch mal …

»Nach einem Anfang«, sage ich schließlich.

Oriol lässt meine Hand los und kramt in seiner Jackentasche herum. Umständlich zieht er ein zerknäultes Taschentuch heraus und hält es mir vor die Nase.

»Oh«, sage ich, »geht schon.«

»Du musst es öffnen.«

Fragend blicke ich auf das Knäuel und erkenne erst jetzt, dass es kein Taschentuch, sondern eine Serviette ist, in die etwas eingewickelt wurde. Ich klemme mir die Rose zwischen die Zähne, öffne behutsam das Päckchen – und finde vier perfekte Exemplare des kleinen Vanillecroissants, womit er mir am ersten Abend den Kopf verdreht hat.

»Reicht das für den Anfang?«, fragt er und pflückt die Blume aus meinem Mund.

»Nicht ganz«, sage ich, schließe die Augen und … nichts passiert. Blinzelnd öffne ich sie wieder und blicke in Oriols abwartendes Gesicht. Ich packe räuspernd die Vanillecroissants aus und stecke sie mir nach und nach in den Mund.

»Mmmmh«, mache ich, beiße, kaue, schlucke unter schärfster Beobachtung. Nachdem ich alles bis auf den letzten Krümel aufgegessen habe, schnäuze ich mir mit der Serviette die Nase, nehme Oriol die Rose ab und werfe sie über den Zaun, in der Hoffnung, es möge ein Rosenbusch daraus wachsen. Und dann –

»Würde es dir jetzt etwas ausmachen, mich auch auf den linken Mundwinkel zu küssen?«, frage ich, mit puderzuckerbemalten Lippen.

Da lacht er, der Honigmann.

Danksagung

Ich danke Jordi Puntí, der mir, in langen Spaziergängen bei Tag und bei Nacht, fast alle Winkel Barcelonas gezeigt hat. Ich danke dem engagierten Pere Farré für sein wertvolles Hintergrundwissen zum Kampf gegen die Immobilienspekulation. Ich danke Maria Bohigas und Cinta Massip, dass sie mir den *guiri*-Komplex ausgeredet haben.

Mein herzlicher Dank für die sorgfältige Lektüre gilt Christina Gattys und Milena Henn, Henriette Kaiser und Margit Ruile sowie Pancho und Ingrid Kremser. Ein letztes, großes Dankeschön geht an Helga Frese-Resch und Martin Breitfeld für ihre Begeisterung und Motivierung.

Tom Hillenbrand. Teufelsfrucht. Ein kulinarischer Krimi
KiWi 1204. Verfügbar auch als eBook

Ein Glas Rivaner, ein Stück Rieslingspastete und bloß nicht zu viel Stress – der Koch Xavier Kieffer führt ein beschauliches Leben in der Luxemburger Unterstadt. Als eines Tages die Leiche eines Gastro-Kritikers in seinem Restaurant liegt, ist es mit der Ruhe vorbei. Kieffer gerät unter Mordverdacht und macht sich auf die Suche nach dem wahren Mörder ...

»Dieser Krimi liest sich, wie man eine gute Bouneschlupp schlürft – am liebsten gleich alles auf einmal.« *Lea Linster*